KB060160

이영철 장편소설

겨울 벚꽃

청어

겨울 벚꽃

벚꽃이 지고 앵두꽃이 필 즈음이었다.

그곳이 어디였던가. 나는 카메라를 들고 꿈길을 가듯 히말라야 만년설 아래 새싹들이 돋아나는 들판을 연거푸 문 담배연기를 날리며 게으른 당나귀처럼 한가로이 걷고 있었다.

배낭 어깨끈에 붙어있는 나침판의 바늘은 내가 가야 할 곳을 향해 쉬임 없이 떨고 있다. 바늘이 멈췄을 때, 그것은 생명을 잃은 것이 될 것이다. 내가 고독한 여행을 멈추는 것처럼.

별이 눈높이 아래에 있는 고비나 줄친 사막에서는 수평을, 숨이 턱까지 차오르는 차마고도(茶馬古道)와 히말라야에서는 수직의 개념을 깨달았다. 번잡한 곳이 싫어 사람의 발길이 거의 닿지 않는 오지 여행 중에 무시로 겪고 느끼는 고통이나 불편함. 나는 그 결핍들을 통해 오히려 내면 가득 차오르는 충만함을 느낀다.

『겨울 벚꽃』을 집필하며 새삼 사랑의 본질에 대해 끝없는 질문을 던졌다. 많은 사람들이 말하는 사랑의 정의는 어떻게 말해도 다 맞고, 어떻게 말해도 다 틀리다. 결국 한 가지 결론에 이르렀는데…… 사랑이 아프고 슬픈 것은 헤어짐이 있기 때문이 아니라 변하기 때문이 아닐까.

길은 여러 갈래이다.
길에 서 있기에 흔들린다.
먼 길을 가려거든 뒤를 돌아보지 마라.

나는
그 길 위에 서기 위해
또 다시 배낭을 꾸리고 있다.

바람이 부는 서초동 작업실에서
이영철

겨울 벚꽃

차
례

아무 말 하지 않으리라

이 밤 잠들지 못하는 까닭을

한줄기 별똥을 보며 눈물짓는 이유를

바람 앞에 등불을 들고

또 하루가 저문다 해도

다시는 눈물 나는 사랑에

목숨 하나 버리지 못할 거 같아

가슴엔 무덤 하나 만들고

어딘가에 아름다운 사람으로 남아있을

너를 그리며

목련이 지는 이 밤

더딘 시간 속으로 무너져 내려도

아무 말 하지 않으리라

프
롤
로
그

나는 오늘도 습관처럼 그녀를 훔쳐본다.

시선을 옮기면 자벌레의 느린 걸음처럼 창틀에 한 마디씩 옮겨가는 해질녘 구름의 그림자들. 그 그림자 해안선 너머로 시선을 주면 그녀가 있다.

잠들기 전이나 잠에서 깨면 망원경 렌즈에 먼저 눈이 간다. 왜 이토록 그녀에게 집착하는 것일까. 렌즈만 내놓고 커튼 뒤에 설치한 망원경으로 그녀를 훔쳐보고 미행한 지 벌써 두 달이 넘었다. 이제 어느덧 익숙해진 그녀의 라이프 사이클은 어항 속의 열대어를 보는 듯하다. 이런 행위들이 나에겐 한때 치사랑에 가깝도록 아팠던 기억을 반추해보는 의미가 있는지 몰라도, 그녀에게 있어 나란 존재는 어쩜 열대 밀림에 무시로 쏟아지는 스콜처럼 지나가는 한바탕 소나기였을지도 모른다. 하지만 나는 입대를 코앞에 두고 그녀의 누드사진을 찍으러 선배의 스튜디오에서 만나기로 약속하고는 지각해 벌금으로 낸 2만 원을 아직은 돌려받지도 못했는데. 그 2만 원은 서로가 서로를 잊어야 할, 퇴직할 때나 돌려받을 수 있는 룰이었는데. 그녀는 그 의미가 담긴 룰을 아직 기억하고 있을까.

오늘도 그날처럼 소나기가 퍼붓는다

그녀는 내가 5년 전 입대를 며칠 앞두고 마야(maya)에서 동정(童貞)을 준 첫 여자이다. 때 아닌 겨울 폭우가 쏟아지던 그 새벽, 시린 가슴에 아픈 상처를 남기고, 처절한 절망의 문턱에서 맞이했던 한줄기 돌개바람처럼……. 그녀는 두 볼을 타고 검은 마스카라가 흘러내려 피에로의 어설픈 분장처럼 슬픈 얼굴로, 입술을 앙다물고 예측하기 어려운 복잡한 감정을 담은 눈으로 나와 짧은 일별을 하고는 겨울 폭우 속으로 우산도 없이 멀어져 갔다. 겨울 폭우 속으로……. 그것이 내가 기억하는 그녀의 마지막 모습이다.

그녀를 보내고 5년을 지내면서 그동안 잊고 지냈던, 잃어버렸던 망각의 종착지. 그 헤아릴 수조차 없는 숱한 유실물들의 꿈에 다다르기 위하여. 나는 그동안 내 불안한 서성거림과 함께 확신의 뒷굽을 몇 번이나 갈아야 했던가.

그만 둬. 이미 다 끝난 거야.

하루에도 몇 번씩 그런 생각이 든다. 내가 정말 그녀를 사랑하기는 했던가. 그녀에 대한 감정들이 순수한 사랑이라 말할 수 있을까 하는 의문이 까실한 청보리처럼 고개를 빳빳이 들기도 했다. 그녀와의 사랑은 젊은 날 한때 걷잡을 수 없이 타올라 주체하기 힘들었던 불갈기 같은 욕망은 아니었을까. 그렇지 않고서야 나는 왜 지금 그녀 앞에 당당히 나서지 못하는 것일까. 짧다면 짧고 길다면 긴 5년이 지난 지금 불도 켜지 않은 컴컴한 방에서 습지 곤충처럼 행여나 들킬세라 비겁하게 몸을 숨긴 채 훔쳐만 보고 있는 것일까.

한때는 그녀로 인해 손가락 하나 꼼짝하지 못할 만큼 혼곤한 시간을 보냈다. 하지만 다시는 되돌릴 수 없는 시간 뒤에 그 기억들은 건조기에서 바짝 말라버린 과일조각처럼 본래의 물성은 남아있지만 형태는 알아볼 수조차 없을 정도로 말라비틀어져 퇴색해버린 것은 아니었는지. 내 의사나 의지와는 관계없이 속절없는 시간 속에 손닿지 않는 농 위에 켜켜이 쌓인

먼지처럼 묻히거나, 한겨울의 고드름 매듭처럼 얼어붙어 있었던 것은 아닌지.

하지만 어쩌면 호수 표면에 일던 물수제비의 파문은 사라졌지만 호수 밑바닥에 그날의 추억을 간직한 돌멩이처럼 그래도 우리 사랑의 기억들은 저 가슴 깊은 곳에 조금이라도 남아있을까. 정말 다 마신 커피 잔 주둥이에 묻어있는 얼룩의 한 조각만큼이라도 남아있기는 한 걸까. 때론 그녀의 일상에서 환하게 웃다가도 문득 내 생각에 한번쯤은 눈물 글썽이는 날은 없을까. 아니, 그러기를 바라는 것은 나만의 착각일까, 오만일까, 가엾은 내 비루먹은 영혼에 대한 스스로의 위안일까.

망원경은 삼각대 위에 설치되어 등받이가 높은 회전의자에 앉아서 그녀의 거실을 편히 볼 수 있도록 눈높이가 맞추어져 있다. 어느 땐 몇 시간씩 앉아있을 때도 있어 담배도 피우고 맥주와 커피도 마시기 위해 의자 옆에는 사각 탁자를 가져다 놓았다. 그리고 렌즈만 내놓고 망원경 본체는 커튼 뒤에 숨겨 두었다.

　　이른 아침 눈을 들어 창밖을 보면 잠이 덜 깬 의식의 끝자락 속눈썹 끝에 매달린 야윈 햇살 한 줌. 악몽의 연속이던 깊고 깊은 밤. 식은땀 젖은 빈곤한 이마를 가로질러 챙강챙강 쇳소리가 날 것 같은 따스한 햇살의 붓질이 목젖을 쓸어내리는 시간…….

　　하루의 시작은 늘 그녀로부터였다. 하지만 타인의 시시콜콜한 일상을 훔쳐보기 시작하면서 묘한 쾌감을 느낌과 동시에 부도덕한 죄책감에 씁쓸함을 떨칠 수 없으면서도, 그녀의 모든 것이, 그녀의 작은 일상의 작은 편린까지도 궁금해 망원경에서 눈을 뗄 수가 없다.

　　나는 오늘도 그녀를 훔쳐보고 있다.

••••

오늘도 늦게 들어와 샤워를 마치고 젖은 머리를 수건으로 닦으며 망원경을 본다. 그녀가 방에 있는지 보이지 않는다. 하지만 거실에 불이 꺼지기 전까지는 잠들 수 없다. 아침에도 알람 소리에 눈을 뜨자마자 망원경에 먼저 눈이 간다. 어느새 나도 모르게 그녀에게 집착을 보이고 있는지도 모른다. 내가 왜 이러나 싶어 때론 일부러 망원경을 멀리하고 딴청을 부리곤 하지만 부질없는 짓이다. 질기고 탄력 있는 굵은 고무줄에 뒷다리가 묶인 염소가 말뚝으로부터 도망치려고 아무리 안간힘을 써도 고무줄의 탄성을 이기지 못하고 결국은 제자리로 끌려가는 것과 같다. 그녀는 말뚝이고, 보지 않으려는 내 마음은 고무줄이다. 말뚝과의 싸움에서 패배는 늘 나의 몫이다. 말뚝은 염소가 도망을 치든 제자리에 있든 항상 그대로일 뿐이다. 그녀를 보지 않고는 견뎌낼 수가 없다. 내 하루의 시작과 끝은 언제나 그렇듯 늘 그녀의 존재 확인이다.

토요일 오후.

오늘도 일찍 퇴근해 그녀를 지켜본다. 그녀는 베란다 가득 작은 숲을 이룬 관상용 나무와 화초에 파란색 물뿌리개로 물을 주고 있다. 갓 부화된 병아리 색깔의 밝은 노란색 반바지에 흰색에 가로로 하늘색 굵은 줄무늬가 있는 헐렁한 티셔츠 차림이다. 베란다는 여느 집의 썰렁함과 다르게 푸르름이 넘친다. 그녀가 나무와 화초 가꾸기에 취미가 있는 줄은 예전에는 미처 몰랐다. 화원처럼 베란다를 가꾸기 위해서는 그만한 애정과 정성이 없이는 불가능하리라. 나무 사이로 놓인 고만고만한 화분 중에 이파리가 하트 모양을 닮은 사랑초가 햇볕을 받아 하얀 꽃이 핀 대궁을 기린 목처럼 길게 뺀 채 줄지어 흐드러지게 피우고 있다.

하늘이 더없이 맑다. 아파트 단지 공터는 학원을 다녀오는지 한 무리 꼬맹이들의 고함과 웃음소리가 바람에 쓸려가는 축제의 알록달록한 풍선 무더기처럼 가득 피어오른다. 물주기를 끝낸 그녀는 두 손을 깍지 끼어 한껏 들어 뒤로 젖힌 채 기지개를 켜고 나서 문을 열고 기다란 막대기로 이불을 털기 시작한다. 그녀는 늘 토요일 오후에는 베란다 빨래 건조대에 내걸었던 이불을 털었다. 날씨가 흐리거나 비 오는 날을 제외하고는.

잠시 후, 이불 털기를 끝내면 베란다 나무 사이에 놓인 등받이 색깔이 초록색인 흔들의자에 등을 깊숙이 묻고, 5년 전 마야에 있을 때부터 눈에 익은 금장 뒤퐁 라이터 뚜껑을 '퐁' 소리가 나도록 경쾌하게 열고, 낙타가 그려진 CAMEL 담뱃갑에서 담배를 꺼내 물 것이다. 역시 내 예측을 배반하지 않는다. 그녀는 흔들의자에 세상에서 가장 편한 자세로 누워 몸을 앞뒤로 천천히 흔들며 몽환 같은 담배연기를 피워 올린다. 나도 CAMEL 담배를 꺼내 불을 붙인다. 잠시 뒤, 그녀는 손을 뻗어 흔들의자 옆 탁자 위에 놓인 크리스털 재떨이에 왼손 검지로 톡톡 재를 턴다. 매니큐어 색깔이 보라색으로 바뀌어 있다. 3일 전에는 빨간색이었고, 지난주에는 노란색이었는데. 그녀는 지금도 5년 전 그때처럼 매니큐어 색깔을 자주 바꾸나 보다. 그녀가 담배를 재떨이에 눌러 끄고는 또다시 허리를 곧추세우고 두 손을 허공을 향해 힘껏 뻗어 기지개를 켠다. 그녀에게서 눈을 떼지 않고 새 담배에 다시 불을 붙인다. 얼굴을 클로즈업한다. 세월의 두께만큼 조금은 낯설어 보이기도 하지만 친숙한 모습이다.

나는 그녀를, 그녀의 지난 과거를 이 세상 누구보다도 잘 알고 있다.

···

　내가 그녀와 헤어져 전혀 소식을 모르다가 5년 만에 처음 본 것은 참으로 놀라운 우연이었다. 두 달 전 토요일, 며칠 동안 찔 끔찔끔 이어지는 지루한 비 끝에 제법 따가운 햇살이 무더기로 쏟아지는 오후 4시 무렵이었다. 그날 일을 마치고 돌아와 스튜 디오에 필요한 물품들을 구입하기 위해 차를 끌고 남대문 카메 라 전문 지하상가에 가려고 아파트 입구를 막 나가려다 내 눈을 의심하며 급히 차를 멈췄다. 잘못 봤나 싶었지만 다시 봐도 그녀였다. 10여 미터 앞에서 내가 다니는 눈에 익은 커다란 슈퍼 비닐봉지 두 개를 들고 입구가 약간 오르막으로 경사진 아파트 단지로 들어서고 있었다. 햇살을 가득 받은 얼굴은 무심한 표정이었다. 혹시 잘못 본 것인가 싶어 눈을 질끈 감았다 뜨고 다시 보았다. 바로 옆으로 차창을 스쳐지나가는 그녀의 얼굴에서 오른쪽 콧방울 바로 옆에 있는 참깨만한 작은 점까지도 확인했다. 미라였다. 너무 뜻밖에. 갑자기 벌어진 상황에 머릿속이 하얘졌다. 어찌할 바를 몰라 멀어져가는 뒷모습을 백미러를 통해 지켜보고 있을 때였다.

　"빵! 빵! 빵!"

짜증 섞인, 힘껏 누른 클랙슨 소리가 스타카토로 크게 세 번 울렸다. 룸미러로 보니 어느새 내 뒤로 아파트를 빠져나가려는 차가 두 대나 밀려있었다. 뒤차 운전석이 햇살을 받아 환하게 보였다. 옆머리는 바짝 치고 남은 머리를 노랗게 물들인 채 왁스를 발라 로마병정 투구처럼 세운, 핸들을 잡은 양쪽 팔뚝에 형체를 알 수 없는 문신이 가득한 20대 후반 쯤으로 보이는 놈이 험악하게 인상을 쓰며 '씨, 발, 놈이!'라고 욕하는 입 모양이 보였다.

그녀가 등 뒤에서 들리는 갑작스런 클랙슨 소리에 가던 걸음을 멈추고 잠시 뒤를 돌아보다가 다시 가던 걸음을 재촉했다. 신경질적인 클랙슨과 욕하는 입 모양에 순간 욱 하고 치밀어 올랐지만 그런데 신경 쓸 틈이 없었다. 그래도 매너 상 비상등 깜빡이를 몇 번 눌러주고는 급하게 유턴해 다시 아파트 단지로 들어갔다. 다행히 그녀는 시야에서 사라지지 않고 203동 입구로 들어서고 있었다. 그녀를 놓치면 안 되었다. 차를 대충 세워놓고 옆자리에 놓인 모자를 푹 눌러쓰고 뛰었다. 가슴이 두근대며 발걸음이 허둥댔다.

다행히 그녀는 태권도 도복을 입은 형제인 듯한 꼬맹이 두 명을 태우고 내려온 엘리베이터 앞에 서있었다. "안녕하세요!" 엘리베이터에서 나오던 꼬맹이들이 그녀를 향해 꾸벅 인사를 했다. "응, 안녕!" 환하게 웃으며 손을 흔들며 다정하게 인사를 받은 그녀가 케이지 안으로 들어섰다. 그녀가 인사를 받는 걸 보면 꼬맹이들과 평소에도 안면이 있고, 따라서 이 아파트에 입주한 것이 최근은 아닐 거라는 생각이 들었다. 내 성격상 평소 같으면 엘리베이터로 들어서며 안에 있는 사람에게 짧은 눈인사라도 할 텐데, 고개를 푹 숙인 채 안으로 들어서 그녀 뒤에 섰다. 그녀는 들고 있던 두 개의 비닐봉지를 바닥에 놓고 5층 버튼을 누르고는 케이지 잠금 버튼을 누르지 않은 채 그대로 있었다. 가슴이 두근거리고 어색한 짧은 시간이 흘렀다.

"몇 층이세요?"

그녀가 감정이 담기지 않은 드라이한 목소리로 물었고, 나는 그녀가 행여라도 눈치 챌까 봐 목소리를 잔뜩 낮게 깐 채 "같은 층인데요."라고 대답하자, 그녀는 "네." 하며 그제야 잠금 버튼을 눌렀다. 문이 닫히고 엘리베이터가 작동했다. 5년 만에 듣는 그녀의 목소리였다. 심장이 뛰었다. 그럴 리는 없겠지만 행여 그녀가 뒤돌아볼까 봐 고개를 숙인 채 시선을 아래로 깔았다. 맨발에 카키색 운동화를 신은 그녀의 가는 발목에 균형 잡힌 다리와 애플 엉덩이가 눈에 들어왔다. 무심히 입은 듯 하지만 몸에 딱 맞는 반바지에 티셔츠를 걸친 옷 입는 패션 센스와 육감적인 몸매는 그때나 지금이나 변함없었는데, 그때보다는 머리가 더 길어 어깨를 덮고 있었다. 짙은 갈색으로 염색한 생머리였다. 너무나 익숙한 향수 냄새가 코를 스쳐갔다. 그녀는 아직도 똑같은 오리엔탈 베이스 노트에, 삼나무 계열의 우디 향과 플로럴 향이 미들 노트에 절묘하게 배합된 그 향수를 쓰고 있었다. 이제 그녀가 알려준 향수 이름은 잊었지만, 그녀와 처음이자 마지막으로 사랑을 나눈, 내 동정을 준, 때 아닌 겨울 폭우가 쏟아지던 새벽 마야에서 맡았던 너무도 익숙한 향에 심장소리가 내 귀에 들릴 만큼 뛰었다.

"띵동!"

엘리베이터가 5층에 멈추고 그녀가 내렸다. 잠깐의 시간차를 두고 따라 내렸다. 뒤따라가 그녀가 왼쪽으로 꺾어져 508호 앞에 서는 걸 확인하고 반대편인 오른쪽으로 몸을 돌려 천천히 복도 끝을 향해 걸었다. 그녀가 집에 들어서기 전에 고개를 돌려 나를 볼 수도 있기 때문이었다.

우연의 연속이다. 203동 508호는 내가 사는 건너편 동이다. 그녀를 만난 것도 그렇지만 내가 마주 보이는 동의 한층 위인 608호에 살고 있다고는 상상조차 못한 일이다. 동과 동이 주차장과 공터를 사이에 두고 100미터쯤 떨어져있어 거실에 있는 거주자들의 얼굴을 또렷하게 볼 수는 없지만 무얼 하고 있는지 정도는 알 수 있다. 그녀를 5년 만에 만난 것도 같은 아파트 건너편에 사는 것도, 우연도 겹치면 필연이라는데, 그녀와 내가 그런 것 같다.

나는 지금껏 그녀를 다시 만난다면 한 가지 꼭 확인하고 싶은 것이 있었다. 5년 전, 그녀가 사내와 일 년의 여행을 떠난 두 달 뒤 차마고도 메리설산에서 마지막으로 핸드폰 메시지로 보낸 그 말 때문에 나는 긴 세월 동안 올무에 잡힌 짐승처럼 그녀로부터 벗어날 수가 없었다. 때론 벗어나려고, 의식적으로 잊으려고도 했지만 그럴수록 올무는 내 발목을 더욱더 단단히 옥죄었다.

아파트 입구에서 만난 이후, 그녀를 면밀히 관찰하기 시작했다. 이제 만나려고 한다면 언제라도 찾아갈 수 있지만 망설여졌다. 5년이라는 짧다면 짧고 길다면 긴 세월이 주는 간극 때문이었을까. 내가 그녀 앞에 나서기를 망설였던 가장 큰 이유는 그녀가 나를 찾지 않았기 때문이다. 나는 그동안 그녀의 행방을 알 수 없었지만 그녀가 나를 찾으려 했다면 내 핸드폰 번호가 5년 전이나 지금이나 그대로였기에 얼마든지 가능했다. 하지만 그녀는 내게 단 한 번도 연락하지 않았다. 왜, 무엇 때문에 그녀는 나로부터 그렇게 철저하게 숨어있었던 것일까. 나는 5년 동안 그녀에게 어떤 변화가 있었는지 모른다. 따라서 아직은 그녀 앞에 불쑥 나서기보다는 당분간 지켜볼 필요가 있었다.

그녀는 푸들 한 마리를 키우며 혼자 살고 있다. 방문하는 사람도 없다. 그녀는 예전처럼 많은 시간을 할애해 그림을 그리거나, 러닝머신을 뛰거나, 요리를 하거나, 책을 보거나, 텔레비전을 보거나, 머리에 노란 리본 -리본색깔이 바뀌기도 하지만- 을 단 흰색 푸들과 놀거나, 커피를 마시거나, 거실의 흔들 의자에 등을 깊숙이 묻고 쉬거나, 베란다 나무나 화초들에 물을 주거나, 담배를 피우고 있는……. 특별할 것이 없는 일상의 반복이었다. 굳이 특별한 점을 꼽자면 그동안 아파트를 마련하고 청담동에 미술학원을 열어 강사들과 함께 입시생이나 그림을 배우고자 하는 일반인을 대상으로 그림 지도를 하고 있다는 것이다. 표면적으로만 봤을 때, 그녀는 어쨌든 자신이 그토록 꿈꿔왔던, 작은 소망이었던 집과 화실을 마련한 상태였다. 축하할 일이다.

나는 오늘도 그녀를 지켜보고 있다.

●●●

마야(maya)라는 간판을 단 룸살롱은 막내 외삼촌이 자신의 생명을 담보로 한 단식투쟁 끝에 외할아버지와 할머니 사후에 받을 유산을 미리 분배받아 심혈을 기울여 만들어낸 작품이다. 외삼촌은 장사가 안 돼 휴업 상태인 룸살롱을 인수해 기존의 인테리어를 싹 걷어내고 보름에 걸쳐 벼락치기로 다시 최고급으로 꾸몄다. 룸에 들어갈 테이블과 소파는 물론 조명등 하나까지도 직접 가구 매장과 종로 세운상가 조명기구 가게들이 밀집돼 있는 곳을 돌며 발품을 팔아 구입했다.

나는 삼촌의 요청으로 수업이 없는 날은 물론이고 최대한 시간을 내 도왔다. 삼촌은 가게 인테리어에 대한 생각이 확고했다. 자신이 인테리어 업자들에게 지시했던 것과 조금이라도 다르거나 마음에 안 들면 업체 대표와 다투다 끝내는 멱살잡이를 하며 치고받기 일보직전까지 가면서도 한 치의 양보 없이 마음에 들 때까지 고쳤다. 내가 봐도 지나치다 싶을 정도로 갑질을 하는 것 같았지만 완고했다. 자신이 요구하는 대로 일을 하

24

기 싫으면 지금까지 일을 진행한 만큼은 대금을 줄 테니 당장 손을 떼라는 거였다.

일례로 주방에서 화장실 가는 10여 미터 복도 벽의 색깔을 막 피어나는 복사꽃처럼 연한 핑크빛을 원했는데. 색깔이 마음에 들지 않는다고 무려 세 번이나 다시 도장하게 했다. 내가 볼 때는 솔직히 그게 그거여서 그냥 통과시켜도 되련만 말도 안 되는 똥고집을 부렸고, 나름 이 업계의 전문가로 가게 전체 인테리어 시공을 맡았던 업체 대표도 부딪치다 결국은 두 손을 들고 삼촌이 지시하는 대로 따랐다.

"짜식들이 내버려두면 그냥 거저먹으려고 한다니까. 니가 볼 때는 왜 그러나 싶겠지만 이렇게 아예 처음 시작부터 아주 까탈스럽게 본때를 보여줘야 나머지 일도 알아서 잘한다니까. 그깟 복도 한 구간 색깔을 몇 번 바꿔 칠한다고 페인트 값이 얼마나 들겠어. 가게 인테리어 전체 비용으로 보면 그 정도는 새발의 피지. 안 그래?"

복도 벽 색깔이 바꾸나 안 바꾸나 별 차이도 없는데. 그냥 지나가도 될 것을 왜 그렇게 싸움까지 하며 생트집을 잡느냐는 내 질문에 삼촌이 씩 웃으며 한 말이다. 그런 우여곡절 끝에 드디어 마야가 탄생됐고, 얼마 지나지 않아 강남에서도 잘나가는

텐 프로 중에 하나로 우뚝 섰다. 그 많은 룸이 초저녁을 제외하고는 예약하지 않으면 부킹이 안 될 정도였다. 이 바닥에서는 단시간 내에 이룬 보기 드문 성공이었다.

엄마 말에 의하면, 막내 외삼촌은 한때 집안의 애물단지였다고 했다. 초등학교 때는 얌전하더니 중학교에 입학하면서부터 크고 작은 일로 슬슬 말썽을 부리기 시작하더니, 고등학생이 되면서부터는 아예 공부는 완전 뒷전인 채 일진 멤버가 되어 패싸움을 일삼고 클럽을 전전하며 담배는 물론 술을 마시고 집에 돈을 훔쳐 가출해서는 학교도 가지 않고 여학생 일진들과 월세방 아지트까지 얻어 합숙하며 훔친 오토바이로 떼 지어 폭주를 일삼고……. 한 날이 멀다하고 외할머니와 할아버지는 학교로 경찰서로 불려 다니며 자식을 잘못 둔 죄인이 되어 머리를 조아려야만 했다. 한마디로 바람 잘 날이 없는 꼴통 중에 상 꼴통이었다.

그날도 경찰서에 불려가 손바닥에 불이 나도록 빌고 또 빌어 폭력범으로 끝내 구속시키려는 피해자 가족들과 겨우 합의를 본 외할머니는 가출한 삼촌 손을 꼭 붙잡고 집에 돌아와서는 머리를 싸매고 안방에 누워버렸다. 그런 어머니 모습을 지켜본. 참다 참다 폭발한 치과의사인 큰외삼촌과 회계사인 둘째 외삼촌은 한참이나 나이 차이가 나는 막내 외삼촌을 골방에 가둔 채 오른팔이 부러지고 끝내는 의식을 잃을 정도로 두들겨 팼다. 병원 응급실에 실려 갈 정도가 되었지만, 팔에 깁스를 한 채로 병원에서 또 도망쳐 가족 누구도 찾을 수 없는 곳에 숨어 살며 또 온갖 꼴통 짓을 일삼았고, 결국은 또 경찰서에서 피해자들과 함께 만나야만 했다. 가족들은 이제 두 손 두 발을 들고 거의 포기상태였다.

기억난다. 하루는 엄마가 눈물을 글썽이며 어린 나에게 푸념하듯 말했다.

"……내가 니 막내 외삼촌 때문에 속상해 못 살겠다. 니 아빠한테도 창피해 얼굴을 들 수가 없어. 어디서 그런 돌연변이 괴물 같은 놈이 나왔나 몰라. 강아지라면 모가지라도 닭이라면 발모가지라도 묶어놓으련만……. 허구한 날 사고만 치고 다니니……. 그놈의 자식 때문에 할머니할아버지가 제 명대로 살런가 몰라. 지금도 잘하고 있지만 널랑은 제발 그놈의 자식처럼 이 엄마 속을 썩이지 마라. 그랬다가는 엄마는 그 꼴 안 보고 호적에서 파 버릴 거니까."

엄마는 사 남매 중에 맏이로 나이 차이가 20살이 넘는 늦둥이 막내 외삼촌 때문에 한숨을 쉬는 날이 많았다. 주변 모든 이에게 부러움의 대상이었던 모범 집안에 생 골칫거리 하나가 생긴 거였다. 고등학교 3년 내내 막내 외삼촌 때문에 온 가족이 시달리다 지쳐 급기야는 가족회의를 열고, 지인을 통해 미국에서도 깡촌에 가까운, 한국 유학생은 고사하고 한국교포도 없는 이름도 전혀 알려지지 않은 삼류대학에 강제로 유학을 보냈다. 어울려 다니는 망나니들과 떨어뜨려놓기 위해서였다.

그런데 사람 일은 알 수 없다고 어찌된 일인지 가족들의 우려와는 달리 미국에서 대학 1학년을 마치고 돌아온 막내 외삼촌은 군 복무를 하는 내내 이상하리만치 조용했고, 미국으로 다시 돌아가 복학해 무사히 졸업하는가 했더니, 석사에 이어 박사까지 도전한다는 것이있다. 엄마를 비롯해 가족들의 기쁨은 두말할 나위가 없었다. 삼촌은 제대하고 복학해 미국으로 들어간 지 10년이 가까워 오도록 한 번도 집에 오지 않았다. 박사학위를 받을 때까지는 한국 땅을 밟지 않겠다는 거였다. 외할아버지를 비롯한 가족들은 번갈아가며 미국에 가 얼굴이라도 보고 왔지만, 심장에 지병이 있어 장시간 비행기를 탈 수 없는 외할머니는 늦둥이 막내 외삼촌에 대한 그리움으로 몸져누울 지경이었다. 허구한 날 눈물바람이었다. 그런데도 삼촌은 무슨 억하심정인지 그런 외할머니와 그 흔한 영상통화조차 한 번 하지 않고, 미국 유학생활이 담긴 사진 한 장조차도 보내오지 않고, 전화도 한 달에 한 번 올까 말까할 정도였다.

그렇게 외할머니의 애간장을 무던히도 태우던 무심한 세월이 지나고 드디어 삼촌이 10년 만에 귀국한다는 연락이 왔다. 할머니는 휠체어에 앉은 채 삼촌이 도착하기 몇 시간 전부터 인천공항 입국장 입구에서 초조히 기다리고 있었다. 카트에 짐을 잔뜩 싣고 입국장 게이트를 나오며 두리번거리던 막내 외삼촌은 할머니를 발견하고는 손을 번쩍 들고는 "엄마!"를 외치며 한걸음에 달려와 덜썩 무릎을 꿇고 품에 안겼다. 너무 오랜만에 본 삼촌은 길거리에서 무심코 봤다면 지나칠 정도로 변해있었다.

"아이고, 막둥이 이놈아! 이 천하에 무심한 못된 놈아!"

할머니는 오랜 지병에 뼈만 남은 삭정이 같은 가냘픈 주먹으로 삼촌의 등을 펑펑 소리가 나도록 마구 때렸다.

"엄, 마……."

삼촌도 휠체어를 타고 있는 할머니 무릎에 얼굴을 묻은 채, 어깨를 들썩이며 목이 메어 다음 말을 잇지 못했다. 그렇게 얼마나 지났을까.

　"……어디 우리 막내똥내구린내 얼굴 좀 보자!"

　할머니는 두 손으로 삼촌 볼을 받쳐 들고 연신 쓰다듬더니 이마와 볼에 뽀뽀를 하며 눈물범벅이 되었다. 10여 년 세월의 흔적 앞에 늙고 병색이 완연한 채 더 야윈 할머니를 보는 삼촌의 두 볼도 흥건히 젖어있었다. 그런 두 사람을 지켜보던 할아버지는 고개를 들어 공항 천장을 보며, 애써 눈물을 감추며 애꿎은 마른 헛기침만 해댔다. 한참 만에 할머니 품에서 벗어난 삼촌은 할아버지와 마중 나온 가족들과 차례로 감격적인 포옹을 했다. 삼촌은 마지막으로 나와 포옹하며 "짜식, 젖비린내가 폴폴 나던 꼬맹이더니 몰라보게 많이 컸네."라며 꿀밤을 주었다. 어려서부디 나에게 너무 잘해주었기에 유난히 따르던 삼촌이다. 10여 년 전, 그때도 다른 삼촌들과 함께 있으면 뭔지 모르게 불편하고 재미없어도 막내 외삼촌과 있으면 뭐가 그리 재미있는지 시간가는 줄 몰랐다.

　"엄마. 여기 박사학위증!"

　삼촌은 카트에 실린 가방 중에서 박사학위증을 꺼내 휠체어에 앉아있는 할머니의 눈높이에 맞춰 무릎을 꿇고 건네주었다. 가족 모두가 할머니를 둘러싸고 학위증에 눈이 고정되었다. 학위증에는 정말로 삼촌의 이름이 영문으로 찍혀있었다.

"아이고, 옛말에 사람은 몇 번 변한다더니……. 이제 우리 막내가 사람 된 걸 보니 죽어도 여한이 없다."

할머니는 다시 한번 삼촌을 꼭 끌어안고 볼에 연신 뽀뽀를 해댔다. 그 모습을 지켜보던 엄마는 소리 없이 눈물을 흘렸고, 나를 포함한 가족 모두는 콧날이 시려왔다. 그날만큼은 막내 외삼촌은 말썽꾸러기 개망나니가 아닌 개선장군이나 다름없었다.

삼촌은 국제통상학 박사학위까지 받아와 꿈의 직장이라는 규모가 큰 외국계 무역회사에 잘 다니는가 싶더니, 어느 날 갑자기 뜬금없이 룸살롱을 차리겠다며 사업자금을 달라고 떼쓰기 시작했다. 이유는 단 한 가지 직장을 다녀보니 할 짓이 못 된다는 거였다. 더럽고 아니꼽고 야근까지 밥 먹듯 하며 죽으라고 일해 오너 호주머니나 불려주는, 말이 좋아 샐러리맨이지 머슴이나 다름없다는 거였다. 그것도 직장생활을 딱 3개월 하고 내린 32살 총각의 결론이었다. 가족들은 하고 많은 사업 중에 뭐 할 게 없어서 룸살롱이냐고, 집안 망신이라고 모두 반대를 하자, 고집을 부리던 삼촌은 끝내 자기 방에 틀어박혀 단식투쟁을 벌이기 시작했다. 할머니는 삼촌의 다시 시작된 말도 안 되는, 이제 좀 사람이 됐나했는데 그 나이가 돼서도 아직 버리지 못한 꼴통 짓에 검버섯이 가득 핀 주먹으로 가슴을 펑펑 치며 함께 누워버렸다. 개선장군으로 환영받으며 입국한지 딱 4개월만이었다.

"네가 어쩌다가 늦은 나이에 저런 망나니 같은 놈을 낳고 좋다고 미역국을 먹었는지……. 내 죄가 참으로 크다. 커. 니들 아버지와 니들 볼 면목도 없고……. 이참에 차라리 저놈의 새깽이하고 내가 함께 죽어야 다시는 이런 험한 꼴을 안 보게 될 것이다. 나무관세음보살……."

할머니는 가족들이 지켜보는 가운데 평생을 지녀 손때가 묻은 염주를 손에 두르고 안방에 자리를 깔고 등을 보인 채 누워버렸다. 그렇지 않아도 체격이 작아 가냘프던 할머니의 등은 더욱 초라하고 작아보였고, 그 등에선 그 누구와도 함께 나눌 수 없는 짙은 회한이 묻어나왔다. 그 모습을 그저 바라볼수밖에 없는 가족들의 마음도 무거웠다. 특히 말없이 거실 창가에 서서 허공을 올려다보고 있는 외할아버지의 상실감은 눈에 띄게 컸다.

"하여간 저걸…… 이제 다 커서 때려줄 수도 없고……. 제깟

놈이 단식을 한다지만 얼마나 가겠어. 배가 고프면 기어 나오 겠지. 이제 좀 사람이 됐나 했더니 또 고질병이 도졌어."

치과의사인 큰외삼촌이 고개를 절레절레 흔들며 혀를 끌끌 찼다.

"형. 그나저나 어머닌 어떡하지? 어머니 고집도 저 녀석 못지 않게 만만찮은데. 이러다 정말 일 나는 거 아닐까? 어머닌 지병 인 심장병이 있어 식사와 약을 거르면 안 되는데."

회계사인 둘째 외삼촌도 걱정스런 눈으로 와불처럼 완고하 게 돌아누운 할머니의 야윈 등을 애처롭게 바라보며 말했다.

할머니가 막내 외삼촌과 함께 곡기를 끊은 지 사흘이 지나면 서 할머니의 건강은 눈에 띄게 나빠지기 시작했다. 그래도 막 내 외삼촌은 자기 방에 틀어박혀 단식투쟁을 멈추지 않았다. 이대로 가다가는 할머니가 걱정이었다. 일주일이 넘어가면서 할머니는 가쁜 숨을 몰아쉬며 힘겨워했다. 링거라도 맞게 하려 고 했지만 더는 이 꼴 저 꼴 보기 싫다며, 이대로 죽겠다며 완 강히 손을 내저었다. 그런 상황임에도 불구하고 이제 막내 외 삼촌은 한술 더 떠 그나마 먹던 물까지도 거부하며 죽기를 각 오했다. 내가 봐도 정말 이대로라면 끝내는 일이 나도 크게 날 것 같았다. 할머니의 혈압과 심장박동이 들쑥날쑥했고, 어느 땐 호흡도 불규칙해지기 시작했다. 이러지도 저러지도 못하고 그렇게 열흘이 되던 새벽, 끝내 할머니가 의식을 잃고 119 앰뷸런스에 실려 갔다. 응급실에서 겨우 의식이 깨어난 할머니는 팔에 꽂힌 영양제가 섞인 링거주사를 자신의 손으로 뽑아버렸다. 얼마나 거칠게 주사바늘을 뽑아냈는지 야윈 팔뚝에선 피가 뚝뚝 흘렀다.

"너희들이 이러면 내가 정말로 무슨 험한 짓을 할지 모르니까 앞으로는 내게 무슨 일이 있어도 다시는 병원에 데려오지 말어. 내가 이번엔 저놈의 자식 고집을 기어이 꺾고야 말겠어. 알았어?"

할머니는 의식이 없는 상태에서 응급실에서 그나마 영양제가 섞인 링거를 맞고 의식이 돌아오자마자 곧바로 퇴원해 다시 안방에 누워버렸다. 그 모습을 지켜보는 가족들은 그야말로 좌불안석이었다. 할머니의 고집도 고집이지만, 막내 외삼촌은 어려서부터 할머니보다 더 못 말리는 고집쟁이였다. 7살 때 잘못을 하고 바지를 걷고 할머니에게 회초리로 종아리를 맞으면서, 잘못했다는 한마디만 하면 매를 멈추겠다고 해도 끝내 입술에 피가 나도록 앙다물고 신음 한 번 내지 않았다. 그런 고집스런 모습에 화가 더 솟구친 할머니의 모진 매질 끝에 결국은 종아리가 붉어지다 못해 터져서 피가 나도 한 치의 흐트러짐 없이 꼿꼿이 서있었고. 피가 흐르는 어린것의 종아리를 보며 더 때릴 수도 없고 그렇다고 잘못했다는 말을 듣지도 못하고 매를 멈출 수 없던 할머니가 끝내 먼저 울고 말았다. 차라리 도망이라도 가든지 아니면 잘못했다고 빌면 좋으련만. 막내 외삼촌은 매질의 고통스러움에 눈에 핏발이 서면서도 그냥 꼿꼿이 선 채로 있었다는 것이다.

열흘이 넘도록 단식하고 이틀째 물마저 거부한 삼촌의 입술은 늙은 자작나무 껍질처럼 허옇게 부르튼 채 순간순간 의식을 잃기 시작했고, 누가 먼저 죽는지 보자고 고집을 부리는 할머니 역시도 또 깜빡깜빡 의식을 잃곤 했다. 한 시도 두 사람 곁을 떠나지 못하고 지켜보는 가족들은 두 사람 때문에 피가 마를 지경이었다. 이대로 두면 당장이라도 큰일이 날 게 분명했다. 할머니와 막내 외삼촌을 제외한 가족회의 끝에 할아버지가 결론을 내렸다. 이대로 할머니를 돌아가시게 할 수 없으니 어차피 두 분 사후에 사 남매가 나눌 유산을 막내 삼촌에게 각서를 받고 미리 주자는 것이었다.

어느 누구도 못 말리는 똥고집쟁이 막내 외삼촌은 그렇게 자신과 할머니의 목숨을 담보로 한 단식투쟁 끝에 미리 받은 유

산으로 마야라는 룸살롱을 차렸다. 삼촌이 간판으로 내건 마야

(maya)란 고대 인도에서 환영(幻影)이나 허위(虛僞)로 충만한 물

질계(物質界)를 뜻한다고 했다. 어떻게 그런 상호를 생각해냈는

지. 내가 볼 때 룸살롱 간판치고는 상당히 근사하고 일리가 있

고 의미심장하다는 생각이 들었다.

                              • • •

　"임마. 애송이. 돈도 안 되는 알바 한다고 지지리 궁상떨지

말고 여기 와서 카운터 하고 애들 관리 좀 맡아. 알바비는 넉넉

하게 줄 테니까. 내가 카운터에 앉아있을 수 없으니 그래도 좀

믿을 만한 놈이 돈 관리를 해야 맘이 놓이지. 그리고 내놓으라

는 쭉쭉빵빵 애들도 널렸으니까 총각몽달귀신처럼 살지 말고

니 재주껏 말썽만 부리지 말고 알아서 똘똘이 운동도 좀 시켜

주고. 니 그 잘난 똘똘이가 오로지 오줌만 싸라고 달린 건 아니

잖아? 내 말이 맞어, 틀려, 임마! 언더스탠?"

　꿀밤이 머리통에 작렬했다.

　삼촌은 여름방학이 시작되는 시점에 그렇게 나를 불러들였

고, 그때 나는 12월 초에 입영 날짜를 받아놓은, 지오그래픽 사

진기자가 되어 오지탐험을 하는 것이 꿈인 사진을 전공하는 21살 대학 2학년이었다. 가게 인테리어를 할 때부터 돕기는 했지만, 난생 처음 접한 밤의 세계는 신기루 같은 몽환 그 자체, 마야라는 가게 간판의 의미와 딱 맞아 떨어지는 별천지였다. 1시간에 7~8천 원을 계산하며 잔머리를 굴리던 알바와는 달라도 너무 다른 완전히 딴 세상이었다.

일주일 정도 가게에서 적응한 후, 삼촌과 함께 카운터에 앉아 처음으로 내 손으로 빌지를 받아 술과 안주와 악사비용과 애들 팁을 계산기로 두드리며 떨리던 손끝을 지금도 잊을 수 없다. 하룻밤 몇 시간 술값이 도무지 내 머리로는, 상식으로는 상상도 못할 큰 금액이었다. 잘해야 나보다 몇 살 위로 보이는, 한눈에 봐도 명품으로 온몸을 휘두른 귀공자풍의 그들은 100만 원 수표를 마치 만 원짜리 계산하듯 했고, 거스름돈 20만 원을 내주자 팁이라며 내 손에 쥐어주며, "내 얼굴 잘 기억했다가 다음에 오면 이쁜 아다라시로 부탁해."라며 눈을 찡긋했다. 생맥주집이나 포차에서 머릿속으로 술값을 계산하며 치킨이나 찌개를 시켜놓고 소주나 맥주를 마시는 나나 친구들과는 차원 자체가 달랐다. 그들은 나와 겉모습은 같았지만 마치 다른 별에서 온 외계인들 같았다.

빌지를 계산하는 것을 몇 번 지켜보던 삼촌은 고개를 끄덕이더니 잘하라는 한마디를 남기고 가게 안쪽에 있는 사무실로 들어갔다. 가게 문을 닫을 새벽이 다가오면서 카운터 서랍엔 카드영수증과 수표와 지폐들이 수북이 쌓여갔다. 너무 많은 돈 때문에 서랍 문을 닫고도 괜히 불안하고 가슴이 떨렸다. 그럴 리는 없겠지만 행여라도 내가 화장실 간 사이에 돈이 없어질까 봐 화장실도 가지 못하고 자리를 지켰다. 나에게 처음 카운터를 맡긴 삼촌은 걱정도 되지 않는지 사무실에 처박혀 아예 나와 보지도 간섭하지도 않았다. 그날 룸을 새벽까지 정신없이 돌리고 모두 퇴근시킨 후에 삼촌과 마주앉아 검산을 시작했다.

"귀여운 호구 놈들! 이제야 마야가 자리를 잡았구먼."

삼촌은 내가 뭉텅이로 내민 수표와 현금과 카드영수증과 빌지를 테이블 위에 부채모양의 카드처럼 둥그렇게 쫙 펼쳐놓았다. 그리고는 빌지 한 장 한 장의 술값과 안주 등 세부사항 금액을 일일이 계산기에 두들기며 검산하더니 총액을 노트에 기록했다. 다음에는 카드영수증과 수표와 현금을 헤아렸다. 서부영화에 나오는 클린트 이스트우드의 입에 물린 시가처럼 담배를 삐딱하게 옆으로 물고는 담배연기에 이따금 눈을 찡그리며 검산하느라 빠르게 계산기를 두들기는 얼굴이 꽃등처럼 환해져 갔다. 마침내 빌지 총액과 카드와 수표와 현금의 총액의 계산이 일원의 오차도 없이 딱 맞아떨어지자 계산기를 두들기던 손을 탁탁 털며 캬캬캬 경망스럽고 방정맞은 염소웃음을 웃더니 "봤지, 찍사 요놈아! 돈은 이렇게 버는 거야!"라며 잔뜩 긴장한 채 지켜보고 있는 괜한 내 머리통을 쿡 쥐어박았다. 사실 카운터에 앉은 첫날이라 내심 조마조마했다. 물론 불안한 마음에 틈나는 대로 수시로 중간중간 검산을 하긴 했지만 어쨌든 모든 계산이 오차 없이 깔끔하게 잘 마무리가 되어 다행이었다. 철사 줄처럼 팽팽했던 긴장이 한순간에 풀렸다. 삼촌의 믿음에 답하는 첫 스타트를 잘 끊은 것이다.

"애송이, 수고했다. 오늘 혼자서 처음으로 카운터 보느라 애썼고……. 조카라 일당을 좀 생각해 줬다. 출출할 테니 청담동 '새벽집'에 가서 해장 한 그릇 때리고 먼저 퇴근해라. 난 홀을 한 바퀴 돌아보고 갈 테니까."

"같이 가요. 담배 한 대 피우며 기다릴게."

"아냐, 됐어. 난 집에 가서 잠줘야지. 쭈구렁 마귀할멈이 일찌감치 일어나 국 끓여놓고 웬수덩어리가 오기만 기다리고 있을 거야. 근데 말야, 하룻밤 만에 번 이 많은 돈을 턱하니 내놓으면 그냥 뒤로 넘어지겠지. 캬캬캬."

삼촌은 수표와 돈뭉치를 들고 흔들더니 그 중에서 수표 몇 장을 뽑아 내 손에 쥐어주며 눈을 찡긋하고는 손님들이 모두 빠져 깊은 동굴처럼 적막한 홀 안쪽으로 산들바람에 살랑살랑 흔들리는 버드나무 가지 같은 특유의 건들걸음으로 휘파람을 불며 사라져갔다. 쭈구렁 마귀할멈은 할머니를 말하는 거였다. 하고 많은 별명 중에서 엄마에게 마귀할멈이라니. 하여튼 못 말리는 괴짜는 괴짜였다.

"그럼 나 먼저 가요. 저녁에 봐요."

"오케이!"

삼촌은 뒤도 돌아보지 않고 오른손을 번쩍 들어 허공에 흔들었다. 건물 밖으로 나오는 가게 지하계단을 오르며 수표를 헤아려보니 10만 원짜리 세 장이다. 거기다 다른 별에서 온 외계인에게 팁까지 20만 원을 받았으니 일당이 무려 50만 원이나 되었다. 일주일 동안 쪽잠을 자며 죽으라고 해야 벌까 말까 한 알바비였다. 팁은 빼더라도 하루 일당이 30만 원이면 일요일은 쉰다고 하고 대략 26일만 잡아도……. 한 달에 780만 원! 대학생 알바에 이게 정녕 꿈이 아닌가 싶다. 꼴통 같은, 괴물 같은 삼촌을 잘 둔 덕에 횡재도 이런 횡재가 없다.

가게에 일찍 나가 삼촌을 만났다.

그는 제비처럼 까만 조르조 아르마니 양복을 쫙 빼입고 머리도 올백으로 단정하게 넘긴 채 나를 기다리고 있었다. 세 명의 외삼촌 중에서 키도 체격도 크고 인물도 가장 훤칠하고 옷걸이도 좋다. 자기를 가꿀 줄 아는, 남자인 내가 봐도 매력이 넘치는 호방한 상남자 스타일이다. 주방 이모에게 원두커피 두 잔을 부탁하고 카운터에 마주 앉았다. 삼촌이 커피를 마시다 말고 눈을 치켜뜨며 물었다. 특유의 장난기가 가득한 표정이다. 심심한지 뭔가 트집을 잡으려는 것이 분명하다.

"야, 애송이. 니가 생각할 때 이 물장사의 키워드는 뭐라고 보냐?"

"글쎄…… 친절인가? 아니면 삼촌이 그토록 공들여 만든 가게 분위기인가?"

참으로 뜬금없는 질문이다. 이딴 걸 질문하려고 그렇지 않아도 잠이 부족한데 한 시간이나 일찍 나오라고 한 건가.

"땡! 틀렸엄마. 짜식이 며칠 카운터를 봤으면 그 정도는 캐치했어야지. 그렇게 눈썰미가 없고 둔해가지고야 어떻게 이 험한 야생의 정글 같은 세상에서 살아남으려고…… 니 앞날이 심히 걱정된다. 걱정돼, 임마!"

삼촌의 빈정대는 말에 은근히 부아가 치민다.

어떻게 며칠 카운터를 보고 가게 운영의 비밀인 핵심을 콕 찍어내라는 건지. 그는 피아니스트의 손가락처럼 길쭉한 오른쪽 두 번째 손가락으로 머그잔의 입술을 곤충의 더듬이마냥 두드리고 있다. 기분이 좋을 때 습관적으로 하는 행동이다. 더듬이를 두드리는 속도가 빨라질수록 기분이 그만큼 더 좋다는, 정작 본인은 모르는 버릇이다. 그런데 예전에는 몰랐는데 오늘따라 그 모습이 어딘지 모르게 눈에 많이 익었다. 어디서 봤더라? 아, 맞다. 인공지능인 알파고와 인류 대표로 나온 이세돌 프로기사가 대국 중에 결정적인 한 수를 두기 직전에 무의식적으로 바둑통을 두드리던 모습과 거의 흡사했다.

나로 인해 삼촌의 좋은 기분을 망치고 싶지 않다.

"아니면 정직한 가격인가?"

나는 삼촌의 눈치를 살핀다. 순간, 그의 더듬이가 허공에 딱 멈춘다. 살짝 긴장된다. 그가 끌끌 혀를 찬다.

"하. 내참. 이런 꼴뚜기 먹통 같은 놈을 봤나."

"아, 정말! 다 큰 조카한테 꼴뚜기 먹통이 뭐야. 듣는 조카님 기분 나쁘게."

"임마, 이렇게 시설비를 들이고 비싼 임대료를 내고 니 말처럼 정직하게 팔면 난 뭐 흙 파서 장사를 하란 말야? 너도 나도 밤잠 못자가면서 물장사를 했으면 좀 남는 게 있어야 할 거 아냐?"

듣고 보니 맞는 말이다. 하지만 며칠 동안 카운터에 앉아보니 하루 매상이 장난이 아니다. 어림잡아도 시설비 정도는 몇 달 안에 뺄 것 같다. 허공에 멈춰있던 그의 더듬이가 다시 빨라진다.

"손님을 보는 눈이얀마. 딱 스캔해서 범털인지 개털인지 빨리 캐치해야 한다고. 손님을 보는 순간 사이즈가 나와야 한다이거지. 이 호구에게는 귀여운 애가 좋은지 섹시한 애가 좋은지 날씬형을 좋아하는지 글래머를 좋아하는지 통빡이 딱 나와야 한다는 거지. 한 번 왔던 손님인 경우는 애들 초이스는 물론 술도 뭘 찾았는지를 등을 숙지해야 하고……. 한마디로 눈치와 센스가 죽여줘야 한다는 거지. 언더스탠?"

그는 바쁘게 움직이던 더듬이를 말아 쥐는가 싶더니 어느새 내 머리통을 쿡 쥐어박는다. 아. 염병할. 기분이 상한다. 하지만 듣고 보니 맞는 말 같다.

"난 우리 집 애들이 싼 티 나는 건 절대 용납이 안 돼. 그런 애들은 우선 내가 먼저 질색이거든. 머리끝에서 발끝까지 짜르르 명품이어야 한다고. 애들이 수준이 돼야 손님도 걸맞게 범털들이 온다 이거야. 언더스탠?"

그는 말아 쥔 더듬이로 또 머리통을 쥐어박았다.

그리 아프지는 않지만 연달아 꿀밤을 맞으니 은근히 자존심까지 상한다. 완전히 애송이 취급이다. 하긴 내가 아는 그의 화려하다 못해 눈이 부신 전력에 비하면, 나는 아직 걸음마도 못 뗀 젖비린내 풀풀 풍기는, 애송이 축에도 끼지 못하는 건지도 모른다.

삼촌이 담배를 꺼내 든다. 나는 그가 손에 든 라이터를 켜기 전에 재빠르게 일회용 라이터를 켜 코앞으로 쭉 들이밀었다. 그리고 서랍에서 담배를 꺼내 불을 붙였다.

"캬캬캬, 꼴뚜기 먹통이 제법일세. 아부가 맘에 들었어. 이번만큼은 학습능력이 매우 뛰어났어. 기분이다. 라이터 가스 값으로 오늘 일당은 한 장 더 얹어주지. 잘했엄마. 이제야 이 사부님이 입에서 단내가 나도록 가르친 보람이 조금 있네. 자고로 사람은 지금 너처럼 센스가 있어야 한다 그 말씀이야. 그래야 절간에 가서 새우젓이라도 얻어먹을 수 있는 거고."

그는 고개를 약간 뒤로 젖혀 담배연기를 허공을 향해 길게 내뿜는다. 담배를 피우는 모습까지도 왠지 보통 사람과는 다르게 간지가 난다. 그는 누가 봐도 거침없는 성격에 화통하고 멋스러워 보이는 사내다.

"근데 삼촌처럼 못 말리는 꼴통이 한국도 아니고 미국에서 어떻게 대학을 졸업하고 박사학위까지 받았어? 난 그게 궁금하더라."

엄마에게 듣기로는 삼촌이 들어간 대학은 변두리 대학이라 미달인 과가 많아서 성적과는 관계없이 입학금만 내면 들어갈 수 있는 곳이라 했다. 입학은 그렇다 치더라도 박사학위라니. 내 머리로는 도저히 이해가 되지 않는다. 한동안은 말도 통하지 않았을 텐데.

"아메리카? 아이고, 말도 마라. 지금도 그 생각만 하면 머리가 다 지끈거린다. 내가 다닐 학교에 처음 갔는데…… 이건 말만 아메리카고 그나마 대학교가 있어 그렇지 주변 분위기가 우리나라 군 소재지 정도로 컨츄리인 거 있지. 처음엔 답답해 미치고 팔짝 뛸 뻔했다. 도대체 말을 알아들을 수가 있어야지. 햄버거 하나 사 먹는 것도 발음 때문에 개쪽 팔리는 거 있지. 뭘 주문하면 주문받는 놈이 사람들이 내 뒤로 줄지어 서있는데 큰소리로 'What?'을 연발하며 몇 번씩 물어보는 거야. 어떤 햄버거를 달라고 하느냐는 거지. 지 입장에서는 내 발음이 정확하지 않으니까 원하는 걸 주문 받기 위해 당연히 물어보는 거지만……. 그러니 주변 놈들이 웬 동양의 노란 원숭이 같은 촌놈인가 싶어 자꾸 쳐다보며 실실 웃고, 나는 그럴수록 주눅이 들어 기어들어가는 목소리로 더 우물쭈물하게 되고. 결국은 메뉴판에 있는 햄버거를 손가락으로 가리켜서 겨우 하나 사들고 나오고……. 주문 받는 새끼들이 말은 또 어찌나 빨리 하는지. 내영어 실력이 그 정도이다 보니 거기 애들하고 아예 말이 통하지 않는 것은 당연한 거고. 이건 뭐 완전히 귀머거리에 벙어리인 외톨이 신세였지. 정말 미치겠더라니까. 한국 생각이 그렇게 간절할 수가 없었어."

"그럼 와버리지 그랬어."

내가 아는 삼촌은 충분히 그러고도 남을 위인이다.

"며칠 동안은 여긴 내가 살 곳이 못 된다 싶어 심각하게 그럴까도 생각했는데 어느 순간 오기가 생기더라고. 그래서 생각 끝에 꾀를 냈지. 무슨 말인지 생판 알아듣지 못하는 수업이 끝나자마자 음료수 하나 사들고는 곧바로 하숙집에 와 할망구를 붙잡고 잠잘 때까지 되지도 않는 영어로 손짓 발짓까지 동원해 대화를 시도했지. 노환으로 휠체어에 앉은 채 이야기를 할 사람이 없어 늘 거실 한구석에서 텔레비전 채널이나 이리저리

46

돌리며 심심해 죽던 할망구는 말동무가 생기니 엄청 좋아하더만. 나도 집에만 있으면 답답하잖아. 그런데 웃기는 것은 집에만 처박혀있는 할망구 휠체어를 밀며 동네 곳곳을 산책하고 군것질거리도 사서 같이 먹으며 친손자처럼 놀아주는 붙임성 있는 나를 보고는 하숙집 가족들이 손뼉까지 치며 좋아라 하더라고. 나를 대하는 태도도 달라지고 식단도 자연스럽게 업그레이드되고. 그렇게 팔자에 없는 할망구와 둘도 없는 단짝이 되어 한 달 쯤 지나니까 신기하게도 점점 영어가 귀에 들어오고 말문이 트이기 시작하는 거야. 동네 사람들도 날 궂은 날을 빼고는 매일같이 할망구 휠체어를 밀고 다니는 나를 보고는 언제부턴가 웃으며 인사를 건네고. 내 시커먼 속도 모르는 지역신문선 '아름다운 동행'이란 제목으로 취재 나와 할망구 휠체어를 밀고 있는 사진과 기사를 1면에 칼라로 크게 실었다니까. 하루아침에 그 지역에선 착한 놈으로 유명인사가 된 거지."

"신문기자에겐 뭐라고 둘러댔어?"

"솔직하게 말할 수 없어 한국에 있는 늙고 아픈 엄마 생각이 나서 그랬다고 했지."

"역시 삼촌은 대단해."

진심이었다. 그라면 충분히 그러고도 남았다. 누구보다도 친화력이 뛰어났다. 처음 만난 사람도 금세 격의 없는 친구로 만드는 뛰어난 재주가 있었다. 홍당무를 본 당나귀처럼 있는 대로 잇몸을 들어내고 하회탈처럼 환하게 웃을 때 보면 그렇게 티 없이 맑을 수가 없다. 순진무구한 얼굴 그 자체였다. 마치 악의라고는 눈곱만큼도 찾아볼 수 없는 아기 같은 모습이어서 어느 누구라도 그 웃음 앞에서는 무장해제가 됐다. 다른 건 몰라도 그것만큼은 가족 모두도 인정하는 사실이다.

"그렇게 어느 정도 말문이 트이자 슬슬 끼가 나오는 거야. 너한테만 말하는 비밀이지만, 모두가 내가 거기서 열심히 공부만 한 걸로 알고 있는데……. 삼촌이 거기서도 꼴통 애들하고 어울려 좀 놀았거든. 너도 알다시피 죽탱이 때리는(노는) 거라면 어려서부터 쁘로 중에 쁘로, 끝내주는 나였잖아. 일단 말이 되니까 걔들과 금세 친해져 마리화나와 뽕도 좀 하고 이걸로 한 몸매하고 인물이 죽이는 백말흑말노랑말들을 꼬셔서 번갈아가며 타고."

삼촌은 '이걸로' '죽이는'이라 말할 때 유독 악센트를 주며, 입술에 오른손 엄지손가락을 대고 나머지 네 손가락을 할미새 꽁지처럼 빠르게 위아래로 까불거렸다. 속된 말로 이미 한국에서부터 숙달됐던 '이바구'로 여자들을 꼬셨다는 말이다. 안 봤지만 그 모습이 눈에 선하다.

"걔들은 지금도 내가 한국의 재벌 막내 도련님쯤으로 알고 있을 걸. 그리고 공부도 그래. 너도 알다시피 사실 내가 머리가 좀 있잖니. 처음엔 어쩔 수 없이 과제를 제출하려고 억지로 공부를 했는데, 영어도 되고 좀 신경 쓰니까 생각보다 쉽더라고."

삼촌은 그때를 생각하는지 눈을 지그시 감았다.

그럴 수도 있겠다는 생각이 든다. 내가 듣기로는 꼴통 짓을 하기 전까지는 전교에서 일등을 놓친 적이 없는 수재여서 가족들의 기대가 컸다고 했다. 그리고 애들이 삼촌을 재벌 아들인 줄 알았다는 것도 그럴 수 있겠다는 생각이 들었다. 삼촌이 가족들에 의해 강제로 미국 깡촌으로 유학이라는 핑계 하에 유배되었을 때, 할머니는 안쓰러운 마음에 여유 있게 학비와 생활비를 송금해주었다. 그런데 할아버지와 두 외삼촌과 엄마까지도 서로가 모르게 용돈이란 명목으로 따로 송금해주었던 것이다. 막내가 낯선 미국에서 행여나 어렵게 살지 않을까 하는 안쓰러움과 억지로 유배 보내다시피 한 죄책감에. 그런 와중에 아버지마저도 막내처남이 안쓰럽다며 주기적으로 통화하고 엄마 몰래 또 용돈을 부쳐주었다. 그러니 할머니가 여유롭게 부쳐주는 것 외에도 생각지도 않았던 할아버지, 큰삼촌, 둘째 삼촌, 엄마, 아빠까지 여섯 사람으로부터 용돈을 받게 된 것이다. 따라서 놀기 좋아하는 그가 깡촌 애들에게 선심 좀 쓰며 한국의 재벌 막내 도련님쯤으로 행세해도 전혀 이상해 보이지 않았을 것이다.

"야, 애송이. 내가 뽕하고 말 타고…… 지금까지 말한 건 가족들에겐 특히 잔소리 대마왕 마귀할멈에겐 절대 비밀이다. 만약 그 사실을 모두 알면 거품을 물고 뒤로 넘어가 다시는 영영 깨어나지 못할지도 모르니까. 언더스탠?"

그가 또 언더스탠이란 말과 동시에 머리통을 쥐어박으려는 순간, 고개를 뒤로 젖히며 가재처럼 재빠르게 뒷걸음쳐 사정권 밖으로 도망쳤다. 그의 '언더스탠?'은 항상 꿀밤을 동반한다는 것을 이미 여러 번의 체험으로 습득하고 있었다. 그런 나를 본 삼촌은 재빠른 내 행동에 의외라는 듯 눈을 크게 뜨더니 이내 습관적인 방정맞은 염소 방귀 같은 웃음소리로 캴캴거렸다. 이상하게도 나는 왜 이런 개구쟁이 중에서도 상 개구쟁이인 악동 같은 그가 좋은지 모른다. 그냥 편하다. 설령 내가 이상하거나 도저히 이해가 안 되는 말이나 행동을 한다 하더라도, 가족이나 타인들이 볼 때는 도저히 이해가 안 된다하더라도, 그러면 그런 나를 다 이해해주고 보듬어줄 것만 같다. 그는 그냥 함께 있다는 그 자체만으로도 웃음이 나고 유쾌하고 뭔가 밝은 에너지를 주었다. 그는 과거에도 그랬지만 앞으로의 인생에도 마냥 즐거움만이 있을 것 같은 예감이 들었다. 나도 그 기운을 받아 덩달아 즐거운 인생이 된다면 얼마나 좋을까.

●●●

"오빠, 카멜 블루 한 갑!"

미라가 둘만이 아는 미소를 지으며 만 원을 내민다.

"됐어. 어제도 만 원 줬잖아."

"그냥 받아. 나도 팁 한번 줘보자."

많은 담배 중에서 유독 카멜만을 피우는 그녀를 위해서 미리 카운터 서랍에 몇 갑 준비해 둔 것이다. 룸의 분위기가 좋았는지 표정이 밝다. 매니큐어 색깔이 며칠 전에는 분홍색이었는데 보라색으로 바뀌어있다. 시계를 보니 자정을 넘어서고 있다. 가게는 이제 중반전으로 접어들고 있다.

미라는 가게에서 쓰는 가명이고, 본명은 김은지였다. H대 서양화과 3학년으로 나보다 1살 위인 22살이었다. 그런데도 오빠라고 불렀다. 아니 마야에 있는 애들은 모두 나이를 불문하고 나를 오빠라 부른다. 사실 그게 편한지도 모른다. 어차피 언제든 가게를 그만두면 남남인 이런 곳에서 굳이 나이를 따져 어쩔 것인가. 설령 가게를 그만둔 이후, 어떤 일로 우연히 만난다 해도 그녀들이 먼저 아는 척을 하지 않는 이상은 처음 보는 사람처럼 모르는 척해주는 것이 이 바닥의 불문율이다. 그녀들로서는 타인에게 밝히기 싫거나 아픈 과거일 수도 있기 때문이다.

미라는 담배를 받아들고 룸을 향한다. 뒷굽이 엄청 높은 힐이 규칙적으로 복도 바닥에 부딪치는 소리를 내며 멀어져가는 그녀의 뒷모습에 시선이 간다. 오늘따라 그녀는 밤이슬을 머금은 야화처럼 싱싱하면서도 요염하다. 웃을 때 보이는 깊게 패인 양 볼의 보조개노 그렇고, 남자들의 눈을 어지럽히는 바디 라인이. 고운 참붕어처럼 육감적으로 시원하게 쭉 뻗은 몸매가 손을 대면 끈적끈적한 점액질이 묻어날 것만 같다. 짙은 갈색 머리에 웨이브 펌을 준 긴 머리가 걸을 때마다 출렁이고, 꽉 조이게 입은 원피스는 양 팔이 시원스럽게 드러났고, 잘록한 허리와 팽팽한 둔부에는 굴곡과 함께 삼각팬티 라인이 보인다. 내 눈은 걸을 때마다 좌우로 약간은 비대칭으로 흔들리는 엉덩이에 오래도록 눈이 고정되었다.

마야에 온 첫날 저녁.

삼촌의 소개로 가게에 나오는 애들, 악사, 웨이터, 주방 이모까지 한자리에 모여 인사를 하는 자리에서도 유독 한눈에 들어왔던 그녀였다. 애들은 삼촌의 안목으로 뽑아 모두가 각자 개성대로 한껏 멋을 부렸지만 이상하게 그 많은 애들 중에서 그녀가 첫눈에 들어왔다. 그녀를 보는 순간 이런 곳에 있기에는 너무 아깝다는 생각이 들었다. 지금까지 보아왔던 어떤 여자보다도 느낌이 왔다. 무엇보다 '모딜리아니의 여인들'이라는 연작 작품 중에서 특히 큰 눈에 짙은 마스카라 눈 화장을 한, 어딘지 모르게 슬픈 눈매를 가졌던 한 여인을 닮았다는 생각을 지울 수가 없었다.

만약에 내가 엔터테인먼트 대표라면 당장이라도 스카우트해서 연예인으로 키우고 싶을 정도였다. 가게 식구들이 워낙 많다 보니 이름을 외우는 데도 시간이 걸렸지만, 그녀의 이름은 단 한 번에 머리에 입력되었다. 뭐라 꼬집어 말할 수는 없지만 그녀와의 첫 만남에서 예정된 운명 같은, 어쩜 그녀가 내 생에 있어 어떤 형태로든 영향을 줄 것 같다는 예감을 떨칠 수가 없었다.

삼촌이 주방에서 커피 두 잔을 들고 와 카운터 탁자 위에 내 커피를 내려놓는다. 기분이 좋아 보인다. 그럴 수밖에 없는 것이 오늘은 10시가 안 돼서 룸이 꽉 찼다. 단체 손님이 큰 룸 세 개를 차지해 술과 안주가 쉴 새 없이 들어가고 대기룸에도 쉬는 애들이 한 명도 없다. 이렇게 새벽까지 지속된다면 마야의 최고 매출 기록 경신도 기대해 볼 만했다. 가게에서 제일 큰 룸은 15명 골프모임 단체손님까지 들어 도저히 애들 인원을 맞추지 못해 양해를 구하고 10명만 들여보냈다. 각 룸에 들어간 애들과 악사들을 기록하고, 기본 세팅 외에 수시로 각 룸에 추가로 들어가는 술과 안주를 카운터 컴퓨터에 체크하느라 정신없이 바빴다. 룸마다 들어가는 술의 종류가 각각 다르고 안주도 마찬가지였다. 실수로 체크하지 않으면 가게로서는 그만큼 손해였다. 바쁠수록 더 긴장해야 한다. 한마디로 카운터를 비우고 오줌 싸러 갈 시간도 없을 지경이었다. 삼촌이 손가락 더듬이로 커피 잔 주둥이를 두드리며 말한다.

"오늘은 뭔 일이다냐? 단체 세 팀에 벌써부터 만땅으로 차게."

"그러게. 오늘은 모두 술 푸는 날인가 봐."

삼촌이 들고 온 커피를 마시며 덩달아 기분이 좋아진다. 룸마다 악기소리와 노래가 한데 어우러져 들려온다. 방음장치를 철저하게 했다고는 하지만 완벽할 수가 없고, 룸의 문이 열릴 때마다 귀청을 때리는 음악소리가 잔뜩 웅크렸던 스프링이 튀듯 튕겨져 나온다. 삼촌과 커피를 마시는 중에도 룸에 들어가는 술과 안주를 몇 번이나 체크해야 했다.

"삼촌, 잠깐 카운터 좀 봐줘. 화장실 좀 다녀오게. 한참 됐어. 바지에 싸기 직전이야."

"오케이. 간 김에 아예 두 대 피우고 와."

나는 화장실 변기에 앉아 느긋하게 담배를 물었다. 영업시간 중에는 가능한 한 카운터에서 담배를 피우지 않았다. 화장실에 다녀오자 삼촌은 컴퓨터 화면에 지금까지 체크된 매출을 계산하고 있었다.

"단체 손님들이 와서 그런지 벌써 하루 평균 매출 가까이 됐네. 주방 이모들도 정신없이 바쁘겠는데. 오늘은 이모들 퇴근 때 차비라도 챙겨줘야겠다."

룸에서 흘러나오는 노래를 콧노래로 따라 부르던 삼촌이 갑자기 내 얼굴 가까이 얼굴을 바싹 들이대더니 은근한 목소리로 묻는다.

"야, 애송이. 너 솔직히 말해 봐."

"뭘?"

밑도 끝도 없는 질문이 황당하다. 이 괴물 삼촌은 말의 앞뒤를 뚝 잘라내고 가운데 토막만 말하는 이런 식의 대화로 가끔씩 나를 당황하게 한다. 이제는 어느 정도 익숙해지기는 했지만 아직도 낯설 때가 많다. 뭘 솔직히 말하라는 건지 전혀 감을 잡을 수 없는 지금처럼.

"니가 볼 때 애들 중에서 누가 에이스 오버 에이스로 보이데? 맛있어 보이더냐고? 너도 똘똘이가 추석 앞둔 알밤처럼 통통히 여물고 보는 눈이 있으니까 나름 점찍은 애가 있을 거 아냐?"

한껏 낮춘 목소리가 사뭇 은근질척하다.

"내가 카운터에 앉은 지 얼마나 됐다고 그래. 아직도 애들 이름이 헷갈려 체킹하는데 애를 먹고 있고만. 그리고 지금 그런 말씀이 나이 꽤나 드신 삼촌님께서 오줌 싸러도 갈 수 없을 정도로 바쁘신 어린 조카님에게 할 소리십니까? 그리고 여자가 무슨 음식입니까? 맛이 있고 없게 말입니다."

나도 한껏 느물거리며 평소에는 하지 않던 깍듯한 존댓말로 받아쳤다.

"아쭈구리, 팅기기는."

삼촌은 내 예상 밖의 반응에 빙글빙글 능글맞은 웃음을 머금고 내 얼굴에서 뭔가를 읽어내려는 듯이 집요하게 파리 잡는 끈끈이처럼 끈적한 시선을 내려놓지 않는다. 하여튼 못 말리는 위인이다. 그럴 리는 없겠지만, 이런 때 보면 사무실에 틀어박혀 친구들과 밤새워 포커 치는 것 외에는 특별히 할 일이 없는 그가 나를 놀려먹는 재미로 가게를 나오는 건 아닐까 하는 의심이 들 정도였다.

"너. 혹시……. 나 몰래 벌써 말타기를 한 건 아니지?"

"아. 진짜 왜 그래? 내가 가게 나온 지 며칠이나 됐다고. 그리고 내가 삼촌처럼 흑말백말노랑말을 가리지 않고 마구 타는 사람인 줄 알아? 암말이라면 물불을 안 가리는 종마(種馬)인 줄 아냐고?"

"시간이 무슨 상관야. 이 몸은 아~메리카에서 처음 만나자마자 바로 말타기를 한 적도 있고만."

"아. 정말……. 여기가 아~메리카냐고? 그리고 난 애송이바보멍텅구리해삼멍게꼴뚜기말미잘이라서 삼촌처럼 그런 출중하신 재주가 없습니다요."

남들은 모두 영업하기도 바쁜 와중에 도와주지는 못할망정 사장이라는 작자가 한가하게 싱거운 소리나 해대는 게 철부지 같아 오뉴월 풀쐐기처럼 톡 쏘아주었다. 삼촌은 내 날카로운 반격에 잠시 입을 반 쯤 벌리고 눈알을 바쁘게 굴리며 특유의 어리바리한 표정을 지었다.

"매일 혼자서 저녁부터 다음날 새벽까지 카운터 보기도 정신없는데 애들하고 얘기할 시간이 있어야 말을 타든 당나귀를 타든 할 거 아냐? 아니면 잘난 외삼촌 덕에 조카가 말 탈만한 건수나 여건을 만들게 카운터 일을 잠깐씩이라도 거들어주든지. 누군 한가하게 초저녁부터 영업이 끝나는 새벽까지 사무실에 처박혀 포커만 치고 말야. 맨날 나만 눈코 뜰 새 없이 바쁘고만!"

"쏘리, 쏘리, 아이 엠 쏘리!"

그가 과장된 몸짓으로 파리가 앞발을 비비듯 두 손을 내 코 앞에 바짝 들이대고 비벼댄다. 입은 쏘리라고 하고 있지만 눈을 보면 전혀. 눈곱만큼도 미안해하는 구석이 없이 느물느물 빙글거리고 있다. 나는 짐짓 화가 난 것처럼 거칠게 일회용 라이터 롤러를 돌려 담배에 불을 붙였다. 그도 내 담배 갑에서 한 개비 꺼내 물고 불을 붙이다 말고 갑자기 돌변해 인상을 긁으며 말한다.

"근데 이 짜식이, 미안하다고 사과를 해도 왜 화를 내고 지랄야. 지랄이! 임마, 니 하루 일당이 얼만데? 아무리 삼촌 조카

사이지만 비즈니스 적으로 그 정도 일당을 받으면 그만큼 정도
는 일을 해야 하는 거 아냐? 가만히 앉아서 컴퓨터 자판을 두
들기는 게 뭐가 그리 힘들다고. 노가다처럼 허리가 부러지도록
삽질을 하는 것도 아니고."

"정말 그렇게 치사하게 나올 거야?"

"치사하긴 짜샤. 삼촌 조카를 떠나서 엄밀히 따지면 난 사장
이고, 넌 일당 알바생 아니냐고? 어디서 알바생이 그것도 하루
살이 일당 알바 주제에 사장이 미안하다고 하는 데도 눈을 부
라리고 지랄야. 지랄은?"

"그래요, 잘난 사장님! 이제 그만합시다."

오늘 기분이 좋아서 그런지 다른 날보다도 더 유독 끈적끈적
자꾸 이죽거리며 말장난을 걸어온다.

"그만하긴 짜샤. 누구 맘대로 그만해. 그리고 내가 노파심에
서 하는 얘긴데……. 니가 여기 애들과 밖에서 만나 얼마든지
말타기를 하고 안 하고는 니 능력이고 자유지만, 내가 그것까지
터치하고 싶지는 않지만……. 절대로 가게까지 소문이 나면 안
돼. 카운터에서 애들 초이스를 맡은 니가 누군가를 편애한다고
생각하면 그 불평불만이 바로 나한테 쏟아지거든. 그런 걸 방
지하기 위해서도 손님이 특별히 지정하지 않으면 반드시 순번

대로 룸에 넣는 거 잊지 말고……. 언더스탠?"

이번에는 미처 피할 사이도 없이 여지없이 꿀밤을 맞았다. 그가 '룸에 넣는 거 잊지 말고…….'까지 말하고는 잠시 뜸을 들여 무슨 말을 하나 싶어 기다리고 있는데 갑자기 '언더스탠?'을 재빠르게 외침과 동시에 꿀밤을 준 것이다. 그는 내 억울해하는 표정을 빙글거리는 얼굴로 빤히 보며 고소하다는 듯이 연신 방정맞은 염소 재채기 웃음을 캬캬캬 날린다. 쌤통이다 요놈아. 이번에는 못 피했지라는 표정으로 윙크를 날리고는 그 특유의 산들바람에 건들거리는 버들가지 같은 건들걸음으로 복도 끝에 있는 사무실로 멀어져 간다.

이제 카운터 업무는 완전히 내 몫이다.

사실 이 자리는 삼촌이 나를 믿지 못했다면 맡길 수 없는 자리다. 삥땅을 치려고 마음만 먹는다면 룸에 들어가는 술이나 안주 등의 수량을 적당히 누락시켜 얼마든지 호주머니에 따로 챙길 수도 있다. 하룻밤 사이에도 워낙 큰돈이 계산되는 곳이기에 카운터에 앉으면 신경이 곤두섰다. 화장실을 가거나 잠시 자리를 비울 때는 잊지 않고 수표와 현금이 든 서랍 키를 채웠다.

삼촌은 거의 매일 사무실에서 가까운 지인들과 영업이 끝나는 새벽까지 포커를 치며 시간을 보냈다. 가게에서 어떤 불미스러운 일이 생길지 몰라 자리를 지키기 위해 시간 보내기를 하고 있다는 것을 모르는 바는 아니다. 포커를 하는 도중에도 가게에서 특별히 신경을 써야 할 VIP 손님이 오면 룸에 들어가 인사를 하고는 다시 사무실로 들어갔다. 어쩌다 멤버 구성이 되지 않아 포커를 치지 못하는 날은 컴퓨터 게임방에 들어가 세븐오디를 하며 가상머니를 따는데 열중했다. 게임방은 보유한 가상머니의 총액에 따라 등급을 정하는데, 그동안 딴 가상머니가 어마어마해 최고의 고수들만이 입장할 수 있는 방에서 게임을 한다고 자랑처럼 말했다. 하여튼 삼촌은 바둑, 골프, 포커, 술 마시기, 여자 꼬시기 등 모든 잡기 쪽에 강했다. 그쪽 방면으로는 보통 사람들보다 월등한 재주를 타고났다고 봐도 과언이 아니다. 물론 마야를, 그 많은 식구들을 잡음 없이 잘 끌어가는 걸 보면 사업수단도 대단하다고 인정해줘야 했다.

• • •

"애들이 모자라 큰일이네. 언제 짝을 채워줄 거냐고 안달들이네."

가게 전반의 일을 총 관리하는 박 부장이 탁자에 팔을 얹은 채 낚시에 걸려 화가 잔뜩 나 부풀어 오른 복어 배처럼 볼록한 배를 내밀고 박카스를 마시며 난감한 표정이다. 그는 유난히 박카스를 좋아한다. 일을 하면서 수시로 마신다. 저렇게 많이 마셔도 되나 걱정될 정도다. 시선을 느꼈는지, "괜찮아. 오랫동안 습관이 돼서 내겐 물이나 마찬가지야."라며 사람 좋아 보이는 푸근한 미소를 짓는다. 그의 그 푸근하고 시골 큰형님 같은 순박해 보이는 미소를 보면 누구나 친근함을 느낀다.

그는 이 바닥에서 20년 이상을 일해 온 베테랑으로 삼촌이 가게를 오픈하기 전부터 공을 들여 스카우트해온 사람이었다. 그를 스카우트해 온 계기는 삼촌이 마야를 오픈하기 전에 벤치마킹하기 위해 답사 겸 잘 나간다는 룸살롱을 다니다 그를 눈여겨보았기 때문이었다. 박 부장이 처음에는 기존에 있던 가게에서도 충분한 대우를 받고 있고, 주인과의 의리 때문에 옮기려 하지 않았다. 그러자 삼촌은 그에게 월급을 50퍼센트 인상해주겠다고 제시했다. 그래도 움직이지 않자 마지막 히든카드로 가게 매출의 순이익금에서 5퍼센트를 떼어준다는 파격적인 제안을 하며 며칠에 걸쳐 끈질기게 설득했다고 한다.

내 짧은 생각으로는 그의 능력이 아무리 뛰어나다고는 하지만 월급 인상은 몰라도 순이익금에서 5퍼센트까지 얹어주는 조건이 언뜻 이해되지 않았다. 하지만 삼촌은 역시 나보다 몇 수 위였다. 삼촌이 암암리에 알아보니 박 부장의 단골손님이 의외로 많더라는 거였다. 따라서 새로 오픈하는 마야가 빠른 시일 내에 소문이 나고 자리를 잡으려면 그가 절대적으로 필요했다. 그가 유치하는 손님만으로도 월급과 5퍼센트 인센티브를 주어도 마이너스가 아니라는 결론이 나왔다는 거였다. 그들은 어차피 박 부장이 아니면 마야라는 존재 자체를 모르고 오지도 않을 손님들이었다. 물론 시간이 지나면 알고 찾아올 수는 있겠지만 그러기에는 시간이 걸린다는 단점이 있었다. 그리고 룸살롱 성패를 좌우하는 데는 여러 가지 요인이 있겠지만 가장 큰 부분을 차지하는 것은 물 좋은 아가씨들인데, 그 부분에 있어서도 그동안 이 바닥에 뼈를 묻으면서 아가씨들과 좋은 인간관계를 유지해 온 박 부장의 탁월한 능력이 필요했다.

삼촌의 예상은 적중했다. 박 부장은 가게의 매출이 오를수록 덩달아 자신의 몫도 커지기 때문에 마야가 오픈과 동시에 그동안 관계를 맺었던 큰손님들을 불러들였다. 따라서 초반에 고전하지 않고 빠르게 자리를 잡을 수 있었던 것이다. 삼촌이 직접 애들 면접을 보기는 했지만 가게를 오픈하고 단기간 내에 수준 급의 애들을 스카우트해 세팅을 마친 것도 박 부장이었다. 그는 다른 룸살롱의 잘나가는 에이스들을 삼촌과 상의해 선불까지 지불하며 불러들였다. 화통한 성격인 삼촌의 전폭적인 지원 사격 아래 그는 자신의 가게처럼 삼촌이 미처 알지 못했던 세세한 여러 곳에서 능력을 발휘했다. 내가 봐도 두 사람은 찰떡궁합처럼 잘 맞았다.

"룸이 빠지질 않는데 어떡하죠?"

나 역시 난감한 표정으로 박 부장을 보았다.

"그렇다고 애들을 돌릴 수도 없고……."

박 부장은 가게를 오픈하기 전부터 삼촌에게 한 가지 약속을 빚었는데, 애들이 모자라 손님을 돌려보낼지언정 애들을 잠깐이라도 불러내 다른 룸에 들여보내지 않기로 했다. 다시 말해, 같은 시간대에 두 개의 룸을 드나드는 두 탕은 안 된다는 거였다. 손님을 잡아두기 위한 욕심에 애들을 두 탕을 뛰게 하면 일시적으로는 가게의 매출이 올라갈 수 있겠지만 금세 소문이 나고 고급 손님들이 떨어져 나가 결과적으로는 손해라는 주장이었다. 내가 생각해도 박 부장의 말이 맞는 것 같았다. 나라도 내 파트너가 화장실에 다녀온다는 등의 핑계를 대고 다른 손님 룸에 들어갔다가 온 걸 알면 기분이 나쁠 것은 당연했다.

"차라리 잘됐어."

"네? 무슨 말인지……."

나는 박 부장의 말이 쉽게 이해되지 않아 되물었다. 지금 애들이 모자라 룸에 대기하고 있는 손님들이 항의하고, 들어오는 손님도 받지 못하는 상황이기에 그의 말이 쉽게 납득이 되지 않았다.

"이렇게 가게에 애들이 모자라야 더 소문이 날 수도 있어. 오늘 왔던 손님들은 앞으론 이런 꼴을 당하지 않으려고 미리 예약을 할 거거든. 이 바닥에서 잘나가는 가게의 첫째 조건이 뭐냐면……."

그는 잠시 뜸을 들이며 궁금해 하는 내 얼굴을 보며 빙그레 웃는다.

"예약손님이 많다는 거거든."

나는 그제야 그가 한 말을 알아들을 수 있었다. 역시 이 바닥의 고수는 뭐가 달라도 달랐다. 거기까지는 미처 생각하지 못했다. 이 작은 경험을 통해서 앞으로 인생을 살아가는 데 있어한 수 배운 느낌이었다.

"그래도 부장님이 시달리잖아요."

"그것도 생각하기 나름이야. 손님이 없어 빈둥거리는 거보다는 백배 낫지 뭘 그래. 이러다 룸이 빠지면 다른 손님도 많지만 특별히 배려해서 우선적으로 가게의 에이스를 넣어주는 거라고 생색도 좀 내고. 그러면서 또 단골을 만들고."

나는 그의 말을 귀담아 들었다.

이 계통에 잔뼈가 굵은 사람의 노하우이기 때문이다. 어쩌다 잘난 막내 외삼촌 때문에 21살 대학 2학년에 룸살롱 카운터를 맡고 있긴 하지만 결코 쉽게 할 수 없는 인생 경험이었다. 카운터를 지킨 지 얼마 되지는 않았지만 이곳에 드나드는 군상들을 보면서 보통 사람들은 경험할 수 없는 세상의 적나라한 뒷면을 접하는 느낌이었다. 특히 스스로 잘났다고 자부하는 허세 가득한 수컷들의 밤 세계를.

"그 자리가 그렇게 만만한 곳이 아닌데 내가 보기엔 현수가 잘하는 거 같아. 룸에 애들 초이스 하는 것도 제법이고. 초짜라고 보기엔 너무 노련해."

"감사합니다. 예쁘게 봐주셔서. 제가 잘해서라기보다는 부장님이 옆에서 많이 도와주시니까 할 수 있는 거지요."

진심이다. 그가 없었다면 여러 가지 크고 작은 일로 어려움이 많았을 것이다. 우리는 손발이 잘 맞았다. 가게에서 일어나는 모든 일은 그가 맡고, 나는 매상관리와 애들 초이스만 신경 쓰면 됐다. 그때 3번 룸에서 부장을 찾았고, 그는 마시던 박카스 병을 쓰레기통에 버리고 잰걸음으로 룸으로 향했다. 그가 룸에서 나온 것은 잠시 뒤였다.

"3번 룸 단골손님이 미라가 언제 되냐고 또 재촉이네."

"5번 룸에 들어간 지 1시간도 채 안 됐는데요. 미라와 다른 애들을 예약한 4명이 와서 시간이 좀 걸릴 거 같은데 어떡하죠?"

나는 카운터 컴퓨터 모니터에 뜬 룸 관리표를 보며, 룸에 들어간 애들 이름과 시간을 알려주었다.

"그러게 말야. 내가 볼 땐 마야에선 미라가 톱인 것 같아. 몸매나 외모도 최고고 거기다 성격까지 좋아. 그러니 손님들 평도 좋고. 그런 애 세 명만 있으면 마야가 강남바닥을 바로 접수하는 건데…… 할 수 없지, 뭐. 솔직히 말하고 기다리든지 다음엔 예약을 하고 오라고 해야지."

그가 다시 3번 룸을 향해 등을 돌린다.

3번 룸 외에도 가게에 들어서면서 미라를 찾는 손님이 한 명더 있다. 며칠째 지켜보지만 미라는 한시도 쉴 수가 없을 정도로 초이스가 많다. 수컷들의 눈은 내가 보는 것과 비슷한가 보다. 나라도 똑같은 팁을 주고 비싼 술을 마실 거라면 그녀를 선택할 것이다.

삼촌은 룸살롱이기에 어느 정도 스킨십은 허용했지만 다른 곳과는 달리 난잡한 행동을 하거나 2차 나가는 것을 철저히 배제시켰다. 그런 질 떨어지는 영업은 당장은 이익을 낼 수 있을지 몰라도 길게 보면 손해라는 지론이었다. 박 부장도 같은 생각이었다. 애들 교육도 철저히 시켰다. 비록 술과 웃음을 파는 곳이지만 고급스러움을 지향한다는 것이 다른 가게와 차별화된 전략이라면 전략이었다. 진상 손님은 처음부터 아예 받지 않겠다는 거였다.

5번 룸에서 인터폰이 왔다.

"오빠, 여기 보헴시가 쓰리 한 갑하고 따뜻한 물 한 잔 부탁해."

"오케이!"

미라다. 인터폰 수화기를 타고 밴드와 어우러진 노랫소리가 귀가 따가울 정도로 들려온다. 분위기가 고조된 느낌이다. 중견 건설회사 사장이 비즈니스 손님들과 들어간 룸이다. 인터폰을 놓자마자 곧바로 7번 룸 인터폰이 또 운다.

"멋쟁이 오빠, 아까 들어왔던 것으로 한 병 추가!"

"오케이!"

호리호리한 몸매에 비해 젖소마냥 유난히 가슴이 큰 수미다.

언뜻 보면 명치 위 상체 전부가 가슴으로 보일 정도다. 동양여성으로서는 보기 드문 체형이었다. 조금 취했는지 콧소리를 내고 있다. 손님 5명과 애들까지 10명이 들어간 7번 룸은 쉴 새 없이 술과 안주가 추가되고 있었다. 수미는 출근해 노트에 사인을 할 때마다 활짝 웃으며 핸드백에서 담배 한 갑이나 초콜릿이나 예쁘게 포장된 화과 등 받는 내가 부담이 가지 않을 정도의 선물을 내밀었다. 여자에 숙맥인 내가 봐도 그녀가 나에게 관심을 가지고 있다는 것쯤은 알 수 있었다.

그녀는 밝은 인상에 친화력이 좋다. 모델 일을 하고 있다고 하지만 아직은 지명도가 약한지 별로 알려지지 않은 몇몇 잡지 등에서는 봤지만 매스컴을 통해서는 아직 보지 못했다. 장차 화장품이나 커피 광고를 찍는 것이 목표라고 했다. 내가 처음 그랬던 것처럼 그녀를 처음 보는 사람들은 자신도 모르게 시선이 엄청난 가슴으로 먼저 갈 정도였다. 그렇게 큰 가슴을 가진 여자는 외국 성인 잡지에서나 보았지 실제로 보기는 그녀가 처음이다. 얼굴은 좀 빠지지만 성격과 가슴을 보고 뽑았다는 삼촌의 말이 이해가 됐다. 삼촌은 대부분의 남자들이 가슴이 큰 여자에게 호기심을 갖기 때문이라고 했다. 여자의 가슴은 모성을 상징하고 남자들은 본능적으로 송아지가 어미젖을 찾듯이 하는데 그걸 송아지 사랑이라고 했다. 삼촌의 예상대로 송아지 사랑이 통했는지 그녀를 찾는 손님들이 의외로 많다. 마야에서 잘나가는 에이스 중에 한 명이었다. 내가 볼 때는 화장품이나 커피보다는 먼저 브래지어나 여자 속옷 광고 쪽을 먼저 도전해보는 게 우선이 아닐까 하는 생각이 들었다. 내가 광고주라면 놓치고 싶지 않은, 속옷 제품을 돋보이게 해줄 충분히 매력이 있는 가슴이었다.

잠시 후, 5번 룸 인터폰이 운다.

몸매가 볼륨은 없지만 키가 기린처럼 껑충 크고 대나무 이쑤시개처럼 날렵한 수애다. 태풍이라도 불면 날아가지는 않을까 걱정이 될 정도로 말라도 너무 마른 타입이다. 하여튼 삼촌의 여자 보는 눈은 특이해서 각기 다른 스타일들이 마야에 총 집합되어 있다고 해도 과언이 아니었다. 수애는 수애대로 키 크고 마른 스타일을 좋아하는 손님들로부터 꽤 많은 예약을 받고 있었다.

"오빠, 손님이 부장님 좀 오시래."

"왜? 무슨 일 있어?"

"아니, 뭔 일이 있는 것은 아니고 예전 가게 부장님 단골손님이었던 것 같아. 술 한 잔 드리겠다고 오라네."

"오케이!"

나는 인터폰으로 포커에 열을 올리고 있는 삼촌을 호출했다. 삼촌과 부장은 5번 룸을 향했다. 카운터에 있다 보면 이런 일이 자주 있었다. 이미 삼촌이 예상했던 것처럼 박 부장은 자기가 알고 있는 범털 손님들을 마야로 불러들였다. 박 부장의 소개로 손님이 처음 마야에 오면 삼촌이 직접 찾아가 인사했다. 박 부장과 동행해 고급 양주 한 병과 과일안주를 들고 가서 명함을 주고받은 후, 손님들에게 정중하게 첫 잔을 올리고, 한 잔받아 마시고 나왔다. 당연히 그 술과 과일안주는 서비스였다. 빌지로 계산하면 150만 원이 넘는 금액이다. 따라서 박 부장의 전화로 마야를 처음 찾은 손님은 사장이 직접 들고 온 술과 안주 값만큼 계산에서 이익을 보는 셈이었다.

"삼촌, 안주는 그렇다 치더라도 술은 좀 센 걸 서비스하는 거아냐? 중간급으로 줘도 되잖아?"

내가 카운터를 맡고 거의 매일 작게는 한 병에서 몇 병씩 서비스로 나가는 술값이 아까운 생각이 들어 한 말이다. 삼촌이 손님들 앞에서 박 부장의 체면을 살려주는 건 좋지만 너무 폼을 잡는 건 아닐까 하는 생각이 들어서였다.

"짜샤, 넌 그래서 아직 하나만 알고 둘은 모르는 애송이인 거야."

　삼촌이 실실 웃으며 카운터 안으로 들어와 컴퓨터에 찍힌 룸 관리표의 매출현황을 들여다보며 말했다. 애송이라는 말이 귀에 걸려 볼멘소리를 했다.

　"뭔 소리야? 난 가게를 위해서 하는 말인데."

　"임마, 니가 손님이라고 가정해보자. 자신을 마야로 부른 박 부장에게 술 한 잔 주려고 오라고 했는데, 가게 사장이 직접 술과 안주를 서비스로 들고 와 한 잔씩 올리는데 사내가 가오가 있지 쪽 팔리게 서비스 술만 딸랑 마시고 갈 수 있냐?"

　"그건 아니지."

　"그치? 그건 아니지. 그리고 그 술을 다 마시면 애들도 지켜보고 있는데 가오가 안 서게 서비스 받은 술보다 싼 술을 시킬 수 있을까, 없을까?"

　"……!"

　"당연히 그보다 아래 급 술을 시킬 수는 없겠지? 다음에 와서도 마찬가지고. 결국 가게는 얼마나 이익일까? 술값은 니가 더 잘 알잖아. 안 그래?"

　듣고 보니 맞는 말이다. 가게에서 서비스로 주는 술의 원가가 빌지에서는 최소한 5배 이상 계산되고 있다. 가게 카운터에 앉으면서 안 사실이지만, 예를 들면 조니워커 블루는 대략 25만 원에서 30만 원 사이에 가게에 들어오는데, 빌지에서는 150만 원으로 체크되고 있었다. 조니워커는 레드, 블랙, 그린, 골드, 블루 순으로 블루 라벨이 제일 높은 등급의 위스키였다. 따라서 고급을 지향하는 마야에서는 골드나 블루 라벨을 팔고 있었다. 그 이하 등급은 아예 취급하지 않았다.

"또 손님들이 많이 오면 한 병만 마시는 건 아니겠지. 그럼 중급을 시키는 것과 내가 준 상급을 시키는 것과는 빌지에서는 얼마 차이가 날까? 니 말대로라면 가게를 위한답시고 서비스 술값 몇 푼 아껴서 손님들이 거꾸로 중급을 시켜 마시면 결국 매상으로는 얼마가 손해일까? 언더스탠?"

여지없이 꿀밤이 날아왔다.

미처 거기까지는 생각하지 못했다. 사무실에 처박혀 포커나 치고 컴퓨터 게임이나 하며 노는 줄 알았는데 그게 아니었다. 저 속에는 능구렁이가 몇 마리나 똬리를 틀고 있는지 짐작이 가지 않았다. 새삼 또 느끼는 거지만 역시 삼촌은 내가 넘볼 수 없는 몇 수 위였다.

"그리고 말이 나온 김에 하는 거지만 박 부장이 부른 손님이 아닌데도 내가 왜 티비에 자주 나오는 정계, 재계, 법조계, 연예인들이 오면 그때마다 서비스 안주나 술을 들고 가는 줄 아냐?"

"그러게? 듣고 보니 그렇네. 그 사람들은 부장님의 소개로 처음 오는 것도 아니고, 단골로 자주 오는 사람들도 있던데……."

그것도 의문이었다. 사장인 삼촌이 하는 일이라 토를 달지 않았지만, 한 번은 그럴 수 있다고 해도 올 때마다 서비스 술이나 안주를 주는 것이 이해가 되지 않았었다. 그들은 어차피 서비스를 주지 않아도 누군가에게 접대를 받거나 자기들이 오고싶어 온 손님들이다. 더구나 그가 접대를 받는 경우라면 서비스를 주지 않아도 되는데 그것도 의문 중에 하나였다.

"얼굴 마케팅을 하는 거야."

"얼굴 마케팅?"

"일종의 마야 홍보 마케팅이라고나 할까. 마야에 왔던 다른 손님들이 매스컴에서나 보던 그들을 가게에서 보면 은근히 자랑삼아 마야에 갔더니 누구누구가 단골이더라 소문을 낼 테고……. 그들을 못 본 룸에 있는 손님들에게는 우리 애들을 시켜 지금 몇 번 룸에 누가 와서 술을 마시고 있다고 지나가는 말처럼 은근슬쩍 알려주는 거지. 그럼 그들은 유명 인사가 다니는 술집에 자기도 왔다는 자부심이 생기고, 역시 밖에 나가서 마야에 누가 드나들더라는 소문을 내는 거지. 쉽게 말해서 연예인 DC라고 생각하면 돼. 그리고 서비스 받는 입장에서는 자기를 특별 대우해주니까 기분도 좋고 또 자기가 내든 상대방이 내든 일단 술값이 덜 들잖아. 특히 상대방이 계산을 하는 경우라면 더 폼이 나는 거지. 자기 때문에 접대하는 사람의 술과 안주 값이 그만큼 굳은 거니까 은근히 뻐길 수 있잖아. 그러니까 더 자주 오게 되고, 그렇게 술값이 굳으니까 애들에게 팁을 더 후하게 주고, 애들은 팁을 많이 받으니까 당연히 그들에게 더 잘할 거고, 한 마디로 매부 좋고 누이 좋고, 꿩 먹고 알 먹고 털까지 뽑아 쓰는 거지."

듣고 보니 구구절절 맞는 말이다.

나는 감탄을 금치 못하며 새삼 삼촌의 얼굴을 다시 보았다. 어떻게 그런 데까지 생각이 미친 것인지 놀라울 뿐이다. 역시 남다른 발상의 저런 비상한 머리가 있으니까 한국에서는 꼴통이고 날라리 시절엔 학교성적이 뒤에서 세는 것이 훨씬 빠르던 사람이 마음먹고 공부해 미국에서 박사학위까지 받아오지 않았나 싶었다. 어찌 보면 잔머리 대마왕 같은 약삭빠른 계산이 깔리긴 했지만, 어느 면에선 존경스럽기까지 했다.

"역시 삼촌은 대단해!"

마음으로 우러나오는 진심이었다.

"짜식이. 아부하기는."

내 입에서 처음으로 나온 삼촌을 인정하는 말이었다. 가족들의 반대에도 불구하고 목숨을 건 단식투쟁 끝에 룸살롱을 차린 것도, 가게를 최고급으로 인테리어 한 것도, 엄청난 특혜를 주면서까지 박 부장을 스카우트한 것도, 직접 면접 봐서 각기 다른 특징이 있는 애들을 선불까지 줘가며 데려온 것도……. 생각해 보면 다 괴짜 삼촌의 머리에서 나온 고도의 전략이었다.

삼촌은 가게에 나오는 애들에게 출근 전에 미장원에 들리는 것은 기본이고 명품 옷을 입게 했는데, 한 번 입은 옷은 두 번 입지 못하게 했다. 따라서 명품 옷값을 감당하기 힘든 애들에게 신사동 먹자골목 사거리 SK주유소 건너편에 있는 옷 대여점을 소개했나. 그곳은 명품 옷 대여소로 넓은 2층 매장에 여자들 명품 옷이 꽉 차있었는데, 옷이 훼손됐을 때를 대비해 옷 한 벌 정도의 보증금에 하루 대여비를 받고 빌려주었다. 옷의 보증금은 삼촌이 모두 부담했다. 따라서 애들은 그곳과 미장원을 들렸다 오는 것이 출근 코스였다.

또한 가게에 출근하면 카운터에 있는 노트에 사인을 하고 출근비를 5만 원씩 내게 했다. 그 출근비는 나중에 가게를 그만둘 때 사인한 출근날짜를 계산해 돌려주기로 합의하고 각자의 통장을 만들어 사무실 금고에 보관했다. 일종의 적립식 퇴직금이었다. 보통 한 달에 20일 정도 출근한다고 잡고 1년 뒤에 가게를 그만둔다고 가정하면 1,200만 원이 되었다. 출근비는 금액 차이를 두었지만 악사와 웨이터와 주방 이모들까지도 마찬가지였다. 만약에 지각을 했을 때는 30분 이내면 2만 원. 30분이 넘으면 4만 원의 지각비를 내고 1시간이 넘으면 아예 출근조차 못하도록 했다. 지각비 역시도 자기 적립금에 포함되었다. 마야에서 처음 시도한 출근비와 지각비가 업계에 소문이 나면서 벤치마킹해 따라하는 가게들이 하나둘 늘어갔다.

"나 들어갈 테니까 카운터 잘 봐."

삼촌은 느끼한 윙크를 날리고는 사무실로 향했다.

가게는 각 룸에서 쏟아져 나오는 온갖 소음들로 가득 찼다. 카운터가 입구 쪽에 있긴 했지만 몇 시간째 꼼짝 못하고 한 자리에 앉아있다 보니 마치 수만 마리의 벌들이 윙윙대는 벌통 한가운데 들어앉아 있는 느낌이었다. 이따금 머리가 지끈거리기도 했다. 머리를 단정하게 손질하고 흰 와이셔츠에 나비넥타이를 매고 깔끔하게 조끼를 받쳐 입은 웨이터들이 수시로 카운터에 와서 체크하고 술과 안주를 룸으로 날랐다. 그럴 리는 없겠지만 행여 실수라도 할까 봐 모니터에 뜬 각 룸에 들어가는 술과 안주를 체크하는데 바짝 신경을 썼다. 삼촌이 나를 믿고 가게에서 제일 중요한 자리를 맡긴 만큼 작은 실수라도 해 실망시키고 싶지 않았다.

● ● ●

창문을 열고 아파트 단지 공터를 내려다보았다.

정오를 넘긴 햇살은 화사하고 뜨겁게 달아오르고 있었다. 요즘 밤낮이 바뀐 생활을 해서 그런지 자고 일어나도 몸이 찌뿌둥했다. 새벽에 가게에서 돌아와 잠들었다가 점심이 지나서 깨어 아침 겸 점심을 대충 먹었다. 이제 어느 정도 적응을 할 때도 됐는네 건디션이 영 아니었다. 밥맛이 없을 때는 커피 한 잔에 토스터에 구워 딸기 잼이나 땅콩 잼을 바른 토스트 한두 쪽으로 대충 때우고, 저녁에 가게에 조금 일찍 가서 주방 이모가 주는 밥 한 끼로 마감했다. 주방 이모는 매일 메뉴를 바꿨는데 음식 솜씨가 좋아 다행이었다. 어느 때는 삼촌도 가게에 와서 함께 저녁을 먹곤 했는데, 밖에서 사먹는 밥보다 훨씬 맛있다고 했다.

가게로 가기에는 아직 시간 여유가 충분히 있어 고속버스터미널에 위치한 신세계백화점으로 쇼핑을 갔다. 팬티와 양말 등 일상용품을 사기 위해서였다. 백화점은 생각보다 붐볐다. 일층 잡화점 코너에서 쇼핑을 마치고 나올 때였다. 핸드폰이 울렸다. 미라였다. 전화가 온 것은 의외였다. 무슨 일인가 싶었다.

"어쩐 일야? 이 시간에 전화를 다 하고."

"어디야?"

목소리가 비눗방울처럼 통통 튀었다.

"강남 신세계백화점. 쇼핑 좀 할 게 있어서 왔지."

"가까이에 있네. 시간되면 커피 한 잔 할까? 여기 압구정인데."

"시간이야 있지만……"

　나는 말끝을 흐렸다. 전화를 걸어온 것도 뜻밖이지만 무슨 일로 만나자고 하는지 몰랐기 때문이다. 가게에 있는 애들로부터 낮에 가끔 전화가 오긴 했지만 대부분 개인적인 사정이 생겨 저녁에 출근하지 못한다는 전화였다. 미라로부터 차 한 잔 하자는 전화를 받기는 처음이라 당황스럽기까지 했다. 어쩌면 평소에 그녀에 대해 남다른 감정을 품고 있어서인지도 몰랐다. 좋은 감정을 품고만 있었지 한 번도 내색한 적은 없었다. 오히려 그런 내 마음을 눈치라도 챌까 봐 가게에서 이런저런 일로 마주칠 때도 무심한 척 표정관리를 하는 중이었다.

"압구정 로데오 주소 찍어 줄 테니까 와. 날씨 참 좋다."

그녀는 내 의사와는 상관없이 장소를 정했다.

생각해보면 굳이 그녀를 피할 이유는 없다. 그러는 자연스럽지 못한 내 태도나 감정이 더 위선인지도 몰랐다. 어쩜 그녀는 나를 전혀 마음에 두고 있지 않을 수도 있다. 괜히 혼자서 감정 오버를 하는 건 아닐까. 그녀 입장에서는 그냥 가게에서 같이 일하는 사람 그 이상도 이하도 아니며, 단지 시간이 나서 그냥 차 한 잔을 하자는 건지도 모른다. 그걸 굳이 거부하는 것도 우습다는 생각이 들었다.

"알았어. 지금 갈게."

전에 몇 번 가보았던 로데오거리 안 큰길 옆에 있는 곳이었다. 카페 건너편에 택시가 멈추자 그녀가 한눈에 들어온다. 선글라스를 쓴 채 카페 계단 옆 야외 빨간 파라솔 아래에서 택시에서 내리는 나를 발견하고는 손을 흔든다. 양팔이 드러난 몸에 딱 붙는 파란색 물방울무늬가 있는 원피스를 입고 있다. 큰 키에 육감적인 몸매가 그대로 드러나 연예인 포스를 풍긴다. 긴 머리카락이 짓궂은 바람에 휘날린다. 그 모습이 매혹적이다. 그녀가 맞은편 의자에 앉는 나를 보며 가지런한 치아를 드러내 환하게 웃으며 묻는다.

"빨리 왔네. 커피?"

"아이스 아메리카노."

"설탕은?"

"노 땡큐."

그녀가 주문하기 위해 자리에서 일어선다. 여자가 커피 주문을 위해 가는 것은 매너가 아니라는 생각이 든다.

"내가 할게."

"아냐. 내가 먼저 만나자고 했잖아."

잠시 후, 그녀가 커피 두 잔을 들고 온다. 같은 아이스 아메리카노였다. 커피 한 모금을 마시는 동안 잠시 침묵이 흘렀다. 눈부신 햇살 아래 많은 사람들이 오가고 있다. 한 때 흥청이던 상권이 홍대나 연남동으로 옮겨갔다고는 하지만 패션의 메카인 젊음의 거리답게 아직은 붐빈다. 커피가 반 쯤 줄었을 때, 그녀가 싱긋 웃으며 묻는다.

"나 때문에 쉬지 못한 건 아니지?"

"특별히 할 일이 없었어. 집에 가려던 참이었어."

"뭘 쇼핑한 거야?"

그녀가 탁자에 두 손으로 턱을 고인 채 내 눈을 빤히 쳐다본다. 호피무늬의 에스까다 선글라스 굵은 플라스틱 안경테에 옅은 까만색 렌즈너머로 그녀의 눈이 보인다. 상당히 유혹적인 포즈다. 햇살 아래 보는 그녀는 가게의 불온하고 현란한 조명 아래 짙게 화장한 모습만 보던 때와는 또 다른 느낌이다. 같은 사람인데도 장소와 환경에 따라 이렇게 달라 보일 수도 있다는 점이 새삼스러웠다. 빤히 보는 그녀의 눈길이 부담스러워 커피로 눈길을 주었다.

"팬티하고 양말하고 손수건을 샀어."

"조금 일찍 전화할 걸. 같이 가게. 너무 일찍 전화하는 거 같아서……. 혹시 자고 있을까봐 늦게 했더니 한발 늦었네. 삼각팬티?"

질문하는 그녀의 사뭇 진지한 표정이 왠지 쑥스러우면서도 웃음이 나왔다. 팬티와 양말과 손수건을 같이 사러 간다는 것도 그렇고, 내가 입을 팬티가 그녀는 왜 궁금한 것일까. 나는 고개를 끄덕여주었다.

"난 이상하게 남자들이 삼각팬티를 입으면 섹시해 보이더라. 사각팬티는 아무리 멋있는 남자라도 왠지 아재 같은 느낌이 들어 싫어. 삼각팬티라니 다행이네. 같이 갔더라면 내가 색깔과 디자인을 맞춰 사줬을 텐데."

그녀가 잘 여물어 가지런한 옥수수 알갱이처럼 고른 치열을 활짝 드러내며 개구쟁이처럼 웃는다. 나는 그녀의 말이 쉽게 와 닿지 않아 물었다.

　"왜 미라가 내 팬티를 왜 사줘?"

　"왜? 고마우니까. 오빠가 센스 있게 주방장 이모를 귀띔해주지 않았으면 어떻게 사장님과 홍보실장에게 금일봉을 받았겠어. 그러니까 내가 답례로 팬티 정도는 사줄 수도 있잖아. 그리고 또 하나 중요한 건…… 팬티를 입을 때마다 내 생각이 날 거 아냐."

　그녀는 여전히 웃음기를 머금고 있지만 그 말이 지나가는 빈말이나 농담만 같지는 않다. 나만의 착각일까.

　"짓궂기는. 그래서 어제 금일봉 받은 것이 고마워서 커피 마시자고 한 거야?"

　"다음에 밥도 살 수 있어. 아니면 아예 집으로 초대 한번 할까?"

　나는 이 묘한 상황을 벗어나기 위해 진지한 그녀의 눈을 피하며 바닥을 보이는 커피를 마셨다. 하지만 그 말이 싫지는 않다. 그녀와는 어젯밤 마야에서 있었던 일로 한층 가까워진 느낌이었다. 그녀의 재치 있는 상황판단이 없었다면 가게로서도 곤란하고 매출에 상당히 타격을 입을 수 있었다.

어젯밤 10시였다.

예약한 한성그룹 홍보실장 일행이 일본 바이어들과 함께 가게로 들어섰다. 일행은 10명이었다. 홍보실장은 가게를 오픈하고 얼마 안 돼 박 부장이 불렀고, 삼촌과 인사를 나눈 뒤로 단골이 되어 접대할 일이 생길 때마다 마야를 찾았다. 친화력이 남다른 삼촌도 어느새 그와 친해져 형님이라 부르며 특별히 신경을 쓰는 VVIP였다.

입구에 미리 나와 있던 삼촌이 정장차림으로 예의를 갖춰 일행을 맞이했다. 삼촌과 박 부장과 내가 직접 가게에서 가장 큰 룸으로 안내했고, 홍보실장의 간단한 소개와 함께 일본 바이어들과 명함이 오고갔다. 일본 바이어는 일곱 명이었고, 홍보실장을 비롯해 세 명이 한성그룹 홍보실 직원들이었다. 여섯 명은 30대와 40대 초반쯤으로 보였고, 좌장인 부사장은 호리호리한 체격에 금테 안경을 쓰고 아담한 키에 앞머리가 벗겨지기 시작하는, 50대 후반쯤으로 보이는 편안해 보이면서도 자기관리를 할 줄 아는 인텔리적인 깔끔한 인상이었다. 삼촌은 그들에게 깍듯하게 예를 갖춰 명함을 건넸다. 부사장은 삼촌이 준 명함을 자세히 보더니 손으로 'maya'를 가리키며 홍보실장에게 무어라고 물었다. 일본어를 모르는 나로서는 알아들을 수가 없었다. 홍보실장이 삼촌에게 다시 물었다.

"동생, 마야가 무슨 뜻이냐고 물으시는데? 그러고 보니 나도 마야에 여러 번 오고도 모르고 있었네."

"제가 직접 설명해도 되겠습니까?"

삼촌이 홍보실장에게 물었다.

"영어로 하려고? 부사장님은 영어가 좀 약하신데."

"그럼 일어로 설명해 드리겠습니다."

"일어로? 동생이 일본말도 할 줄 알아?"

홍보실장은 의외라는 표정이었다. 홍보실장의 허락을 받은 삼촌은 부사장에게 가볍게 목례를 한 다음 유창한 일어로 가게 명칭인 마야에 대해 설명하기 시작했다. 깜짝 놀랐다. 삼촌이 미국 유학을 다녀왔기에 영어는 잘하는 걸 알지만 이렇게 유창하게 일어까지 하리라고는 상상조차 못한 일이었다. 삼촌이 일어를 하는 것을 처음 들었다. 일어는 또 언제 배웠는지. 정말이지 도깨비 같은 삼촌의 능력이 도대체 어디까지인지 참 알다가도 모를 일이었다. 까도까도 진짜 속을, 알맹이가 보이지 않는 양파 같은 괴물이었다.

홍보실장은 삼촌의 일어 솜씨에 조금은 놀라면서도 흐뭇한 표정이었다. 설명이 다 끝나자 부사장은 크게 고개를 끄덕이며 박수를 쳤다. 그러자 일행들도 따라서 박수를 쳤다. 부사장이 또 무어라고 말했다. 그의 말에 홍보실장이 흡족한 미소를 지었다.

"동생도 들었겠지만 가게 상호가 너무 멋지다는 거야. 가게 상호만큼이나 오늘 술자리가 기대된다는데. 우리로서는 결코 놓쳐서는 안 될 큰 고객이니까 오늘은 다른 날보다 동생이 더 특별히 신경 좀 써줘. 이번 계약 건은 부사장이 최종 결정권을 가지고 있거든. 그래서 그쪽 실무담당자들과 함께 마지막 실사 겸 나온 거야."

홍보실장이 삼촌에게 말하는 걸로 봐서는 부사장이나 그 일행이 한국말을 모를 것이라는 생각이 들었다.

"형님 말씀이 무슨 말인지 알아들었습니다. 마야의 에이스들로 풀 세팅을 하겠습니다. 악사들도 최고로 4인조 풀로 채워 넣겠습니다."

삼촌은 일단 술과 안주로 세팅을 하고, 가게의 에이스 열 명을 룸으로 불렀다. 일본 바이어들은 룸에 줄지어 들어오는 애들을 보고 놀라는 표정이 역력했다. 하나 같이 개성 있고 흠 잡을 곳이 없는 애들이기 때문이리라. 애들이 차례로 간단하게 자기 이름을 말하고 소개를 끝냈다. 삼촌이 미리 홍보실장과 미라와 약속한 대로 부사장 옆자리에 미라를 앉게 하려 할 때였다. 부사장이 손을 들더니 미라가 앉으려는 것을 저지하고는 삼촌에게 무어라고 한참을 말했다. 그의 말을 듣던 홍보실장과 삼촌이 서로를 보며 당황하며 난감해 하는 표정이 역력했다.

"삼촌, 왜 그래? 뭐라는 거야?"

부사장 말이 다 끝나기를 기다렸다가 목소리를 죽여 물었다. 부사장 옆에 앉으려다 저지당한 미라가 바로 내 옆에 머쓱한 표정으로 서있었다. 합석을 거부당한 미라는 머쓱한 순간이 지나자 바퀴벌레를 씹은 표정으로 변했다. 마야를 개업한 이래 단 한 번도 이런 일이 없었다. 마야에서 제일 잘나가는 에이스가, 예약이 줄지어있는 가게의 간판이 퇴짜를 맞다니 나도 어이가 없었다. 미라가 퇴짜를 맞을 정도면 오늘 애들 초이스는 수난이 예상됐다. 부사장이 미라를 퇴짜 놓자 약간은 오만하고 자신만만한 자세로 서있던 다른 애들도 서로의 얼굴을 쳐다보며 당황해하는 모습이 역력했다. 제일 상석인 부사장 옆자리에 누군가가 앉아야 차례대로 합석을 할 텐데 처음부터 난항이기 때문이었다. 참으로 어색한 분위기가 되었다.

삼촌이 내게 말했다.

"부사장 말이 자기는 식사만 하고 호텔로 가려고 했지만 예의상 홍보실장을 따라 마야에 오기는 했는데, 딸보다 어린애를 옆에 앉히고 술을 마시기가 영 불편하다는 거야."

나는 부사장 말이 이해는 가면서도 룸살롱까지 따라와서 그런 말을 하는 것이 어느 한편으로는 이해가 되지 않았다. 그럴 바엔 처음부터 룸살롱에 오지를 말든지. 처음 볼 때 편안해 보이던 인상과는 달리 참 별나다 싶었다.

"그럼 어떡해요. 애들이 다 20대 초반들인데. 그렇다고 애들을 안 앉힐 수도 없고."

"그러게 말이다. 부사장 말이 미인은 아니어도 좋으니까 살집이 좀 있는 통통한 몸매에 나이가 어느 정도 있는 편한 아줌마 스타일이었으면 좋겠다는 거야. 나 참, 여기가 방석집도 아니고……. 젠장, 이거 아주 입장 곤란하게 됐어."

홍보실장도 난감해 하는 표정이 역력했다.

겉으로 보기엔 마냥 사람이 좋아 보이는 인상의 부사장 입에서 이런 까탈스러운 주문이 나오리라고는 누구도 전혀 예상치 못한 일이었다. 룸살롱에서, 그것도 텐프로 룸살롱에서 아줌마를 찾다니. 그것도 한 술 더 떠 살집이 있는 통통한 아줌마라니. 참 어이가 없어도 한참 없는 일이었다. 사람을 골탕 먹이려고 작정을 한 건 아닐까하는 불길한 생각이 들기도 했다. 계약의 최종 사인을 남긴 상태에서 이러지도 저러지도 못하는 홍보 실장의 얼굴은 말이 아니었다.

조금 전 가게 상호를 묻고 애들이 입장할 때까지만 해도 한껏 업 됐던 분위기가 찬물을 한 바가지 뒤집어 쓴 꼴이 되었다. 이제 10명의 애들도 엉거주춤 서서 불편한 시선으로 서로를 돌아보며 삼촌의 처분만 바라고 있었다. 젖소 가슴 수미는 부사장이 눈치 채지 못하게 고개를 숙인 채 입을 삐쭉거리고 있었다. 기분이 엄청 상한 표정이었다. 어떻게든 분위기를 살려야만 했다. 큰 손님 중에서도 큰 손님인. 비중 있는 비즈니스를 위해 마야를 찾은 홍보실장을 위해서도 이대로 있어서는 안 될 상황이었다. 하지만 이런 상황에서 갑자기 부사장 취향에 맞는 아줌마를 찾는다는 것은 아무리 생각해도 무리였다. 이 상태라면 언제 부사장이 일행들과 함께 자리에서 일어나 숙소로 향할지 몰랐다.

그때였다. 머릿속을 번개처럼 스쳐가는 것이 있었다. 옆에 서있는 미라에게 내 생각을 귓속말로 전했다. 내 말을 들은 미라의 얼굴이 환해졌다. 그리고는 남들 모르게 내 손을 꼭 힘주어 잡았다 놓으며 삼촌에게 말했다.

"사장님, 제가 해결해보면 안 될까요?"

"미라가? 어떻게?"

삼촌을 비롯한 모두의 시선이 미라에게 쏠렸다. 죽을상을 하고 있던 홍보실장의 얼굴에도 호기심과 일말의 기대감이 스쳐 지나갔다. 그런 모습을 지켜보던 부사장이 홍보실장에게 미라가 뭐라고 하느냐고 묻는 것 같았다. 홍보실장이 잔뜩 고개를 숙여 아부하는 표정으로 부사장의 귀에 얼굴을 가까이 대고 열심히 설명했다.

"장담은 못하겠지만……. 최대한 빨리 해볼게요."

미라가 룸을 빠져나갔다.

홍보실장은 바이어들 옆자리에 애들을 합석시키지도 않았는데 눈치 빠르게 재빨리 술 뚜껑을 열고 부사장에게 먼저 잔을 권하고 일행들에게도 한 바퀴 돌렸다.

"간빠이!"

홍보실장은 술잔에 술이 모두 채워지자 힘차게 건배를 외치고는 단숨에 잔을 비우고 잔을 뒤집어 머리 위에 털었다. 엉겁결에 건배를 한 부사장과 일행들은 그제야 마지못해 술잔을 비우기 시작했다. 애들은 룸 한편에서 나가지도 앉지도 못하고 어색하게 서있는 상태였다. 좌장인 부사장 파트너가 초이스가 안 되었으니 모두 손을 놓고 대기 상태였다. 눈치 빠른 악사들이 처음 들어 곡목도 알 수 없는 잔잔한 일본 노래를 연주했다. 그렇게 어색한 가운데 첫 술잔이 모두 비워지고 부사장이 답례로 홍보실장과 삼촌에게 한 잔씩 따랐다. 홍보실장은 최대한 공손한 자세로 술잔을 받았고, 삼촌 역시 허리를 굽혀 두 손으로 받았다.

"간빠이!"

이번에는 부사장이 술잔을 들고 외쳤다.

이런 풍경은 처음이었다. 옆에 파트너도 앉히지 않고 술잔이 돌고 있었다. 이대로 애들을 합석시키지 못하고 술자리가 끝난다면 홍보실장과 삼촌으로서는 참으로 낭패였다. 외줄타기 곡예를 하듯 가슴이 까맣게 타들어가는 아슬아슬한 시간들이 지나가고 있었다. 당장이라도 부사장이 일어설 것만 같았다. 노래를 부르는 사람도 없이 일본 노래 두 곡이 연주되고 있을 때였다. 전혀 흥이 나지 않는 심드렁한 표정으로 다리를 꼬고 앉아있던 부사장이 조명을 받아 반짝이는 금테 안경 너머로 손목시계를 가재미 눈을 하고 흘깃 보았다. 부사장을 따라온 일본 일행도 불안한 표정으로 서로 눈치를 보고 있었다. 분위기로 봐서는 어쩌면 연주가 끝나기도 전에 술자리가 끝날 가능성이 높았다. 홍보실장과 삼촌의 얼굴에 급격히 그늘이 드리워졌다. 잠시 후, 노래연주가 거의 끝나갈 무렵, 이번에는 부사장이 노골적으로 시계 찬 왼손을 들어 보았다. 이제 일어서겠다는 무언의 시위 같았다. 하지만 안타까운 시간만 갈 뿐, 이 위급한 상황을 해결할 방법은 없었다. 반주가 끝나고 악사들도 이제 세 번째 반주를 들어가지 못한 채 이러지도 저러지도 못하고 삼촌의 눈치를 살피고 있었다. 부사장이 손목시계를 다시 한번 보고는 꼬고 있던 다리를 풀고 일어서려고 엉덩이를 막 드는 순간이었다.

그때 문이 열리고 미라가 들어섰다. 모두의 시선이 쏠렸다. 미라 뒤에는 미라 손에 이끌려 한 사람이 주저주저하며 억지로 끌려오듯 어색한 표정과 몸짓으로 쭈뼛거리며 룸으로 들어섰다. 주방 이모였다. 일을 하다 얼마나 급하게 미라에게 끌려왔는지 미처 앞치마도 풀지 못한 상태였다. 40대 중반인 이모는 불안하고 어색한 표정으로 고개도 제대로 들지 못하고 미라의 손에 이끌려 룸 중앙에 섰다. 부사장은 엉거주춤한 자세로 갑자기 룸에 나타난 이모를 호기심 어린 표정으로 유심히 보더니 소파에 다시 앉았다. 이모를 매의 눈으로 보고 있던 그가 담배를 뽑아 물자 옆에 있던 일본 부하 직원 중 한 명이 공손한 자세로 재빨리 라이터를 켜 디밀었다. 잘 훈련된 강아지 같았다. 부사장이 내뿜는 담배연기가 침묵 속의 허공에 흩어지고 있었다.

"사장님, 부사장님에게 아까 말했던 취향에 맞는지 한번 물어보세요. 이모에게는 지금의 상황을 대충 설명하고 죽어도 싫다는 것을 억지로 끌어 모셔왔어요. 이대로 시작도 못한 판을 엎을 수는 없잖아요. 마야의 자존심이 있지, 안 그래요?"

미라의 말을 듣고 홍보실장은 일말의 안도감과 함께 잔뜩 호기심이 어린 표정으로 이모와 부사장의 얼굴을 번갈아 보았다. 부사장 앞에 선 이모는 여전히 고개를 들지 못하고 얼굴이 홍시처럼 빨갛게 변해 애꿎은 앞치마만 만지작거리고 있었다. 내가 볼 때는 부사장이 말하던 취향과 맞아떨어졌다. 이모도 제대로 가꾸지 않아서 그렇지 귀티가 나면서도 귀여운 호감이 가는 미인이었다. 이제 그의 선택만 남은 상황이었다. 삼촌이 어색하고 부끄러움에 몸 둘 바를 몰라 쩔쩔매는 이모에게 다가가 손을 꼭 잡아주었다. 그런 이모를 지켜보던 부사장이 두어 모금 피우던 담배를 재떨이에 꾹 눌러 끄고는, 갑자기 환하게 웃으며 자리에서 벌떡 일어나 이모에게 다가와 허리를 굽혀 정중한 자세로 두 손으로 자신의 옆자리를 가리켰다.

"도오죠!"

뜻은 잘 모르지만, 부사장의 태도로 볼 때 옆에 앉으라는, 자신이 원하던 파트너로서 만족한다는 표현 같았다. 난데없는 부사장의 행동과 말에 이모가 룸에 있는 모두를 불안한 눈으로 재빨리 둘러보며 쭈뼛거렸다. 그러자 삼촌이 이모의 손을 잡아끌어 소파의 중앙에 앉아있는 부사장 옆으로 가 거의 강제로 앉혔다. 이모는 소파 끝에 겨우 엉덩이를 살짝 걸치고 앉았다. 당장이라도 엉덩이가 소파에서 미끄러져 엉덩방아를 찧을 것 같이 불안한 자세였다. 부사장이 옆 자리에 앉은 이모를 다시 한번 유심히 보더니 또 한 번 환하게 웃으며 이모에게 무어라고 했다. 홍보실장이 이모에게 번역해주었다.

"사사끼 부사장님 말씀이 이 자리에 절대 오지 않을 분이란 걸 너무 잘 아신답니다. 하지만 오늘은 아무 부담 갖지 마시고 편하게 술 한 잔 하시면 좋겠답니다. 앞치마도 풀지 못한 채 예쁜 아가씨에게 끌려와 수줍어하는 모습이 너무 귀엽다고 하시네요, 하하."

홍보실장의 설명에 이모는 얼굴이 더 빨개지며 그제야 깜짝 놀란 표정으로 서둘러 앞치마를 풀어 등 뒤로 감췄다. 그 모습을 지켜보던 부사장이 껄껄 소리 내어 웃었다. 그런 순박해 보이는 이모의 행동으로, 부사장의 호탕한 웃음으로 인해 일촉즉발처럼 얼어붙어 있던 룸은 한바탕 환한 웃음꽃이 일렁였다. 모두의 웃음에 이모의 고개가 더 숙여졌다. 그런 이모의 손을 부사장이 꼭 잡아주며 귀에 입을 가까이 대고 뭐라고 속삭였다. 아마도 부끄러워하지 마라, 괜찮다, 라고 말하지 않았을까 싶었다. 부사장이 정중한 손짓으로 소파 끝에 엉덩이를 불안하게 살짝 걸치고 있는 이모에게 편하게 앉으라고 권했다. 부사장의 그런 호의적인 태도에 룸의 분위기가 다시 업 되었다. 드디어 나와 미라가 합작으로 만든 초이스는 신의 한 수, 대성공이었다.

나는 부사장이 일어서서 직접 전해주는, 이모가 등 뒤에 감추었던 앞치마를 받아들었다. 그제야 삼촌이 애들을 일본 일행을 비롯한 한성그룹 홍보실에서 나온 직원들 옆에 차례로 합석시켰다. 미라는 홍보실장 옆에 앉았다. 자리가 정리되자 부사장이 술병을 들어 이모에게 먼저 한 잔 권하고 모두에게 돌렸다. 그리고 다시 건배가 이어졌고, 삼촌과 나는 받은 술잔을 비우고 눈치껏 서둘러 룸에서 빠져나왔다. 삼촌이 카운터 옆 의자에 덜썩 앉으며 담배를 뽑아 물었다. 나는 라이터를 켜 디밀었다. 삼촌은 이제야 긴장이 풀린 한시름 놓은 표정이었다.

"젠장, 오늘 식겁했네. 미라가 아니었으면 어쩔 뻔했냐?"

"그러게, 삼촌. 어떻게 미라가 그런 생각을 했지? 대단한 순

발력이지 않아?"

사실은 내가 미라에게 부사장이 말하는 파트너로 주방 이모 정도라면 괜찮지 않을까라고 말하긴 했지만, 정말로 이모를 룸까지 데리고 올 줄은 반신반의했다. 정말 미라가 아니었으면 어쨌을까를 생각하면 아찔했다. 삼촌에게는 내가 미라에게 이모를 제안했던 말은 하지 않았다. 따라서 오늘 신의 한 수였던 초이스는 오롯이 미라의 몫이 되었다. 이모가 있는 룸에서는 무슨 일이 있는지 한바탕 웃음소리가 카운터까지 들려왔다.

"오늘 미라도 이모도 봉투 하나씩 만들자. 두둑이 넣어, 쩨쩨하게 굴지 말고."

"그럼 이거?"

나는 엄지를 세우며 물었다. 엄지는 100만 원을 뜻하는 삼촌과 나만이 아는 가게에서 통하는 암호였다.

"에이, 기분이다. 두 개씩 넣어!"

삼촌은 기분이 좋은지 특유의 버들가지 건들걸음으로 사무실로 향했다. 나는 카운터를 보면서도 자꾸만 이모가 있는 룸에 신경이 쓰였다. 그때 주방에 있던 보조 이모가 쟁반에 커피를 받쳐 들고 복도로 나왔다. 좀처럼 보이지 않던 행동이었다. 한번 주방에 들어가면 퇴근 때라야 나오는 이모였다. 이모는 뭐가 그리 궁금한지 생글거리며 시키지도 않은 커피를 카운터 탁자에 놓으며, 이모가 들어간 룸을 쳐다보며 무심코 던지듯, 그러나 듣기에 따라서는 의미심장한 한마디를 툭 던졌다.

"현수야, 저러다 저 언니 내일부터 주방 그만두고 꽃단장하고는 룸을 뛴다고 하면 어쩌지?"

그렇게 2시간쯤 지나고 기분 좋게 취한 부사장이 홍보실장의 부축을 받으며 룸에서 나왔다. 사무실에서 있다 빌지가 룸에 들어갔다는 내 인터폰을 받은 삼촌은 카운터 앞에 서있었다. 홍보실장과 함께 온 직원이 홍보실장이 건네는 카드로 계산을 했다. 술을 몇 잔 했는지 뒤따라 나오는 이모의 얼굴이 빨개져 있었다. 부사장이 삼촌에게 다가와 환한 표정으로 손을 잡으며 뭐라 말하자, 삼촌은 연신 굽실거렸다.

부사장은 가게 밖으로 나가는 계단을 오르기 직전에 뒤에 서 있는 이모에게 다시 다가가 두 손을 꼭 움켜잡더니 손을 풀고 가볍게 포옹했다. 안기지도 거부하지도 못하며 당황해 하는 이모의 엉거주춤한 모습이 보는 사람으로 하여금 웃음을 머금게 했다. 그렇게 엉거주춤 어색한 포옹을 마친 부사장이 지갑을 꺼내더니 꽤 많은 일본 지폐를 깜짝 놀라 손사래를 치며 자꾸만 뒤로 빼는 이모의 손에 꼭 쥐어주었다. 삼촌과 나를 포함한 애들이 모두 밖에까지 나가 부사장이 홍보실장이 대기시킨 차를 타고 숙소인 호텔로 떠나는 걸 보고 다시 가게로 들어왔다.

잠시 후, 일본 일행들까지 모두 배웅한 홍보실장이 뒤따라 들어왔다.

"나 얼음 띄운 콜라 한 잔!"

그는 벌컥벌컥 유리컵에 담긴 콜라를 단숨에 비웠다. 애들은 모두 대기룸으로 들어가고 카운터에 삼촌과 홍보실장과 나만 남았다. 홍보실장은 엄청 피곤해 보였다. 그가 땀이 배 번들거리는 이마에 흐트러져 달라붙은 머리카락을 뒤로 쓸어 넘기며 목을 죄고 있는 넥타이를 거칠게 풀어 양복 윗도리 호주머니에 함부로 구겨 넣었다. 삼촌이 그 모습을 안쓰러운 표정으로 지켜보며 말했다.

"형님, 오늘 정말 고생 많으셨습니다. 많이 피곤하시죠?"

"아냐, 동생. 오늘 너무 고마웠어. 진심이야. 일이 잘될 거 같은 예감이 들어. 그리고 사사끼 부사장 그 양반 순박한 주방 이모에게 홀딱 반했나 봐. 내가 봐도 이모님이 곱던데. 그 양반이 이모 핸드폰 번호까지 따더라고."

"그랬어요? 그건 의원데요. 부사장이 한국말을 모르고 이모님은 일본말을 모를 텐데……. 번호 따서 뭐하려고."

삼촌이 고개를 갸웃했다.

"그러게. 그거야 알 수 없고……. 사실 사사끼 부사장은 아내와 5년 전에 사별하고 지금 홀아비로 살고 있거든. 애들은 다 잘 커서 독립했고, 동경에 있는 아파트에서 혼자 살고 있어. 물어봤더니 이모도 남편과 오래전에 사별하고 고등학생 딸을 하나 둔 솔로라네. 좀 오버하는 얘기 같지만 같은 처지에 있는 외로운 두 사람이 잘됐으면 좋겠어. 이모도 처음엔 어색해하더니 시간이 지나면서 점잖고 예의 바른 사사끼 부사장이 그닥 싫지만은 않은 눈치였거든."

"그래요? 어쨌든 회사 계약 건이 잘될 거 같다니 큰 다행이네요."

"그건 그렇고……. 오늘 위기상황을 넘기게 해준 미라와 이모에게 내가 어떻게 보답을 해줘야 할까? 동생이 말해봐."

그는 양복 윗도리를 벗어 의자의 등받이에 던지듯이 함부로 걸쳐놓으며 물었다. 일을 무사히 잘 끝냈다는 안도감이 보였다. 삼촌은 의자 등받이에 비뚜름하게 걸쳐진 그의 양복을 반듯하게 각을 잡아 다시 걸쳐놓으며 말했다.

"형님. 됐어요. 제가 알아서 할게요. 우리가 어디 그런 걸 따질 사이인가요."

"그건 아니지. 동생이 그렇게 말하면 내가 섭하지. 오늘 우리
회사로서는 사사끼 부사장이 얼마나 중요한 인물이었는데. 엄
청난 오더라고. 그가 벌떡 일어나 그냥 호텔로 갔으면 어쩔 뻔
했어? 안 그래? 자네도 부사장이 시계를 노골적으로 쳐다보는
걸 봤잖아. 얼마나 똥줄이 타던지."

"그건 그렇네요. 그땐 저도 아찔했습니다. 텐 프로 룸살롱에
서 뜬금없는 아줌마 타령이라니. 그것도 통통하게 살집이 있
는……. 그 양반 취향도 참 특이하죠?"

"그러게 말야. 그런 줄 알았으면 처음부터 방석집을 가야 하
는 거였는데. 다행히 우리에게는 큰 위기였지만 오히려 좋은
결과를 안겨줬어. 그 양반은 마음에 드는 파트너도 만나고. 이
모든 게 미라의 재치 때문이었잖아."

"맞습니다. 솔직히 저도 그 상황에서 당황만 했지 주방 이모
는 아예 생각지도 못했어요. 그래서 제가 따로 미라하고 이모
는 봉투를 하나씩 만들었어요."

"그래? 잘했네. 그럼 나도 따로 줄 테니까 대신 좀 전해줘.
내가 지금 가진 현금이 많지 않으니까 술값으로 한 번 더 긁어.
각자 한 장씩 두 장."

그는 지갑에서 카드를 꺼내 나에게 주었다. 나는 어찌해야 하는지 판단이 안 서 삼촌을 보았다. 삼촌이 고개를 끄덕였다. 내가 건네는 영수증을 받은 그가 일어섰다.

"갈게. 내일 통화하자고."

그는 양복을 어깨에 둘러매고 홀을 빠져나갔다. 삼촌이 그를 배웅하고 들어왔다. 그리고는 미라와 이모 봉투를 각자 두 개씩 만들었다. 하나는 삼촌이, 하나는 홍보실장이 주는 것이었다. 삼촌이 사무실로 들어가는 걸 보고 인터폰으로 미라와 이모를 호출했다. 영문을 모른 채 카운터에 온 두 사람은 지금 삼촌이 찾는다는 말에 서로의 얼굴을 보며, 의아해하며 사무실로 향했다.

거리를 지나가는 사람들에게 시선을 주었다.

압구정은 젊음의 거리답게 한눈에 봐도 세련되게 입은 커플들이 주로였다. 오후의 태양은 열기를 더해가고 있었다. 어느덧 아이스커피는 얼음만 남아있었다. 미라는 무슨 생각을 하는지 파라솔 밑 탁자에 턱을 고이고 멍한 시선을 거리로 향한 채 미동도 하지 않았다. 함께 있는 것을 잠시 잊은 듯했다. 나는 또 그런 미라를 보고 있었다. 그렇게 얼마의 시간이 흘렀을까.

선글라스를 쓰고 흰색 면바지에 티셔츠를 걸치고 샌들을 신고 한껏 멋을 낸 여자가 목줄을 한 치와와를 앞세워 가는가 싶었는데, 앞서가던 치와와가 바로 우리 파라솔 아래에서 말릴 사이도 없이 갑자기 엉덩이를 내리더니 오줌과 똥을 쌌다. 미라와 나는 동시에 강아지에게 시선이 고정되었다. 잠시 당황한 듯하던 여자는 카페의 야외 파라솔 아래에서 강아지를 쳐다보는 사람들의 시선을 의식했는지 가방에서 휴지와 비닐봉지를 꺼내 대변을 처리했다. 강아지의 뜻밖의 행동과 일제히 꽂힌 사람들의 시선에 그녀의 얼굴이 붉어졌다. 강아지는 똥을 치우고 있는 그녀의 손을 핥으며, 꼬리가 떨어져라 흔들며 뭐가 좋은지 이리저리 펄쩍펄쩍 뛰었다. 그녀는 주책없는 강아지 때문에 몹시 창피했을 것이다.

"귀엽네."

미라가 빠른 걸음으로 멀어져가는 그녀와 강아지에서 눈을 떼며 말한다.

"그러게. 오늘 날씨가 참 좋다."

나 역시 강아지와 여자에게서 눈길을 거두고, 깍지 낀 두 손을 뒤로 크게 젖혀 기지개를 켰다. 하품이 났다. 하품 끝에 눈꼬리에 눈물 한 방울이 찔끔 맺혔다. 몇 시간 뒤면 가게에 출근해야겠지만 남은 시간만큼은 즐기고 싶었다. 미라도 손으로 입을 가리고 하품을 했다. 고등학교 때, 교실에서 누군가 한 명이 하품을 하면 여기저기서 덩달아 하품을 해댔다. 그걸 본 수학 선생이 하품은 급성전염병보다 더 전염성이 강하다며 처음 하품한 녀석에게 꿀밤을 주곤 했다. 하품하려면 손을 입으로 가리고 하라고. 미라가 나를 보며 물었다. 미라의 선글라스에 내 모습이 비쳐보였다.

"낮엔 주로 뭐해?"

"점심 무렵까지는 자고 오후엔 짬을 내 출사를 나갈 때가 많아."

"사진학과인 줄은 아는데 주로 뭘 찍는 거야?"

"지금은 인물 사진에 초점을 맞추고 있어. 군대 가기 전인 11월 말쯤에 개인전시회를 잡아뒀거든."

"개인전시회?"

미라가 눈을 크게 뜨며 되물었다. 나는 고개를 끄덕여주었다.

"대단하네. 2학년인데 개인전시회를 하다니."

"입대 전에 뭔가 의미 있는 일을 하나 하고 가려고 무리를 좀 했지."

"진짜 부럽다. 난 과제물 하기도 바쁜데⋯⋯. 인물 사진이라면⋯⋯ 나를 모델로 쓰면 안 될까? 모델료는 이번에 받은 금일

봉으로 퉁 칠께."

미라가 선글라스를 벗고 장난기 어린 개구쟁이 같은 표정으로 나를 빤히 봤다. 그녀는 내가 어떤 개인전을 준비하는지 알고나 하는 말일까 생각하니 피식 웃음이 나왔다. 누드사진 작업 중이었다. 내게는 좀 벅찬 비싼 모델료를 지불하며 사진 한 컷 한 컷에 심혈을 기울이고 있었다. 다행히 삼촌이 주는 넉넉한 알바비 덕분에 부모에게 손을 벌리지 않고 준비해가고 있는 중이었다.

"내가 어떤 사진을 찍는지 알고나 하는 얘기야?"

"인물 사진이라며?"

"인물 사진은 맞는데……. 누드야, 완전 누드라고."

순간, 미라의 눈이 크게 출렁였다. 한 방 맞은 표정이다. 눈을 가늘게 뜨고 잠시 생각에 잠기는 듯하더니 다시 개구쟁이 눈이 반짝 빛을 발했다.

"뭐, 누드라고 해서 못할 것도 없지. 내가 한 몸매 하잖아. 나만 한 모델을 구하기도 쉽지 않을 걸."

이번에는 내가 한 방 맞은 느낌이다. 전혀 예상 밖의 대답이었다. 그녀가 내 앵글 앞에 알몸으로 선다고 생각하자 생각만으로도 아찔했다. 당황한 내 표정을 살피던 그녀가 사뭇 진지해진 표정으로 입을 연다.

"농담이 아니고 정말로 내가 모델이 돼준다면 어쩔 건데?"

나는 그녀의 물음에 딱히 할 말이 없었다. 일단은 상식적으로 말도 안 되는 얘기였다. 그녀와 나의 관계가 그 정도로 가깝다고는 생각하지 않았다. 설령 가까운 사이라 해도 프로도 아니고 누드모델은 좀 그랬다.

"대신 내가 해달라는 걸 해줄 수 있어?"

그녀의 말이 농담만은 아닌 것 같았다.

"나야 미라가 모델을 해준다면 너무 고마운 얘기지만……. 미라가 뭘 원하느냐가 문제지."

너무 적극적이어서 나도 모르게 얼굴이 후끈 달아올랐다. 그렇지 않아도 프로모델들만 쓰다 보니 어딘지 모르게 아쉬움이 남던 터였다. 하지만 일반인 어느 여자에게 함부로 누드모델을 해달라고 말할 수 있단 말인가. 잘못하면 뺨이라도 한 대 맞을 제안이었다. 더구나 이름이 알려진 프로 사진작가도 아니고 21살 학생인 아마추어 애송이 앞에 누가 옷을 벗을 것인가. 어차피 지불하는 모델비 정도라면 얼마든지 미라에게 줄 수 있었다.

"사실은 나도 과제물을 내야 하는데 그게 남자 누드 크로키야. 과 친구들하고 남자 모델을 구해서 하기로는 했는데 모델비도 만만찮고 같은 모델이다 보니 비슷한 그림들이 나올 거아냐. 난 사실 그게 불만이었거든."

"그래서 지금?"

나는 그녀의 말을 들으며 불현듯 불안감이 엄습했다. 갑자기 담배 생각이 간절했다.

"맞아! 뭐가 그래서야. 답은 간단하네."

서로 모델을 해주자는 거였다. 미라는 수박을 먹다가 수박씨를 내뱉듯 툭, 그 어렵고 낯 뜨거운 말을 너무 쉽고 간결하게 던졌다. 참으로 어이없다. 그녀 앞에 알몸으로 서서 포즈를 취해야 한다는 생각만으로도 온몸에 닭살이 돋았다. 괜히 개인전시회 이야기를 꺼냈나 싶기도 했다.

"날 놓치면 두고두고 후회할걸. 날 모델로 쓰면 그 전시회는 대박 날 걸."

그렇게 말한 미라는 요염한 표정을 지으며 오른쪽 다리를 슬쩍 꼬고는 허벅지 속살이 다 보일 정도로 원피스 치맛자락을 쓱 끌어올렸다. 순식간에 일어난 일이다.

"뭐하는 거야? 사람들도 많은데!"

당황스러웠다. 말리지 않으면 다음에는 어떤 행동을 할지 몰랐다. 주위를 둘러보았지만 다행히 미라의 행동에 미처 눈길을 주는 사람은 없다. 미라가 올렸던 치맛자락을 끌어내리며, 당황한 내 얼굴을 보며 싱긋 웃었다. 그녀는 아주 기가 막힌 장난을 생각해낸 장난꾸러기 같다.

"어때, 콜? 콜 안하면 내가 어떤 행동을 할지 나도 몰라!"

이젠 아예 순 공갈에 협박이다.

따지고 보면 손해 보는 거래는 아니다. 나야 모델을 서도 크로키만 보고는 내가 누구인지 전혀 모르겠지만, 그녀는 사진이기 때문에 부담이 더 컸다. 그리고 무엇보다 그녀만한 모델을 구하기가 정말 어려웠다. 육감적이면서 매력적인 몸매에 이따금 신비함을 느끼게 하는 슬픈 깊은 눈매라면 전시회 사진 중에서도 메인이 될 거 같은 예감이 들었다. 어찌 보면 내가 고마워해야 할 처지였다. 하지만 그녀의 제안에 선뜻 동의하기에는 여러 가지 마음에 걸리는 것들이 있다.

"허튼소리 그만하고 담배나 피우러 가자."

나는 자리에서 벌떡 일어서 옆에 설치된 흡연부스로 향했다. 그녀도 뒤따라왔다. 흡연부스에는 아무도 없었다. 담배를 뽑아든 그녀에게 불을 붙여주고 나도 붙였다. 흡연부스 안 블라인더를 통해 사선으로 들어온 햇살이 피어오르는 자색의 담배연기를 중간중간 끊어먹고 있었다. 미라의 빨간 매니큐어 손톱 사이에 끼워진 하얀 담배가, 하얀 필터에 묻은 선분홍 립스틱 자국이 오늘따라 자꾸 눈길이 갔다. 가게에서 본 그녀와 지금의 그녀는 다른 느낌이다. 여자들은 어째서 장소와 분위기에 따라 달라 보이는 것일까. 그녀가 내 어깨를 툭 건들었다.

"아까 보니까 귀엽더라. 얼굴이 빨개져 가지곤."

"귀엽기는 내 나이가 몇인데."

나는 일부러 퉁명스럽게 말했다.

미라는 내 말엔 아랑곳하지 않고 팔짱을 꼭 끼었다. 팔뚝에 그녀의 부드러운 가슴의 감촉이 그대로 전해왔다. 순간, 나도 모르게 긴장되며 심장이 마구 뛰었다. 심장소리가 얼마나 큰지 내 귀에 들리는 듯했다. 연애 경험이 전혀 없는 모태솔로인 나로서는 이성과의 첫 신체접촉이었다. 그녀가 팔짱 낀 몸을 더 밀착시키며 말했다.

"나보다 한살 어리잖아. 가게에선 오빠라고 부르지만 사실 동생이나 마찬가지잖아."

그녀가 내 눈을 빤히 봤다.

나도 모르게 초점이 맞지 않는 카메라 앵글처럼 수정체가 흔들렸다. 왜 이러는지 몰랐다. 나는 왜 그녀의 눈을 마주보지 못하는 것일까. 바보같이. 그녀가 재떨이에 담긴 모래 속에 선분홍 립스틱 자국이 선명하게 남은 담배꽁초를 밀어 넣으며 말했다. 여전히 팔짱을 꼭 낀 상태였다. 불편하면서도 좋다. 가게에서 그녀에게서 늘 맡던 향수 냄새가 코끝을 간지럽혔다.

"언제 할 거야?"

"뭘?"

"누드모델. 개학하면 바로 과제물을 내야 해. 시간이 그리 많지 않다니까."

그녀는 이미 마음의 결정을 한 것 같았다.

단호한 그녀의 표정이 그걸 말해주고 있었다. 구미가 당기는 제안이지만 생각만으로도 오글거린다. 사실 난 그녀가 H대 미대 서양화과 3학년이라는 것 외에는 아는 것이 거의 없다. 어쩌다 마야까지 오게 됐는지도. 가게에서 사사끼 부사장 건으로 부쩍 가까워지기는 했지만 그녀와 내가 서로에게 적나라하게 알몸을 보여주며 모델을 설 만큼은 아니었다.

"가게 가기 전에 어차피 저녁을 먹을 거면 함께하자. 내가 쏠게. 덕분에 사장님하고 홍보실장님에게 생각지도 않던 금일봉을 두둑이 받아 2학기 등록금도 굳었잖아."

"가게를 가려면 아직 시간이 많이 남았는데……."

"정말 왜 그래, 남자가 쫀쫀하게. 나하고 같이 있는 게 싫어?"

미라가 정색한 얼굴로 물었다.

"아니, 그게 아니라……."

그녀와 몇 시간을 뭘 하며 보낼 것인가를 생각하니 좀 막막해서 한 말이었다. 숫기가 없어 지금껏 이성과 교제를 한 적이 없었다. 학교 다니고 남는 시간은 영화를 보거나 책을 보거나 카메라를 짊어지고 전국을 쏘다니며 사진을 열심히 찍었을 뿐이다. 그게 지금까지의 내 생활 전부였다. 그 흔한 미팅이나 소개팅은 고사하고 여자 손 한 번 잡아본 적이 없는 무공해 숫총각이었다. 이따금 내 사진작업에 관심을 가지고 접근하는 여학생들이나 소개팅을 시켜주겠다는 과 친구들이 있었지만 별로 내키지 않아 솔로를 유지하고 있었다. 하지만 결코 여자에게 관심이 없어서는 아니었다. 친구들 말처럼 보기 드문 천연기념물이었다.

"서로 모델을 서주기로 합의한 기념으로 저녁을 산다니까 그러네."

"언제? 난 그런 적 없는데?"

나는 그녀의 말에 화들짝 놀라 정색했다.

"아, 정말! 지금 누가 누구에게 사정해야 할 일인데 그래? 정말 나만 한 모델 구할 수 있어?"

"……."

몇 번을 다시 생각해도 그건 맞는 말이다.

그녀만한 모델은 프로에서도 찾기 힘들었다. 그녀가 짜증 섞인 표정에서 갑자기 돌변해 의미 모를 미소를 짓더니 그때까지 꼭 끼고 있던 팔짱을 풀고 손을 불쑥 내밀었다. 나는 그 의미가 와 닿지 않아 어리둥절했다.

"뭐야?"

"협상체결 축하 악수!"

정말 못 말리는 그녀였다.

한편으로 생각하면 그만큼 성격이 화통하고 추진력이 있다는 반증이었다. 내성적이고 너무 꼼꼼해서 무슨 일을 하든 매사에 망설임이 많은 나와는 너무도 대조적이다. 어찌 보면 그녀는 도깨비 같은 삼촌과 여러모로 닮은 구석이 많았다. 언뜻 든 생각이지만 나이 차이를 떠나 삼촌과 둘이 연인 관계로 발전한다면 참 잘 어울릴 것 같았다.

"뭐 해? 언제까지 보고만 있을 거야?"

그녀는 그때까지 이러지도 저러지도 못하고 망설이고 있는 내 손을 덥석 힘주어 꼭 잡고는 힘차게 흔들었다.

"오케이! 이제야 협상이 타결됐네."

자의 반 타의 반으로 이제 나는 그녀의 모델이 돼야 했다. 아직 잡은 손을 놓지 않은 그녀가 말했다.

"우리 나이 차이도 한살밖에 나지 않는데 그냥 친구하자. 편하게 말 놓자고."

"······그러지 뭐."

나는 잡힌 손을 슬그머니 빼며 동의했다. 어쩌면 그게 편할지도 몰랐다. 사실 내가 하고 싶던 말이다. 가게에서는 남들 이목이 있어 어쩔 수 없다 하더라도 밖에서까지 나이 많은 그녀에게 오빠 소리를 듣는 것도 낯간지러웠다.

"현수는 손이 여자보다 곱네. 무슨 남자 손이 그렇게 작고 부드럽냐. 귀엽게시리."

그녀가 피식 웃었다. 그 말은 맞았다. 그녀의 손은 나보다 크고 손가락도 훨씬 길었다. 굽 높은 구두를 신기는 했지만 키도 나보다 컸다. 만약 우리가 커플이라면 그녀가 남자이고 내가 여자라면 어울리는 한 쌍으로 보였을 것이다. 성격도 그녀는 남자에 가까웠고, 나는 여자에 가까웠다.

"이제 협상도 체결되고 더구나 친구도 되기로 했으니까 악수 한 번 더 하자."

그녀는 손을 내밀었고, 나는 어색하게 그녀의 손을 잡았다. 그녀는 내 손을 꼭 힘주어 잡고 다시 한번 힘차게 흔들었다. 파라솔 아래로 돌아와 커피를 마시며 이런저런 이야기 끝에 왜 혼자 사느냐고 물었다. 친구가 되기로 한 이상 프라이버시를 지켜주는 범위 내에서 그녀에 대해 어느 정도는 알 필요가 있어서였다.

미라가 잠시 뜸을 들이다 말했다.

충청도 서천에 있는 어촌 바닷가에 살았는데, 중학교 2학년 때 부모가 주꾸미를 잡으러 바다에 나갔다가 갑작스런 돌풍에 배가 전복되어 한꺼번에 세상을 떴다. 그녀는 시골에서 혼자 살 수 없어 나이 차이가 10살도 더 되는 서울 대치동에 살고 있는 하나뿐인 언니 아파트로 거처를 옮겼다.

언니 집에서 중고등학교를 마치고 미대에 들어가면서부터 독립했다. 그때부터 언니의 도움을 거절하고 밤잠을 줄이며 쉬지 않고 몇 개의 알바를 했지만 도저히 생활이 감당이 되지 않아 결국 생활비와 등록금을 벌고 현실적인 꿈인 입시학원 화실을 마련하기 위해 마야에 왔고, 그렇게 힘들게 번 돈은 한 푼도 허투루 쓰지 않고 저축하는 중이었다.

내가 봐도 그녀는 가게에 나오면서 사치를 하며 겉멋에 빠져 정신을 못 차리는 애들하고는 달랐다. 늘 책을 들고 다녔다. 가게 대기룸에서 다른 애들은 수다 삼매경에 빠져있을 때도 소파 한구석에 조용히 앉아 책을 읽고 있었다. 그걸 보고 못마땅한 듯, 잘난 척한다고 입을 삐쭉거리는 애들도 있었지만 개의치 않았다. 그녀의 손에 들려있던 책은 자주 바뀌었다. 독서광이었다. 검소해도 책을 사는 데는 돈을 아끼지 않는 것 같았다. 그녀에게 말은 안 했지만 나도 엄청난 독서광이다. 평균적으로 일주일에 한 권 정도는 읽었다. 사진 찍는 것을 제외하고 남는 시간은 고치 속의 번데기처럼 방에 틀어박혀 컴퓨터에 다운받은 영화를 보거나 책을 읽는 것이 유일한 취미였다.

그날 우리는 서로에게 모델이 되어주기로 하고 친구가 된 기념으로 카페에서 한참을 더 수다를 떨다가 저녁까지 함께 먹고 가게로 출근했다. 난생 처음 여자와 마주앉아 긴 시간을 보낸 하루였다. 나로서는 기념비적인 날이었는데. 그녀와는 이질감을 느끼지 않았고 한층 가까워진 느낌이었다. 한살밖에는 차이가 나지 않았지만 여러 모로 인생의 대선배 같다는 느낌을 저버릴 수가 없었다. 대화를 하면서 순간순간 느낀 거지만 내가 온실 속에서 곱게 자란 화초라면, 그녀는 거친 들판에서 온갖 역경을 이겨내고 피어난 향기 짙은 한 떨기 야생화 같았다. 갖추어진 환경 속에 있는 나와는 달리 그녀는 억척스럽게 자신의 인생을 개척해 나가고 있었다.

●●●

초저녁부터 시작된 비가 밤새도록 흩뿌렸다. 아침부터 가늘어진 빗줄기는 가마솥에 들기름을 두른 듯 도로를 번들거리게 했다. 아주 낮게 가라앉은 먹구름이 멀리 보이는 높은 건물의 피뢰침 끝에 걸린 것처럼 보였다. 아파트 이면도로 젖은 골목길을 딱정벌레를 닮은 빨간 폭스바겐이 빠른 속도로 지나갔다. 비 내린 거리 특유의 바퀴소리가 들렸다. 나는 잠을 한숨도 자지 못해 몹시 피곤했다. 가게에서 늦게 퇴근해 대충 씻고 나오는 길이었다.

걸음을 빨리했다. 동호인들과 출사를 가기로 약속한 시간이 빠듯했다. 차는 압구정동 현대백화점 주차장에서 출발하는데 다행히 늦지는 않았다. 40인승의 버스에는 20여 명의 동호인들이 저마다 풀 세트로 장비를 갖춘 무거운 카메라 가방을 실었고, 모델 3명도 와 있었다. 차는 곧바로 가평 계곡을 향해 출발했다. 사람들 눈에 띄지 않는 곳에서 숲과 계곡을 배경으로 누드사진을 찍기 위해서였다. 입대 전 사진전에 필요한 사진을 건져야 했다. 스튜디오 촬영에서 몇 번 만나서 그런지 모델들과는 서먹한 느낌은 없었다. 총무가 간단하게 준비한 토스트와 우유와 따뜻한 커피로 아침을 대신했다.

"현수 씨는 어제 잠을 제대로 못 잤나 봐. 피곤해 보이네."

옆 좌석에 앉은 모델 중에서 제일 고참 격인 그녀가 캔 커피 뚜껑을 따며 말했다. 몸매도 좋고 포즈가 자연스러워 바디 선이 아름답게 나오는 모델이었다. 사진작가들이 선호하는 프로 중에 프로였다.

"일이 좀 있어서 늦게 잤어요."

"가평까지 가려면 시간이 좀 걸릴 텐데 편하게 한숨 자."

"그럴게요. 좀 자야겠네요."

그녀는 내가 사진학과 학생으로만 알고, 마야에서 일하는지는 몰랐다. 굳이 그런 걸 말할 필요는 없었다. 어차피 일과 일로 만난 사이였다. 작업이 끝나면 따로 연락할 일도 없었다. 의자 등받이를 최대한 뒤로 젖히고 눈을 감았지만 쉽게 잠이 오지 않았다.

가게에 처음으로 진상 손님들이 왔다.

새벽 2시 무렵, 두 명이 거칠게 문을 열며 가게에 들어설 때부터 걸음걸이 본새나 주고받는 말투가 거칠어 보였는데, 예약 손님들이 나가고 순번에 의해 룸에 미라와 수미가 들어갔다. 20여 분이 지났을까. 룸의 인터폰이 울렸고, 다급한 수미의 목소리가 들렸다. 박 부장과 삼촌과 내가 룸에 들어가 보니 넓은 대리석 테이블 위엔 유리컵이 깨져있고 술병들이 쓰러져있고 안주 접시들이 어지럽게 뒤집혀 난장판이 되어있었다.

우리가 들어서자 수미는 더 흥분해 소리소리 지르고, 미라는 손님이 있는 룸에서 피우면 안 되는 담배를 꼬나물고 눈에 핏발이 선 채 그들을 노려보고 있었다. 수미와 미라의 블라우스는 단추가 몇 개씩 뜯겨져 나가 그렇지 않아도 가슴이 유난히 커서 젖소라 불리는 수미의 가슴은 젖꽃판이 살짝 보이며 당장이라도 브래지어 밖으로 튀어나올 것처럼 위태로워 보였다. 보지 않았지만 그들이 어떤 짓거리를 했는지 짐작이 갔다. 몸을 터치하는 수준을 넘어 아예 질 낮은 술집의 작부들에게나 하는 질척대는 행동을 해 몸싸움이 벌어진 것이 분명했다.

삼촌이 그 광경을 둘러보고는 최대한 예의를 갖췄지만 낮게 가라앉은 목소리로 말했다.

"지금 이게 뭡니까? 남의 영업장에 와서 이렇게 행패를 부려도 되는 겁니까?"

"뭐야. 해앵패? 이 새끼가 뒈질려고 환장을 했나! 우리가 누
군줄 알고."

소파에 다리를 꼬고 앉아 한껏 상체를 뒤로 젖히고 불량스럽
게 담배를 꼬나물고 있던 녀석이 벌떡 일어서며 맥주병을 높
이 치켜들고 당장이라도 삼촌을 때릴 듯이 위협했다. 거꾸로
든 병에 남아있던 맥주가 탁자 위에 그대로 쏟아져 내렸다. 맥
주 냄새가 코를 자극했다. 병을 거꾸로 든. 걷어붙인 그의 팔
뚝엔 커다란 코브라 문신이 살아있는 뱀처럼 붉은 혀를 날름
거리며 꿈틀거렸다. 난생 처음 접하는 살벌한 광경에 나는 불
에 닿은 담뱃갑 셀로판지처럼 심장이 바짝 오그라들었다. 하
지만 놀랍게도 삼촌은 그의 거친 행동에도 눈 하나 깜빡하지
않고 되받아쳤다. 여전히 나지막한 목소리지만 위압감이 있고
날이 서 있었다.

"말조심하세요. 초면에 새끼는 뭐고…… 지금 그걸로 날 치려
는 겁니까. 정말 그런 겁니까?"

맥주병을 치켜든 그의 손은 아직 허공에 우뚝 멈춰있었다.
그런 그의 모습을 지켜보는 또 한 녀석은 냉소를 지으며 뱀눈
처럼 차가운 눈빛으로 삼촌을 노려보고 있었다. 여차하면 함

께 달려들 눈치였다. 당장이라도 무슨 일이 일어날 것만 같아 삼촌을 말리고 싶은 심정이었다. 하지만 너무도 태연한 삼촌의 태도와 말투에 뭔가 이상한 낌새를 느꼈는지 맥주병을 치켜들었던 녀석이 조금은 누그러진 목소리로 투덜대며 들고 있던 병을 슬그머니 다시 탁자에 내려놓으며 다시 다리를 꼰 채 소파에 앉았다. 하지만 여전히 쌍스러운 말투는 여전했다.

"아, 씨발……. 술집이면 술집답게 놀라고 해. 얘네들 냄비엔 무슨 금테라도 둘렀냐? 왜 그렇게 비싸게 구는데?"

그 말이 끝나자마자 평상시에는 쾌활하고 순해도 성질이 나면 물불을 가리지 않는 수미가 방방 뛰며 거품을 물고 소리쳤다.

"그래 내 밑구멍엔 엄청 비싼 금테를 두르고 다이아까지 박았다. 그래서 너 같은 싸구려 새끼에겐 억만금을 준대도 못 보여주겠다. 이 씨발 새끼야. 어쩔래."

흥분해 발을 구르며 방방 뜨는 수미의 젖가슴이 당장이라도 브래지어 밖으로 툭 불거져 나올 것만 같아 불안했다. 수미가 양주잔에 반쯤 남아있는 술을 단숨에 벌컥 들이켜고는 다시 눈에 쌍심지를 돋웠다.

"사장님, 이 좆같은 씨발 새끼들이 등 뒤에서 꼼짝 못하게 잡고는 강제로 가슴을 마구 더듬고 옷을 벗기려고 하잖아요. 여기서 쌍쌍으로 한 번 하자고 지랄발광하면서요. 보세요, 미라나 내 블라우스 단추가 다 뜯어졌잖아요, 치마도 찢어지고……. 여기가 무슨 오팔팔 창녀촌도 아니고. 재수가 없으려니까 별거지발싸개 같은 새끼들이 와 가지고는."

"뭐야, 이 개 쌍년아! 거지새끼드을!"

삼촌의 기에 눌려 조금 누그러졌던 코브라 문신이 수미의 욕에 피우던 담배를 룸 바닥에 거칠게 집어던지며 다시 열을 받아 벌떡 일어섰다. 룸 바닥에 끄지 않고 버린 꽁초에서는 담배 연기가 피어오르고 있었다.

"그래! 싸가지 없는 행동을 하는 니들이 거지새끼가 아니면 뭐냐?"

수미도 눈에 쌍심지를 돋우며 녀석 코앞까지 바짝 다가가 지지 않고 대들었다.

"이런 씨발년이!"

문신의 눈에 불꽃이 튀며 방금 전에 놓았던 맥주병을 다시 치켜들었다. 당장이라도 수미를 때릴 기세였다. 그때였다. 두 사람을 지켜보던 삼촌이 씹어뱉듯이 차가운 칼바람 같은 한마디를 던졌다.

"야, 문신! 너 그 술병 내려놔라."

룸 안의 모든 시선이 누가 먼저랄 것도 없이 동시에 삼촌에게 꽂혔다. 방금 전과 다르게 삼촌은 그들에게 반말을 하고 있었다.

"두 번 말 안 한다. 나 여기서 송장 치우기 싫다."

순간, 삼촌의 눈에서 살기가 번뜩였다.

지금껏 삼촌의 그런 눈빛을 본 것은 처음이었다. 맥주병을 치켜들었던 문신이 순간 주춤했다. 삼촌이 테이블에 있는 양주병을 들고 몇 모금 벌컥벌컥 들이키고는 대리석 테이블에 쾅 소리가 나도록 거칠게 내려놓자 양주병이 깨져 파편이 사방으로 튀며 술이 쏟아져 흘렀다. 삼촌의 미간과 짙은 눈썹이 송충이처럼 심하게 꿈틀대며 질긴 오징어를 씹듯이 물었다. 입술 양 꼬리에는 냉소가 흐르고 있었다.

"너 어디 꼬맹이냐?"

박 부장은 중간에서 이러지도 저러지도 못하고 엉거주춤 서 있었다. 이런 일은 자신의 선에서 해결해야 하는데 사장인 삼촌까지 나서게 됐으니 더 그런 것 같았다. 수미의 발정 난 암고양이 같은 앙칼진 고함소리와 소란스러움에 웨이터를 비롯해 소식을 들은 대기실에 있던 악사와 애들까지 모두 몰려들었다. 나는 당장이라도 무슨 일이 벌어질 것만 같아, 행여라도 삼촌이 다칠까봐 말리고 싶었다. 태어나서 이런 험한 광경을 코앞에서 지켜보기는 처음이었다. 그 순간 내 눈으로 보고도 믿지 못할 놀라운 일이 벌어졌다.

"야 이 씹새야. 귓구멍에 똥이 찼어! 내가 지금 너에게 어디 똘마니냐고 묻고 있잖아!"

삼촌은 고함소리와 동시에 탁자 위에 쓰러져 있는 맥주병을 수도로 내리쳐 순식간에 산산조각을 냈다. 깨진 파편이 사방으로 튀었다. 수미 입에서 비명이 터졌다. 맥주병을 맨손으로 깬 삼촌의 오른손에선 선분홍 피가 뭉클뭉클 솟구쳤다. 깨진 병조각에 다친 거였다. 몸이 부들부들 떨려왔다. 삼촌의 뱀눈 같은 눈초리는 두 녀석에게 고정되어 있었고, 그 광경을 지켜본 문신의 표정이 굳어졌다. 그런데 놀랍게도 그런 와중에서도 미라는 표정이 없는 밀랍인형처럼 이 상황을 주시하고 있었다. 박 부장이 서둘러 탁자에 놓인 티슈를 듬뿍 뽑아 피가 뚝뚝 흘러내리는 있는 삼촌의 손을 감싸주었다. 티슈는 금세 뻘겋게 물들어 갔다.

"마지막으로 한 번만 묻겠다. 니들 어디 소속이냐?"

그때까지 문신 옆에 거만한 자세로 앉아있던 녀석이 뭔가 낌새를 챘는지 벌떡 일어서며 부동자세로 두 손을 공손하게 앞으로 모았다. 문신도 겁에 질린 모습으로 공손하게 서서 더듬거리며 대답했다.

"……종로 종, 택……."

채 말이 끝나기도 전에 방금 전 맥주병을 깨 피범벅이 된 주먹이 번개처럼 정확하게 문신의 명치에 꽂혔다. 문신이 무너지듯 무릎을 꿇더니 그대로 바닥에 널브러지며 당장이라도 숨이 넘어갈 것처럼 꺽꺽 댔다. 문신의 신음만이 조용해진 룸에 울려 퍼졌다. 문신은 회초리를 맞은 개구리처럼 쭉 뻗어 버둥대고 있었고, 삼촌은 여전히 피가 흐르는 손으로 탁자 위에 있는, 그들이 먹다 남긴 맥주병 두 개를 들더니 동시에 문신의 얼굴에 콸콸 쏟아 부었다. 문신은 난데없는 주먹과 술 벼락을 맞아 물에 빠진 처참한 생쥐 꼴이 되어갔다.

"너도 종로 종택이 똘마니냐?"

삼촌이 살벌한 눈으로 다른 녀석에게 물었다. 그런 삼촌을 지켜보며 잔뜩 겁을 먹은 녀석이 다시 한번 자세를 바로잡아 부동자세로 서더니 "네, 그렇습니다."라고 대답했다.

"그래? 지금 종택이한테 전화할까 아니면 그냥 조용히 꺼져 줄래?"

삼촌이 핸드폰을 들었다. 당장이라도 전화를 걸 기세였다.

그때 널브러져있던 문신이 비틀거리며 겨우 일어서 고통에 일그러진 채 어색한 부동자세로 섰다. 이제야 사태 파악을 한 모양이었다. 문신 옆에 있던 녀석이 연신 고개를 조아리며 말했다.

"그, 그냥 조용히 가겠습니다. 큰형님께는 이번 일을 말씀 안 해주시면 너무 감사하겠습니다."

"그래? 그럼 그냥 가라. 그리고 이 동네에서 두 번 다시는 나와 마주치는 일이 없었으면 좋겠다. 무슨 말인지 알지?"

"네!"

두 녀석이 동시에 큰소리로 대답했다. 속이 다 시원했다. 종로 종택이가 누군지는 자세히 알 수 없지만 방금 전까지 조마조마하던 두려움이 사라지고 삼촌이 그렇게 멋있어 보일 수가 없었다.

"대신 너도 한 대만 맞고 가라."

그 말이 끝나기가 무섭게 문신 옆에 부동자세로 서있던 녀석의 명치에 삼촌의 주먹이 또 한 번 번개처럼 꽂혔다. 녀석도 방금 전 문신처럼 그대로 바닥에 쭉 뻗어 온몸이 전기에 감전된 듯 바들바들 떨고 있었다.

"야, 문신. 내 맘이 변하기 전에 빨리 눈앞에서 꺼져라!"

"네, 형님!"

문신은 바닥에 널브러져 아직도 정신을 차리지 못하고 있는 녀석을 어깨에 부축한 다음 삼촌에게 90도로 인사를 하고는 뒤도 돌아보지 않고 서둘러 룸을 빠져나갔다. 삼촌이 세상 귀찮은 듯 눈을 감은 채 다리를 꼬고 소파에 기대어 앉았다. 그 짧은 순간 삼촌의 얼굴에는 수많은 표정들이 스쳐지나갔다. 나는 담배에 불을 붙여 삼촌에게 주었다. 잠시 깊은 동굴 속 같은 침묵이 흘렀다. 삼촌이 피우는 담배연기만이 실내에 퍼져갔다. 애들과 웨이터와 악사들은 차마 룸에는 들어오지 못하고 밖에서 한데 모여 웅성거리고 있었다. 그때까지 무표정하게 서있던 미라의 눈에 서서히 물기가 차올랐다. 남들은 보지 못했을지 몰라도 나는 그녀의 모딜리아니 여인들에 나오는 슬픈 눈을 보았다. 그런 미라의 깊은 눈빛이 마음에 걸렸다. 무거운 분위기를 깨기 위해 내가 피 범벅된 삼촌의 손을 잡아 살피며 물었다. 크게 다치지는 않았는지 걱정되었다.

　"삼촌, 손은 괜찮아?"

　"뭐 이 정도 가지고……."

　삼촌이 분위기에 어울리지 않게 당근을 본 당나귀처럼 잇몸을 다 드러내고 씩 웃었다. 방금 전의 깊은 우수가 어렸던 표정은 어느새 온데간데없고 금세 개구쟁이 표정이었다.

"얼마나 쫄았다고……. 그건 그렇고 종로 종택인가는 누구야? 아는 사이야?"

삼촌은 담배연기를 길게 내뿜으며 말했다.

"……너도 알지. 삼촌이 고등학교 때 못된 짓을 하고 다닐 때 그때 가장 친했던 폭주족 패밀리야. 그 자식이 유명한 종로 건달 오야붕이 됐는데, 그 녀석 때문에 서울 건달들 오야지는 다 알게 됐지. 종택이와 오야붕들을 한 달 전쯤에 가게에 초대해 거하게 한 잔 대접했고. 기억 안 나?"

그랬구나!

나는 그제야 지금의 모든 상황이 이해됐다. 한 달 전쯤에 한눈에 봐도 절로 위압감이 느껴지는 까만 양복들 한 무리가 가게에 온 적이 있었다. 그날은 룸에 가게의 에이스들이 총 출동하고 최고급 술이 들어갔지만 삼촌의 지시로 모든 것을 서비스로 처리했다. 삼촌은 싸움질이라면 둘째가라면 서러워했고, 엄마에게 듣기로는 할아버지가 어려서부터 어디 가서 맞고 다니지 말라고 운동을 시켜 태권도와 합기도 단증도 있다고 했다.

"지난번에 서울 건달 오야붕들이 가게에 총 출동해 그때 대충 짐작은 했지만……. 오늘 사장님을 다시 봤습니다. 이제 건달 똘마니 진상들이 우리 가게엔 얼씬도 하지 않을 겁니다. 소문이 쫙 날 테니까요."

박 부장이 환하게 웃으며 말했다. 골치 아픈 일이 해결돼 속이 다 시원한 표정이었다. 삼촌이 담배를 끄고 소파에서 일어서며 말했다.

"미라하고 수미는 그만 퇴근해라. 마음고생 많았다. 오늘 일은 다 잊어버리고 내일 출근해. 그리고 박 부장님은 가게 입구에 왕소금 좀 듬뿍 뿌리세요. 재수 옴 붙지 않게. 자자, 모두 나가자. 일해야지, 돈을 벌어야 할 거 아니냐."

삼촌 손에 흐르던 피는 어느새 멎어있었다.

다행히 병원에 갈만큼 큰 상처는 아닌 듯 했다. 룸에서 나오자 밖에 서 있던 수십 명의 식구들이 썰물처럼 모두 비켜섰다. 개중에는 무슨 일인가 싶어 룸에서 나와 구경하는 손님들도 있었다. 삼촌은 아무 일도 없었다는 듯이 사무실을 향했다. 나는 오늘 또 다른 괴물 삼촌의 모습을 보았다. 아무리 생각해도 나하고는 차원이 다른, 범접할 수 없는 카리스마를 지닌 상남자였다.

잠시 후, 미라와 수미는 찢긴 옷을 갈아입고 가방을 들고 나왔다. 웨이터들이 난장판이 된 룸을 치우느라 부산했다. 내 시선은 가게를 나가는 미라의 쓸쓸하고 슬픈 뒷모습에 오래도록 고정되어 있었다.

•••

늦잠을 자는 바람에 미라와의 약속시간이 빠듯했다. 핸드폰 알람을 맞춰놨건만 너무 피곤해 듣지 못해서였다. 새벽에 가게에서 돌아와 두 시간도 자지 못했다. 카메라 장비를 짊어진 어깨가 묵직했다. 카메라 바디가 너무 튼튼해 탱크라고 불리는 캐논 EOS 5D Mark Ⅲ와 플래시와 배터리와 각종 렌즈와 삼각대 때문이었다. 길가의 나뭇잎들이 방금 세수를 마친 말간 아기 얼굴처럼 반짝반짝 싱싱한 빛을 발한다. 시원한 바람이 불어와 상쾌한 아침이었다.

스튜디오를 운영하는 선배의 작업실은 집에서 걸어 대략 20분 거리였다. 걷기도 차를 타기도 애매한 거리지만 택시를 잡았다. 도착해 시계를 보니 5분 정도 늦었다. 뛰어 스튜디오 계단을 내려갔다. 미라가 먼저와 커피를 마시며 책을 읽고 있다가 나를 발견하고 탁자 위에 책을 내려놓았다. 이른 아침부터 미장원에 다녀왔는지 머릿결이 살아있다.

"6분 늦었네. 현수 선배는 급한 일이 있다고 문만 열어주고

갔어. 명함도 주던데."

"미안, 깜빡 늦잠을 잤어."

나는 어깨를 짓누르는 무거운 카메라 가방을 탁자 위에 놓
았다. 미라가 어제 가게에서 있었던 뒷일이 궁금한지 물었다.

"내가 퇴근한 뒤로 뭔 일은 없었지?"

"응."

미라가 고개를 끄덕였다. 미라가 읽다 탁자 위에 내려놓은
책은 4×6판 핸디북으로 노르웨이 노벨상 수상 작가인 크누트
함순의 『굶주림』이었다. 전에 나도 읽은 적이 있는 책이라 반가
웠다. 이 책은 매스컴에서 떠들어대는 상업적 인기 영합적인
베스트셀러와는 차원이 달랐다. 일인칭인 화자의 세심한 심리
묘사가 너무 좋아 다 읽고는 며칠 짬을 두고 다시 한번 읽었던
책이었다. 저 정도의 작품을 선택하는 안목이라면 미라의 문학
의 깊이를 가늠할 수 있었다.

이 소설은 특이하게도 사건도 플롯도 전개되지 않는다. 기
존의 다른 소설들과는 조금 색달랐다. 크누트 함순은 신문이
나 잡지 등에 원고를 투고해 생활을 영위해 나가는 가난한 주
인공의 일상을 펜화처럼 세밀하게 묘사했는데, 프롤로그부터
에필로그까지 화자가 굶주림으로 아사 직전까지 직면하게 되

는데, 그 굶주림으로 인해 도덕적 변모와 지적인 동요까지 겪게 된다는 내용이었다.

앙드레 지드는 이 작품의 서문에서 작품의 주인공인 화자를 이렇게 한마디로 압축해서 설명하고 있다.

……그의 위가 그렇듯이 그의 존재 자체도 굶주림에 익숙해진 나머지 아무것도 간직하지 못한다. 생리학적으로든 지적으로든 도덕적으로든 음식을 저장한다는 것이 그에게는 참을 수 없는 것이다. 그가 섭취하는 모든 것, 남들에게 얻어낸 모든 것을 그는 거의 즉시 게워버린다. 그러니 병든 그의 자존심이야말로 살찌워주기 가장 어려운 것이다.

미라가 탁자에 있던 책을 핸드백에 넣으며 말했다.

"미안할 거 없어. 벌금 2만 원을 내면 돼."

그 말을 듣는 순간 나는 피식 웃음이 나왔다.

미라는 나를 향해 손을 내밀었다. 나는 가방에서 지갑을 꺼내 2만 원을 건네주었다. 미라는 건네받은 지폐를 자신의 지갑 속에 넣으며 말했다.

"그게 언제일지는 모르겠지만…… 만약에…… 만약에 현수가 내 기억에서 지워야 할 사람이 될 때…… 그때 줄게."

"알아서 해. 주든지 말든지."

아, 그러나 그때는 몰랐다. 그 말이 갖는 행간의 의미를. 그 말이 그녀와 나 사이를 운명의 거미줄로 얽어맬 수도 있는 말이라는 걸. 그녀는 그때 그런 예감을 했던 것일까.

내가 가게 카운터에서 애들에게 지각 벌금을 받아 퇴직금에 적립하는 걸 빗댄 말이었다. 지각 30분 이내면 2만 원. 30분이 넘으면 4만 원의 벌금을 내야만 했다. 그 벌금도 출근비와 마찬가지로 본인에게 적립돼 마야를 그만둘 때에만 받을 수 있었다. 그녀의 말인 즉 2만 원은 내가 그녀로부터 퇴직을 할 때, 잊어야 할 사람이 될 때 돌려주겠다는 의미였다. 그러나 그때는 몰랐다. 그녀가 이별 후 5년이 지나도록 2만 원을 돌려주지 않는 까닭을.

작업 준비를 서둘렀다.

미라는 촬영 전에 내가 미리 보내줬던 키메라 화보 사진처럼 화장을 하기 시작했다. 특히 아이라인과 마스카라를 짙게 하고 눈 주위를 스모키 화장으로 처리했다. 11시까지 스튜디오를 빌렸기에 시간이 그리 넉넉한 편이 아니었다. 스튜디오에는 미리와 나뿐이었다. 선배는 며칠 전 내가 찍고자 하는 사진설명을 듣고 하얀 천으로 배경을 미리 준비해 주었다. 텅스텐 5000K 조명을 밝히고 촬영준비를 마쳤다. 미라는 분장을 하면서 내가 촬영하기 편하도록 세팅하는 걸 호기심 가득한 눈으로 지켜보고 있었다. 이런 작업현장은 처음인 거 같았다. 한참 뒤, 미라가 분장을 마쳤다.

"시작할까?"

"막상 진짜 촬영한다고 하니까 좀 쑥스럽고 그러네. 내가 먼저 하자고 해놓고……."

미라가 얼굴을 살짝 붉혔다. 이런 때 보면 그녀의 숨겨진 또 다른 모습을 보는 것 같았다.

"맞어. 분명히 말하지만 내가 먼저 하자고 한 거 아냐. 나중에라도 사진이 잘 나왔네 못 나왔네 후회하면 안 돼. 포즈도 내가 하라는 대로 취해야 돼. 이제 준비하고 나오지."

미라가 스튜디오 대표인 선배 방에서 옷을 벗고 커다란 타월로 몸을 가린 채 아주 쑥스러운 표정을 지으며 촬영 세트 안으로 조심스럽게 들어오며 카메라를 들고 기다리고 있는 나를 보았다. 각오는 했겠지만 조금은 불안해 보이는 눈치였다.

"타월을 벗어."

나는 두근거렸지만 감정을 싣지 않고 사무적으로 말했다. 미

라의 전신을 감싸고 있던 타월이 가슴에서부터 천천히 내려지
더니 눈부신 조명 아래 미라의 전라가 드러났다. 미라가 자신
도 모르게 몸을 움츠렸다. 각오는 했겠지만 부끄러워하는 기색
이 역력하다. 숨이 턱 막혔다. 미라의 벗은 몸은 생각했던 것
보다도 훨씬 볼륨이 있고 탄력이 있었다. 큰 키에 군살 하나 없
는 경주마처럼 늘씬하면서도 완벽했다. 밥사발을 엎어놓은 것
처럼 크면서 도도한 가슴과 엷은 갈색의 젖꽃판 위에 작은 앵
두처럼 솟은 선홍색의 유두가 도발적이었다. 탄탄하게 살집이
있으면서도 잔 근육이 있는 허벅지에서 아래로 쭉 뻗은 다리.
무성한 하초에 가려졌지만 도드라진 은밀한 곳도⋯⋯. 정말 좋
은 작품이 나올 거 같은 예감이 들었다. 미라는 어찌할 바를 모
르고 나를 보며 엉거주춤 서있었다. 이제부터 좋은 작품을 얻
기 위해서는 촬영을 주도해야 했다. 먼저 긴장을 풀어주는 것
이 순서였다. 나는 바닥에 떨어진 타월을 탁자에 옮겨놓고 곧
바로 작업을 진행했다.

"양손가락을 깍지 끼워서 머리 위로 올려 앞뒤좌우로 크게
스트레칭을 몇 번 해. 근육의 긴장을 풀어줘야 하니까."

미라는 시키는 대로 스트레칭을 시작했다. 몇 번의 스트레칭
을 진행하자 잔뜩 굳어있던 표정이 조금씩 풀리기 시작했다.

"이제 촬영을 시작할 거니까 왼쪽 무릎을 세워 앞으로 내밀고 오른쪽 다리는 뒤로 쭉 뻗은 채 두 손을 목 뒤로 깍지를 끼운 채 옆구리 라인을 보이며 고개를 돌려서 카메라 앵글을 봐. 오케이, 바로 그렇게!"

나는 연사로 카메라 버튼을 눌러대며 상하좌우로 앵글의 위치를 바꿨다. 정적이 흐르는 실내에 정밀하고 경쾌한 셔터소리만이 울려 퍼졌다. 그러나 좋았던 미라의 포즈는 금세 흐트러졌다. 셔터소리가 연사로 나자 아무래도 전라의 자신의 모습이 카메라에 담기는 것이 부담스러운가 보았다.

"어색해하지 말고 당당하고 자연스럽게 포즈를 취해. 방금 전처럼."

"왠지 좀…… 그래."

미라가 어깨와 다리를 움츠렸다. 쑥스러워하는 그녀의 표정과는 달리 조명을 받은 그녀의 몸은 질 좋은 대리석으로 빚은 조각상보다 눈이 부셨고, 보면 볼수록 숨이 막힐 정도로 바디 라인이 완벽했다. 프로 모델들의 누드를 몇 번이나 찍을 때도 이렇지 않았는데 내 남자가 금세 심하게 부풀어 올랐다. 바지 안 팬티에 딱딱한 나무토막 하나를 집어넣고 작업하는 느낌이었다. 계속해서 내가 원하는 포즈를 취하게 하고 카메라 위치를 바꿔가며 짧은 순간순간에 변하는 느낌을 놓치지 않기 위해 셔터를 눌러댔다. 어느새 이마와 콧잔등에 땀이 솟았다.

"굿! 아주 잘하고 있어. 이젠 프로 같아."

프로 같다는 칭찬에 미라가 하얀 이를 드러내며 환하게 웃었다. 그녀가 자꾸만 쑥스러워하며 과감한 포즈를 취하지 못하는 것을 상쇄시켜주기 위한 의도적으로 조금은 과장한 칭찬이었다.

"이번엔 소품을 활용해보자."

탁자에 미리 준비해 두었던 챙이 넓은 바캉스 모자를 머리에 썼다가 가슴을 가렸다가 하체를 가렸다가 위치를 바꿔가며 셔터를 눌렀다.

"자, 이번엔 체리를 반쯤 살짝 물고 고개도 뒤로 약간 젖힌 채 멍한 시선으로 천장을 봐. 뒤로 꺾인 목선이 중요해."

카메라 앵글 가득 몸 전체를 찍고, 망원렌즈로 바꿔 풀 숏으로 미라가 물고 있는 체리와 입술에만 초점을 맞춘 채 근접촬영도 했다. 그녀는 모델을 한 번도 한 적이 없는 아마추어임에도 불구하고 초반이 넘기자 앵글에 빠르게 적응하고 있었다. 굳었던 얼굴 근육이 풀리면서 자연스럽고 미세한 표정들이 살아났다. 체리의 검붉은 색감과 짙은 보라색 립스틱이 조명을 받아 대조를 이루며 묘한 분위기를 연출했다.

"오케이, 그 표정 좋아! 이번엔 뭔가를 갈망하는 눈빛으로 고개를 돌려 앵글을 봐!"

계속되는 셔터 소리만이 고요한 스튜디오 실내 가득 울려 퍼졌다. 시계를 보았다. 벌써 30분이 지나고 있었다. 원하는 사진을 얻기 위해서는 서둘러야 했다. 이번에는 챙이 넓은 빨간 모자를 쓰고 자신의 두 손을 교차해 가슴을 가린 채 왼쪽 무릎을 세우고 학처럼 한 다리로 서게 했다. 두 손으로 다 가려지지 않는 가슴이 앵글에 잡혔다. 빨간 모자가 포인트가 되어 배경인 흰색과 어우러져 색상의 대비가 선명하게 살아났다. 다음엔 바닥에 엎드려 작은 점박이 강아지 인형과 눈높이를 맞춰입술을 내밀어 뽀뽀하는 장면을 찍었다. 강아지와 뽀뽀를 하는 그녀의 입술이 마치 내 입술에 닿은 듯 짜릿한 전율이 흘렀다. 팬티 속의 나무토막은 아직도 연소가 다 끝나지 않아 불편하기 짝이 없었다.

"이번엔 두 손으로 뒷머리를 들어 올린 채 우뚝 서서 뭔가를 노려보는 눈빛으로 앵글을 봐. 먹잇감을 채기 직전의 독수리 같은 눈빛이 중요해."

미라는 어느덧 부끄러움과 어색함을 떨치고 안정된 자세로 포즈를 취했다. 미라의 몸은 고정시킨 채 좌우로 눈빛의 위치를 옮기며 카메라 셔터를 빠르게 눌렀다. 전체적으로는 탄력이 넘치는 물 흐르는 듯한 바디라인이다. 돌아서 두 손으로 긴 머리카락을 끌어올려 길고 하얀 목덜미가 드러나게 해 초점을 맞췄다. 남자 중에는 여자의 하얀 목덜미에 성적 오르가즘을 느끼는 경우가 많다는 말을 들은 적이 있다. 완만하고 둥그런 어깨선에서 개미허리처럼 잘록한 허리로 떨어지는 라인에 갑자기 불균형스러울 정도로 복숭아를 연상시키는 풍만한 히프 라인은 셔터를 누르면서도 감탄사가 절로 나왔다. 환상적인 라인이다.

"무릎 꿇고 앉아서 두 손을 쫙 펴고 손바닥을 바닥을 향해 쭉 뻗어봐. 히프와 등의 곡선라인을 잡으려고 하는 거니까 최대한 손바닥을 바닥에 밀착시켜야 돼!"

이번에는 모든 조명을 끄고 촛불 한 개만 밝힌 채, 그 조명 빛을 활용해 조리개와 노출보정장치와 화이트 밸런스를 조절해 어슴푸레하게 풍만한 히프와 낮은 산의 부드러운 능선 같은 등과 바닥에 늘어진 머리카락의 윤곽만 실루엣으로 나오게 잡았다. 사진을 찍고 파인더를 확인하니 어두운 톤에서 잡힌 여체의 윤곽이 신비감마저 준다. 바닥에 늘어진 머리카락이 마치 뿌리 같고 몸은 그 뿌리에서 옆으로 자라난 추상적인 나무 같기도 하다. 내가 찍었지만 매우 만족스럽다. 카메라에서 사진을 칼라에서 흑백으로 전환했다.

"이번엔 바닥에 옆으로 누워 앵글을 보면서 오른쪽 다리를 왼쪽으로 살짝 겹쳐봐. 오케이, 바로 그 자세! 그 표정 좋아!"

이번에도 만족이다. 촛불을 한 개만 밝혔기에 촛불에서 발광하는 제한된 빛이 피사체인 그녀 몸에 닿은 부분과 빛이 들지 않은 굴곡을 흑백으로 극명하게 드러나게 했다.

"이번에는 굶주린 표범이 먹이를 눈앞에 두고 막 튀어나가 잡아먹으려는 듯한 강렬한 눈빛 포즈를 취해봐!"

미라는 두 손을 바닥에 짚고 무릎과 히프를 높이 치켜들고는 결승선에서 선 100미터 달리기 선수처럼 포즈를 취하고 늘어진 긴 머리카락이 얼굴의 반 쯤 가린 채 맹수의 사나운 눈빛으로 카메라 앵글을 사냥감처럼 바라보았다. 히프를 너무 높이 치켜든 자세가 마음에 들지 않았다. 엉덩이를 위치를 약간 아래쪽으로 잡아주기 위해. 포즈 수정을 위해 손이 그녀의 엉덩이에 닿자 순간적으로 몸에 힘이 들어가며 몸을 움찔했다. 대범한 척. 이제 카메라 앵글에 적응한 척 포즈를 취하고 있지만 역시 아마추어였고 내심 쑥스러웠던 것이다. 앵글로 다시 보니 원하는 자세와 표정과 분위기가 나왔다. 촛불을 그녀 앞쪽으로 옮겼다. 흔들리는 촛불에 얼굴에 닿는 빛의 조도도 변해 그때 그때 다른 실루엣을 보여준다.

"사진을 한마디로 정의하면…… 빛의 예술인기라."

입학 초, 과 환영자리에서 선배가 술자리에서 했던 말이다. 그때는 그런가 보다 스쳐지나갔는데 오늘 새삼 실감이 났다. 촛불 하나의 부족한 빛과 너울거리는 불꽃 때문에 얼굴 표정은 선명하게 잡히지 않고 그때그때 변했지만. 그녀의 수정체는 촛불의 빛을 받아 어둠 속에 빛나는 맹수의 눈빛처럼 오히려 살아났다. 앵글을 얼굴에 클로즈업 하자 두 눈의 눈동자 안에서 너울거리는 촛불이 잡혀있다. 그 순간을 놓치지 않기 위해 숨을 멈춘 채 셔터를 눌렀다. 앵글을 뒤로 빼자 눈빛 뒤로 보이는 휘어진 등과 솟아오른 히프의 실루엣도 압권이었다. 옆에서 얼굴을 잡으니 머리카락과 이마와 눈과 코와 입의 선이 빛과 어둠의 극명한 명암으로 떨어져 괴기스러우면서도 신비스럽다.

"이번엔 엄마 뱃속에 있는 태아처럼 몸을 최대한 잔뜩 웅크리고 앉아 봐!"

포즈에 따라 노출보정장치를 마이너스(-)로 원 스텝(-1)이나 투 스텝(-2) 내리고, ISO 감도를 제로(0)로 놓고 조리개를 4.0이나 5.6 또는 11로 옮겨가며 플래시를 터뜨렸다. 그렇게 노출보정장치와 조리개를 조절하며 수십 장의 사진을 찍고 LCD 모니터로 확인하니, 미세하지만 조리개 조절에 따라 앵글을 맞춘 부분만 플래시 빛이 닿아 그 부분만 아주 극단적으로 밝고 선명하게 나오고 나머지 뒷배경은 포커스 아웃이 되어 있다. 이 촬영은 일반적으로 피사체 전체가 잘 나오게 하는 사진이 아니라 플래시 조명이 떨어진 그 부분만 나오고 나머지는 어둠 속에 실루엣처럼 윤곽만 보이게 하는 기술이다. 이 기법은 가을에 갈대를 찍을 때 갈대꽃의 하얀 부분만 나오게 하는, 강조하기 위해 쓰는 기법이다. 다시 보니 앵글 가득 잡힌 미라의 눈빛은 압권이다. 신비하다. 얼마나 집중했는지 이마에 맺혔던 땀방울이 또르르 굴러 눈에 들어갔다. 쓰라렸다. 손등으로 땀을 닦아내고 계속 셔터를 눌렀다.

"오케이, 됐어! 이번에는 마지막으로 손, 발, 눈, 코, 입, 가슴, 히프 등을 잡을 거야. 몸 전체를 잡는 것이 아니고 신체 중에서 한 부분씩 클로즈업해서 찍는 거라고 보면 돼."

나는 껐던 텅스텐 5000K 조명을 다시 밝혔다.

미라의 신체 각 부분을 카메라 앵글에 채우기 위해 렌즈를 바꿔 끼고 모든 기능을 다시 정상으로 놓고 얼굴에서부터 카메라를 바짝 들이댔다. 얼굴도 전체를 담지 않고 반절만, 눈만, 한쪽 귀나 코, 입술, 목선만 잡고, 점차 아래로 내려오면서 가슴, 배꼽 등을 앵글에 꽉 차게 잡았다. 그렇게 앵글을 내려 하초를 찍을 때, 그녀의 은밀한 깊은 계곡과 짙고 까맣게 풍성한 숲을 이룬 음모 한 올 한 올이 앵글에 선명하게 잡혔다. 작품을 위한 촬영이라고는 하지만 호흡이 제어할 수 없을 정도로 무질서하게 거칠어지며 아래쪽이 뻐근해져 왔다.

선배는 말했다.

사진을 전공하는 사람은 일상의 눈으로 보았던 피사체는 쉽게 잊어버려도 카메라 앵글을 통해서 보았던 피사체는 오래도록 기억에 남는다고. 비로소 그때부터 진정한 찍사의 길로 들어서는 거라고. 처음 1년 정도는 그 말을 이해하지 못했는데 카메라와 가까이하며, 시간이 지나며, 그 말에 절로 고개가 끄덕여졌다. 맞는 말이었다. 사진을 전공하면서 몸으로 체득한 새로운 사실이었다. 드디어 머리끝에서부터 발과 발가락들을 마지막으로 촬영을 끝냈다.

"고생했어. 촬영 끝!"

나는 카메라를 어깨에 둘러메고 미라에게 다가가 가볍게 포옹했다. 따라 웃는 그녀의 이마에 땀방울이 송골송골 맺혀있었다. 나는 손수건을 꺼내 이마의 땀을 닦아주고 다시 한번 힘주어 포옹하고 등을 토닥여주었다. 벌써 2시간 가까이 지나고 있었다. 잠시 후면 선배가 올 시간이다.

"잘됐어? 작업을 망친 건 아니지?"

품에서 벗어나 걱정스런 표정으로 묻는 미라를 향해 활짝 웃으며 엄지손가락을 치켜세워주었다. 작업은 생각보다 훨씬 만족스러웠다.

"굿! 베리 베리 굿! 옷 입고 나와, 사진 보여줄게."

●●●

며칠 뒤, 나도 미라에게 크로키 누드모델을 해주어만 했다. 이파리를 다 떨구어낸 겨울나무처럼 서서 그녀가 원하는 포즈를 취해주기가 얼마나 쑥스러웠던지. 예술을 위한 것이라고 하지만 그녀의 눈길이 각기 다른 포즈의 벌거벗은 몸에 닿을 때마다 민망함에 몸 둘 바를 몰랐다.

미라는 일요일에 역삼동 자신의 원룸으로 점심 초대를 했다. 집에 초대된 최초의 남자라고 했다. 그날 나는 왜 그랬는지 초대선물로 생뚱맞게 밥그릇과 국그릇과 수저 한 쌍을 압구정 현대백화점에 들러 사가지고 갔다.

"웬 거야? 우리 신혼살림 차리는 거 같네."

미라는 간소하지만 정성이 엿보이는 상 위에 내가 사 온 그릇에 밥과 국을 담고 수저와 젓가락을 놓으며 킥킥거렸고, 나도 멋쩍어 따라 웃고 말았다. 미라는 손으로 구운 제주산 먹갈치에서 손으로 등뼈를 뽑아내고 살을 바른 다음 고추장을 찍어 내 숟가락에 얹어주었다. 그리고는 갈치 살을 발랐던 손가락을 쪽쪽 빨아먹었다. 까마득히 잊고 있었는데 문득 내가 꼬맹이 때 식탁에서 엄마가 나에게 그렇게 해주던 기억이 났다. 미라가 발라준 갈치 살을 얹은 밥을 먹으며 행복했고, 문득 정말 가난한 단칸방의 알콩달콩한 신혼부부 같다는 생각을 했다.

미라는 미리 준비한 겨울 설악산 풍경을 그린 30호 정도의 유화를 선물로 주었고, 내 침대에서 누워 보이는 벽에 걸어두었다. 서로가 누드모델을 한 이후부터는 누가 먼저랄 것도 없이 스스럼없이 손을 잡고 팔짱을 끼고 영화도 함께 보는 사이가 되었다. 비슷한 나이에 뭔가 통하는 점이 많았지만 아직은 연인도 친구도 아닌 애매한 관계였다. 그녀는 천성적으로 밝고 긍정적인 성격에 배려심이 깊어 호감이 가는 스타일이었다. 따라서 가게에서도 여전히 손님들의 예약이 가장 많은 에이스

오브 에이스였다.

"뭘 보고 있어?"

큰 변화 없는 같은 일상이 반복되고 있었다. 일하다 잠깐씩 나는 짬을 이용해 시집을 읽고 있었다. 그걸 화장실을 다녀오던 미라가 카운터로 다가와 본 것이다. 나는 시에 빠져 그녀가 다가오는 것도 모르고 있었다.

"시집. 심보선 시인 거."

그녀는 카운터 너머로 고개를 기린처럼 쑥 들이밀어 탁자에 놓인 『눈앞에 없는 사람』이란 표지를 보더니, "……이제 우리는 지친 노새처럼 노변에 앉아 쉬고 있다. 청춘을 제외한 나머지 생에 대해 우리는 너무 불충실하였다……. 라는 구절이 있지." 라며 눈을 찡긋하며, "나도 좋아하는 시인이야. 시인의 말처럼 불갈기 같은 청춘을 살기 위해 노력하고 있고." 새삼 느끼는 거지만 그녀의 매력은 이런 예술적 감각이었다.

가게에 있는 애들 중에서 그녀처럼 책을 읽거나 예술적인 것에 관심을 가진 애는 아직 보지 못했다. 그녀들의 관심사는 거의가 돈과 현실적인 것뿐이었다. 카운터 너머로 상체가 넘어와 있는 그녀에게서 송진과 삼나무 향이 어우러진 우디 향 계열 향수 냄새가 났다. 룸에 있다 나와 숨결에 묻어나는 자극적인 위스키 냄새와 카운터 핀 조명을 받은 복사꽃 색깔의 립스틱이 너무 선정적이다. 카메라 앵글 가득 잡혔던, 첫새벽 강여울을 거슬러 올라가는 힘찬 연어처럼 텐션이 있던, 그녀의 튀어나오고 들어간 몸의 굴곡이 떠올랐다.

카운터에서 술값을 계산하고 룸에 들어갈 애들과 악사를 정하는 것은 내 담당으로 가게에서 가장 힘 있는 자리였다. 손님 중에는 매너가 깔끔하고 팁을 잘 주는 사람이 있는가 하면 이따금 팁도 짜고 애들을 지능적으로 괴롭히는 진상들도 있다. 애들과 악사들은 손님이 특별히 지정하지 않으면 가능한 순서대로 들여보냈지만, 그것은 어디까지나 형식일 뿐이고 내 재량권이 컸다. 따라서 애들과 악사들은 그날의 수입이 내게 달렸기 때문에 액수가 크지는 않지만 매너 있고 팁을 잘 주는 손님 룸에 들어가기 위해 백화점 상품권과 구두 티켓 등을 경쟁적으로 선물했다. 삼촌도 눈치를 챈 것 같았지만 모른 척했다. 나는 많은 애들 중에서 특히 미라를 티 나지 않게 배려해 주고 있었다.

오늘도 마야의 하루는 바빴다.

새벽 3시 무렵에 시간차를 두고 몇 팀의 손님들이 빠져나가고, 4시가 지나서야 두 팀만 남고 다 빠져 느긋하게 커피 한 잔을 즐길 여유가 생겼다.

"전쟁터가 따로 없구만."

박 부장이 비뚤어진 반짝이 나비넥타이의 매듭을 매만지고 박카스 뚜껑을 따며 말했다. 오늘 내가 본 것만 벌써 다섯 병째였다.

"커피 한 잔 하세요."

"그럴까, 쌩큐!"

박 부장은 다 마신 박카스 병을 쓰레기통에 넣으며 씽긋 푸근한 미소를 짓는다. 인터폰으로 주방에 커피 두 잔을 부탁했다. 박 부장은 원두커피는 심심해서 본인의 입맛에 맞지 않다고 프림과 설탕을 다 넣은 옛날 다방식 믹스커피를 마셨다. 따뜻한 커피 잔에서 올라가는 수증기가 카운터 핀 조명 아래 올올이 풀어지고 있었다. 때마침 외삼촌이 홀 구석 사무실에서 나와 화장실을 향하다 우리를 보고는 실실 웃으며 다가왔다.

"크크. 좌의정우의정께서 나 몰래 무슨 은밀한 역적모의 작당들을 하실까. 애송이 내 것도 한 잔 시켜라."

세 사람이 커피를 마시며 카운터를 중심으로 앉았다. 오늘 처음으로 한가하게 세 사람이 모인 자리였다. 삼촌이 턱으로 컴퓨터를 가리키며 물었다.

"매상 좀 올랐냐?"

"평균매상 이상은 될 거 같아."

"그래? 다행이구만. 박 부장님, 고생 많았어요."

삼촌이 박 부장을 보며 눈을 찡긋했다.

"뭘요, 매일같이 하는 일인데요. 나보다는 카운터 보는 현수가 고생이 많지요."

"박 부장님, 이 짜식 듣는데 자꾸 소쿠리 비행기 태우지 마요. 학삐리 주제에 하루 일당이 얼마짜리인데 그 정도 고생도 안 하면 그건 반칙이죠. 짜식이 째리긴. 내 말이 틀렸었마, 애송이?"

삼촌이 느물대며 또 슬슬 방둥을 건다. 심심한가 보다. 이제 단련이 돼서 그 정도에 발끈할 나도 아니었다. 하여튼 가게에 내가 없었다면 저 방정맞은 입이 심심해서 어땠을지 의심이 들 정도였다.

"맞아요, 맞고요. 네, 백 번 천 번 지당하신 말씀이시지요. 나야 뭐 마야의 머슴이고, 삼촌은 대감마님이시니까요."

나는 고인이 된 노무현 대통령의 어법을 흉내 내며 슬쩍 받아쳤다.

"크크, 짜식이 제대로 알긴 아네."

박 부장이 삼촌과 내 대화를 들으며 미소를 짓는다. 둘이 또 시작이구나 하는 표정이다. 삼촌이 다 마신 커피 잔을 놓으며 박 부장에게 은근하게 물었다.

"오늘도 3번 룸 손님이 미라를 예약했나요?"

"네. 두 팀 남았는데 지금 함께 있네요. 오늘도 마지막 손님이 될 거 같은데요."

"그래요. 내가 볼 때는 그 친구 미라에게 완전히 훨이 꽂힌 거 같은데……. 부장님이 볼 때는 어때요?"

"사장님 말씀처럼 그런 거 같습니다. 그렇지 않고야 어떻게 다른 애들은 전혀 초이스 없이 하루가 멀다 하고 지정으로 부를 수 있겠어요."

"하긴. 남자끼리 하는 솔직한 말이지만……. 미라 정도면 어느 수컷인들 껌뻑 죽지 않겠어요. 인물 되지 몸매 죽이지 한술 더 떠 거기다 성격까지 좋지."

삼촌의 말에 나도 모르게 고개를 끄덕였다. 그 모습을 본 삼촌이 또 꼬투리를 잡은 양 실눈을 뜨고 내 얼굴을 빤히 쳐다보았다.

"부장님, 요 녀석이 내 말에 고개를 끄덕이는 걸 봤죠? 꼴에 저도 불알이 영근 사내라고……. 혹시 애송이 너도 미라에게 흑심을 품고 있는 건 아니지?"

"뭔 소리야! 왜 갑자기 얌전히 커피 마시고 있는 날 거기다 끌어들여!"

갑작스런 삼촌의 날카로운 송곳 질문에 속마음을 들킨 것 같아 화들짝 놀라 나도 모르게 과민 반응을 보였다. 만약에 삼촌이 미라와 밖에서 만나고 전시회 작품의 누드모델까지 했다는 걸 알면……. 생각만으로도 만날 때마다 놀림을 당할 것이 끔찍했다. 전시회를 열면 어차피 알게 되겠지만 그건 그때 가서 볼 일이다. 지금은 삼촌에게 말할 단계가 아니었다. 부끄러운 짓을 한 것은 아니지만 왠지 지금 시점에서 그런 걸 말하기는 거북스러웠다.

"짜식이, 왜 하늘같은 삼촌에게 화를 내고 지랄이야. 아니면 마는 거지. 가만, 그리고 보니 정색하며 화를 내는 것이 더 이상한데……. 수상해, 어딘지 모르게 냄새가 나. 내 이런 촉은 틀려본 적이 없는데……."

삼촌은 가재미 눈을 뜨고 얼굴을 바짝 들이밀어 내 얼굴을 유심히 쳐다보았다. 정말 못 말리는 위인이다. 눈치도 백단이다.

"아, 저리 가. 입 냄새 나."

나는 코앞까지 바짝 들이민 머리통을 밀치며 심통 난 표정을 지었다. 그런 우리를 보며 웃음을 참고 있던 박 부장이 너털웃음을 터뜨리며 한마디 한다.

"두 사람을 보면 귀여운 앙숙들 같아요. 맨날 아웅다웅하는 거 같은데 그게 되게 친밀해 보이고 아주 보기 좋단 말입니다. 마치 톰과 제리처럼."

그때였다.

3번 룸이 열리고 사내와 미라가 복도로 나와 카운터를 향해 왔다. 사내는 특이하게도 룸에서 계산하지 않고 늘 카운터에 직접 왔다. 삼촌과 박 부장은 그를 향해 정중하게 인사를 했다. 그는 인사를 받고 어느 때처럼 카드를 건네줬다. 항상 혼자고 똑같은 금액이다. 늘 같은 코냑 한 병과 안주를 주문하는 그는 언제나 술을 반도 마시지 않고 키핑도 하지 않았다.

사인을 끝낸 그를 미라가 가게 밖까지 배웅을 나갔다. 그는 말이 없지만 미소를 잃지 않는, 품격이 느껴지는 호감 가는 사내였다. 조용히 와서 매상만 올려주고 바람처럼 사라져 가게로서는 VIP 중에서도 VIP였다. 따라서 박 부장이나 내가 특별히 신경을 써주는 손님이었다.

그는 특이하게도 애들 용으로 기본안주를 시키고, 정작 본인은 안주에 손도 대지 않았다. 대신 따뜻하게 데워진 머그잔에 안티구아 SHB(Strictly Hard Bean) 스모키한 원두커피를 원했다. 처음 들어보는 커피였다. 그가 처음 왔을 때는 어쩔 수 없었지만 그가 원하는 원두를 찾아 준비했다. 술 한 잔에 커피 한 모금이 그의 술안주였다. 따라서 그가 술을 마시는 동안은 커피가 식을 쯤에는 수시로 따뜻한 걸로 바꾸어주도록 주방에 특별주문을 넣었다. 그가 마시는 커피는 과테말라 안티구아 화산재로 덮인 고지대의 비옥한 땅, 일정한 일교차와 낮은 습도 등의 기후인 곳에서 생산되었는데, 연기를 머금은 듯한 풍미를 주어 소수의 커피 마니아들이 찾는 것이라는 걸 나중에야 인터넷을 보고 알았다. 그 덕분에 나도 이따금 한 잔씩 마시곤 했는데, 횟수를 거듭할수록 매력이 느껴지는 커피였다.

잠시 뒤, 밖으로 나갔던 미라가 들어왔다.

대리기사를 미리 불러서 대기시켰기에 바로 출발한 것 같았다. 미라 얼굴은 보기 좋게 홍조를 띠고 있다. 몸에 딱 달라붙는 검정색 미니스커트를 입고 흰 블라우스의 앞 단추를 두 개 풀어 앞자락이 터질 듯이 가슴골이 드러나 있다. 누드사진을 찍으며 보았던 그녀의 육감적인 가슴이 눈에 선했다. 애써 보려 하지 않았건만 그녀의 가슴골과 몸매에 자꾸만 눈길이 갔다.

"오빠, 나 커피 한 잔만 부탁해."

친구하기로 했지만 다른 사람들 눈도 있고 해서 가게에서는 하던 대로 오빠라 부르기로 했다. 잠시 뒤, 주방 이모가 직접 쟁반에 커피를 들고 나왔다. 얼마 전, 사사끼 부사장과의 룸 사건이 있은 뒤로부터 이모의 옷차림이 눈에 띄게 달라졌다. 어딘지 모르게 옷을 격식을 갖추어 입고 무엇보다 색깔이 화사해졌다. 이모는 그날의 사건을 계기로 아직은 누군가에게 관심을 갖게 할 수 있는 여성성이 남아있다는 것을 자각한 것일까. 사실 이모는 뛰어난 미인은 아니지만 귀티가 나면서도 귀엽고 정감이 가는 얼굴이다. 특히 악의라고는 찾아볼 수 없는 선해 보이는 눈매가 호감을 준다. 이모가 주방일로 면접을 보러 왔을 때, 삼촌은 이모를 보자마자 다른 이모들과는 달리 이것저것 묻지도 않고 바로 그 자리에서 오케이를 했다. 나중에 들은 말이지만 마냥 선해 보이는 눈을 보고 높은 점수를 줬다고 했다.

"요즘 이모 옷차림이 많이 세련되지 않았어?"

며칠 전에 미라가 나에게 한 말이다. 나처럼 미라도 느꼈던 것이다. 미라나 내가 그렇게 봤다면 눈치 빠른 삼촌이나 박 부장도 말은 안 했지만 느낌은 같았을 것이다. 삼촌이 이모를 보며 능글맞게 빙긍빙글 웃으며 놓쳤다.

"요즘 우리 이모님이 하루가 다르게 나날이 예뻐지신단 말씀
이야. 혹시 나 모르게 몰래 연애하는 건 아니죠?"

"연애는 무슨……. 커피나 드세요."

이모는 얼굴을 살짝 붉히며 빠른 걸음으로 주방을 향해 사
라졌다. 미라도 퇴근하기 위해 짐을 챙기러 대기룸으로 갔다.
삼촌이 물었다.

"마지막 룸엔 누가 있냐?"

"젖소 수미와 꺽다리 미희와 손님 두 명. 초저녁부터 와서 지
금까지 있네."

"그래? 그렇게 룸을 전세내고 마냥 짱 박혀있으면서 매상은
좀 올린 거야?"

"기본 정도는 들어갔어. 수미가 눈치껏 잘하잖아."

나는 카운터 컴퓨터를 보며 말했다.

수미가 2시간 정도가 지날 때마다 계속해서 술과 안주를 주
문하고 있었다.

"근데 내가 보니까 수미 개가 널 엄청 좋아하는 것 같더라.
선물도 자주 사오던데 너 미라와 수미에게 양다리 걸친 건 아
니지?"

"제발 헛소리 좀 그만해."

"왜. 미라는 쭉쭉빵빵이지, 수미는 니 머리통이 다 묻힐 만큼 가슴이 엄청 크지. 얼마나 좋아."

"퍽이나 좋기도 하겠수. 걔들이 뭐가 아쉬워서 나 같은 개털 빈털터리 학삐리를 좋아해. 여기 오는 손님 중에도 널린 게 다 엄청 잘나가는 범털 수컷들인데."

"임마, 그건 니가 몰라서 하는 소리야. 이런데 나오는 애들일 수록 의외로 너같이 착하고 순박해 보이는 남자를 좋아할 수도 있는 거야. 그들이 재력은 좀 있는지 몰라도 바로 옆에서 아니 꼽고 지저분한 그들 세계를 다 봤기 때문에."

"착하고 순박하긴. 착하고 순박이 다 얼어 죽었나 보다."

"왜 그래. 우리 현수 정도면 내가 딸이 있으면 사위 삼고 싶 고만. 그건 삼촌 말이 맞다."

티격태격하는 우리 말장난에 박 부장이 합세해 한술 더 떴다.

"그렇죠? 이 짜식은 하늘같은 삼촌이 말하면 그냥 그런가 보 다 해야지. 콩콩 말대답은……. 이놈은 지가 가지고 있는 매력 을 전혀 모른다니깐요."

삼촌은 내 머리통을 쿡 쥐어박았다. 요 며칠 언더스탠과 함 께 머리통을 맞지 않았는데 또 시작이다.

그때 미라가 핸드백을 챙겨 나왔다.

검정색 미니스커트에 흰색 블라우스 위에 검정색 재킷을 걸치고 있다. 흰색과 검정색이 대비를 이룬 클래식한 분위기의 샤넬풍 패션이다. 미대생이라 색에 대한 감각이 있어서 그런지 몰라도 화려한 패션을 추구하는 다른 애들과는 옷차림의 맵시가 확실히 다르다. 세련미가 있다. 미라가 얼굴에서 아직 웃음기가 가시지 않은 우리를 보고 물었다.

"무슨 얘기들을 그렇게 재미있게 하세요?"

"아냐, 별 얘기 아냐. 현수 요놈이 요즘 수미하고 연애를 하는 거 같아서 그 얘길 하고 있었어."

"삼촌!"

나는 버럭 소리를 질렀다. 삼촌이 장난스럽게 그렇게 말하는 순간, 미라의 얼굴에 설핏 스쳐지나가는 그늘을 보았기 때문이다. 다른 사람은 몰랐을지 몰라도 나는 느꼈다. 하지만 미라는 금세 얼굴 표정을 바꿔 환하게 웃었다.

"축하해! 오빠는 좋겠다. 진도는 어디까지 나갔어?"

"아, 정말! 너까지 왜 이래?"

"근데 이 짜식이 기차화통을 삶아 먹었나 왜 소리를 버럭버럭 지르고 지랄야. 내가 없는 말을 해. 수미가 출근할 때마다니 선물을 사 오더만. 좋다고 받을 때는 언제고. 그걸 나만 봤냐? 안 그래요, 부장님? 내가 없는 말을 하는 거예요?"

"맞아요. 저도 몇 번 봤어요. 제가 볼 때도 수미가 현수를 엄청 좋아하는 거 같던데……."

내 편이라 믿었던 박 부장까지도 합세해 놀렸다. 미라 앞에서 미리 짜고서 놀려먹기로 작당한 인간들 같다. 두 사람이 한 사람 바보 만드는 것은 쉬웠다. 삼촌이 미라를 보고 빙글빙글 웃으며 물었다.

"미라 너는 우리 현수를 안 좋아하냐? 내가 볼 때…… 현수는 널 무지 좋아하는 거 같던데……. 양심 없이 양다리인지는 모르겠지만."

하여튼 못 말리는 위인이다.

너를 좋아하는 거 같다는 말끝에 굳이 양다리라는 말을 해야 할까. 끝까지 낚시 바늘의 미늘처럼 갈고리를 걸었다. 박 부장도 미라의 대답이 궁금한 듯 쳐다봤다. 삼촌의 말에 나도 모르게 심장의 박동이 빨라졌다. 삼촌이 나를 놀리기 위해 농담처럼 던진 말이지만 미라의 대답이 궁금했다.

"사장님이 방금 그랬잖아요. 수미가 매일 오빠 선물을 사 온다면서요? 저는 지조 없이 양다리 걸치는 남자를 세상에서 제일 싫어하네요. 수고들 하세요. 먼저 갈게요."

미라마저 실실 웃으며, 손을 흔들며 돌아서 복도에 하이힐 굽 소리를 울리며 멀어져 갔다. 나는 한 방 맞은 듯 멍한 시선으로 멀어져가는 뒷모습을 보았다. 삼촌과 박 부장이 지금 나를 짓궂게 놀리는 거라는 걸 미라도 알 거라는 생각을 하면서도 씁쓸한 느낌은 저버릴 수가 없었다. 하지만 그 말을 정말로 믿는다면? 그렇다면 아까 미라가 있는 자리에서 그게 아니라고, 수미가 일방적으로 선물을 사 오는 거라고 변명이라도 했어야 하는 거 아닌가 하는 낭패감과 때 늦은 후회가 밀려왔다.

• • •

하루가 어떻게 지나가는지 몰랐다.

마야에서 밤을 새우고 새벽에 돌아와 잠시 눈을 붙이고는 사진작업에 몰두했다. 많은 사진을 모니터에 띄워놓고 전시할 사진을 선정하는 것이 보통 일이 아니다. 같은 조명에서 거의 같은 포즈를 연사로 찍었기 때문에 큰 차이가 없는 것 같지만, 확대해서 자세히 보면 미묘한 차이들이 있었다. 눈을 감거나 반쯤 뜨거나 표정의 변화나 손동작이나 몸짓 등이 조금씩 달랐다. 갤러리에 전시할 한 장의 사진을 건지기 위해서 적게는 몇 십 장에서 많게는 백 장 이상의 사진을 면밀히 보아야 했다. 거기에 소요되는 시간이 만만찮았다.

미라의 사진은 뒤로 미루고 프로 모델들의 사진을 먼저 골랐다. 오전에 잠깐 눈 붙이고 하루 종일 컴퓨터 앞에 앉아 사진작업을 하고서 출근하면 저절로 눈이 감겼다. 하지만 카운터에서 졸 수도 없었고 졸만큼 한가하지도 않았다. 저절로 감기는 눈을 억지로 뜨기 위해 커피를 계속해서 마시다 보니 어느 순간 구토감과 함께 신물이 울컥 올라오며 속이 쓰렸다. 몸은 카운터에 있지만 마음은 온통 사진에 가 있었다.

이번 전시회는 나로서는 여러 가지로 의미가 있는 작업이다. 군 입대를 앞둔 시점에서 그동안 열정을 쏟았던 결과물이기도 했지만 그보다는 처음으로 내 작품들에 대해 타인들로부터 객관적인 평가를 받을 수 있는 기회이기도 했다. 집안에 의사가 한 명쯤은 있어야 한다며, 굴곡 없는 편안한 삶을 위해서도 의대에 가기를 그토록 원했던 아버지의 반대를 무릅쓰고 스스로 택한 길이기에 더욱 신경이 쓰였다.

"전시회 준비는 잘 돼 가나?"

사무실에서 지인들과 포커를 치던 삼촌이 화장실을 다녀온

후 입을 하마처럼 벌려 늘어지는 하품과 함께 기지개를 켜며 카운터로 다가왔다.

"졸려."

"짜식이 또 엄살을 부리네. 사진 선별 작업 때문에 잠 좀 못 잤다고 그렇게 죽상을 하고 있냐."

"삼촌이 해봐. 지금 며칠 짼지 알기나 해? 포커만 치지 말고 1시간만 카운터 봐주면 안 돼?"

"내가 왜?"

"잠깐 눈 좀 붙이게."

"이 찍사가 정말…… 임마, 니 나이엔 돌멩이를 삼켜도 삭일 수 있어. 그깟 잠 좀 못 잤다고 죽진 않는다고. 니 일당이 얼마짜린데…… 잔소리 말고 니가 할 일은 니가 책임지고 똑바로 해. 이 몸은 포커 치기 바빠서 카운터 볼 시간 없으니까. 남의 돈 먹기가 그렇게 만만한지 알어. 이참에 세상을 좀 배우라고. 손님들 앞에서 병든 병아리처럼 졸지 말고 똑바로 해…… 언더스탠!"

예감은 했지만 미처 피할 새도 없이 꿀밤을 맞았다.

삼촌은 화가 난 나를 보고 실실 웃으며 사무실을 향해 등을 돌리더니, 건들걸음으로 뒤도 돌아보지 않고 얄밉게 손까지 흔들며 갔다.

염병할!

밉상도 저런 밉상이 없다. 허나 생각해보면 삼촌의 말이 하나도 틀린 건 없다. 어디서 이만한 아르바이트 자리를 구할 수 있을 것이며, 이 나이에 이처럼 적나라한 수컷들의 세계를 경험할 수 있을 것인가. 삼촌이고 조카 사이니까 그만한 대우를 해주는 것이다. 하긴 가게가 지금처럼 잘나가지 않으면 대우를 해주고 싶어도 해줄 수 없을 테지만. 어쨌든 나로서는 가게가 너무 잘되고 있다는 것이 행운이자 다행이었다.

정말 더도 말고 한 시간만 잤으면 싶다. 하지만 카운터 업무를 소홀히 할 수는 없다. 술과 안주 주문 인터폰이 쉴 새 없이 울리고, 그것들을 룸 넘버에 정확히 체크해야 한다. 차라리 한가한 것보다는 이렇게 바쁜 것이 졸지 않고 좋을 수도 있다. 그러다 주문이 잠시 뜸한 사이에 의자 등받이에 기대어 나도 모르게 저절로 눈이 감겨 고개를 꾸벅 떨구다 깜짝 놀라 깨곤 했다. 속은 쓰리면서도 커피가 몇 잔째인지 모른다. 이제 새벽이 가까워 오고 가게도 문을 닫을 시간이 되어갔다. 룸을 마감한 애들은 대기 룸에서 퇴근 준비를 하고 있을 것이다. 복도 끝에서 젖소 수미가 함빡 웃으며 다가왔다.

160

"오빠, 오늘 많이 피곤해 보인다."

"오늘따라 힘드네. 졸립고."

"그래, 오빠 눈에 핏발이 섰다. 토끼눈처럼 빨개. 내가 어깨 좀 주물러 줄까?"

그녀는 내 등 뒤로 다가섰다. 항상 누구에게나 친화력이 있고 붙임성이 좋은 그녀다. 한번 성깔이 나면 물불을 안 가리지만 웬만해서는 화를 내지 않는 미워할 수 없는 캐릭터였다.

"됐어. 너도 힘들었을 텐데."

"아냐, 괜찮아. 내가 좋아서 그러는 걸, 뭐."

미처 말릴 새도 없이 등 뒤에 서서 어깨를 주무르기 시작했다. 생각보다 손아귀 힘이 세다. 처음에는 무척 아프더니 뭉쳐 있던 어깨가 점차 풀리는지 나른하다. 눈꺼풀이 무거워지며 졸음이 스르르 온다.

"어깨 근육이 나무토막처럼 단단하게 뭉쳤네. 요즘 스트레스를 많이 받나 봐."

수미의 부드럽고 따뜻한 손이 목덜미도 주무르기 시작했다. 그때 대기 룸에서 나오던 박 부장이 빙긋 웃으며 다가와 시비조로 말했다.

"야, 너 사람 차별하는 거야, 뭐야?"

"뭐가요?"

역시 눈치 빠르게 가시 돋친 말투로 만만찮게 받아친다.

"뭐가라니? 나도 피곤한데 나는 안 해주고 왜 현수만 해주
는 건데?"

"나 참, 질투할 걸 질투하세요. 오빠는 내가 좋아하는 사람
이잖아요."

수미는 박 부장 보란 듯이 젖소 가슴을 등에 바짝 밀착하며
목덜미를 주무르는 손에 더욱 힘을 주었다. 부드럽고 따뜻하
고 뭉클한 젖가슴의 감촉이 그대로 등에 전해져온다. 박 부장
보기가 민망했다.

"뭐야? 하긴 청춘남녀의 일에 내가 나설 일은 아니다만…….
그래 순진한 현수를 구워 먹든 삶아 먹든 니 재주껏 알아서 해라."

"부장님은 무슨 말씀을 그렇게 험하게 하세요! 오빠가 무슨
알밤이에요, 굽고 삶게!"

수미는 목소리에 날을 세운다. 그러면서도 목덜미를 주무르
는 손은 바쁘게 위아래로 움직이고 있다. 나는 두 사람의 실
없는 대화를 들으며 웃음이 터져 나오려는 것을 참고 있었다.

"알았다, 알았어. 요 앙칼진 여시, 아니 젖소야!"

"난 여우도 젖소도 아니고 수미라고요, 최수미! 부장님은 흰

머리도 안 났으면서 벌써 치매 초기 단계세요? 아직까지도 내 이름을 모르게."

그녀는 꼬박꼬박 한마디도 지지 않고 날을 세운다. 어쩜 두 사람은 고단했던 하루의 피곤함을 그렇게 농담 따먹기를 하며 풀고 있는지도 몰랐다. 아니, 그만큼 허물없는 사이라는 것을 입증하는 것이리라.

그때였다. 대기 룸 문이 열리며 밖으로 나오던 미라와 내 눈이 딱 마주쳤다. 미라는 잠시 우뚝 서서 수미와 나를 쳐다봤다. 그 순간, 수미는 미라에게 과시라도 하는 듯, 약을 올리듯 방금 전보다 더 바짝 다가서 한층 더 내 등에 가슴을 밀착시키고 친밀함을 과장했다. 수미의 유별난 행동이 마음에 걸렸다. 마치 하지 말아야 할 잘못을 저지른 듯한, 보여주지 말아야 할 모습을 보여준 것 같은 낭패감이 몰려왔다. 우뚝 서서 두 사람을 지켜보던 미라가 눈길을 거두고 화장실로 향했다.

"됐어. 이제 그만해."

나는 수미의 손에서 벗어나기 위해 일어섰다.

미라가 화장실에서 나올 때까지 지금 같은 모습을 보여주고 싶지는 않았다. 때마침 빌지가 들어갔던 룸이 열리고 손님들이 나왔다. 나는 카드 계산을 마치고 일어서 공손한 자세로 배웅했다.

"오빠, 밥 한번 먹자니까."

"알았어. 시간을 내볼게."

그때까지 수미는 룸으로 돌아갈 생각을 하지 않고 있었다. 그러나 내 신경은 온통 화장실 쪽을 향해 있었다. 한참이 지나도록 미라는 나오지 않았다. 그때 진동으로 놓은 핸드폰이 날아가기 직전의 풍뎅이처럼 부르르 떨었다. 메시지가 떴다. 미라였다.

끝나고 한신포차에 있을 게.

가게에서 100여 미터 떨어진, 낮에는 주차장으로 쓰다가 밤에는 천막을 치고 포장마차를 여는 곳이다. 가게 손님 중에는 특이하게도 닭발이나 닭똥집 같은 포장마차 안주를 원하는 사람이 있어 포차 사장과도 친했다. 며칠 전, 출근할 때 우연히 미라를 가게 앞에서 만나 간단하게 가락국수로 저녁을 해결했던 곳이기도 했다.

포차는 새벽임에도 불구하고 많은 술꾼들로 차 있었다. 대부

분이 짝을 이룬 젊은 사람들인데, 밤새 어디서 술을 푸고 나왔
는지 단풍 든 얼굴들이다. 가을이라서 그런지 바람이 제법 선
선했다. 삼촌과 가게 매출을 정산하는 동안 먼저 퇴근한 미라
는 이미 소주병을 따 혼자 마시고 있었다. 김이 나는 조개탕과
제육볶음이 동그란 플라스틱 탁자 위에 놓여있었다. 미라가 술
병을 들어 내 소주잔이 넘칠 정도로 가득 따랐다. 우리는 말없
이 술잔을 부딪쳤다. 미라가 단숨에 술잔을 꺾었다. 나도 따라
단숨에 꺾었다. 서로의 술잔을 채웠다. 미라가 담배를 문다. 나
도 따라 담배를 물었다. 그때, 갑자기 미라가 내 얼굴을 뚫어져
라 쳐다보았다. 의미를 알 수 없는 행동이다.

"꼭 그래야 해?"

미라가 나를 보던 시선을 술잔에 떨구며, 담뱃재를 거칠게
재떨이에 털며 툭 던졌다. 가게에서 있었던 수미와의 일을 말
하는 것이다.

"일방적인 거야. 내 의도는 아냐."

나는 변명 아닌 변명을 했다. 아니, 그건 변명이 아니라 사실
이기도 했다. 사실 나는 수미에 대해 특별한 감정을 느끼지 못
하고 있다. 한 마디로 수미는 내 스타일이 아니다.

"그럴 만한 빌미를 준 건 아니고? 내가 관여할 바는 아니지만

솔직히 내 앞에서 보란 듯이 그러는 건 기분이 별로야."

"방금 말했잖아. 일방적인 거라고. 의도가 아니고."

나도 모르게 짜증 섞인 목소리를 높였나 보다.

"왜 화를 내?"

미라가 술잔에 주었던 시선을 들어 나를 보았다.

"내가?"

"미안해. 사실 따지고 보면 내가 기분 나빠 할 만한 자격이 있는 것도 아닌데 뭐."

그녀는 분명 자격이라고 했다. 맞다. 우리는 서로가 서로를 구속하고 눈치를 보아야 할 만큼 서로에게 자격이 있기는 한 것일까. 서로 호감을 갖고 있는. 친구 이상인 것은 분명한데 연인이라고 부르기에는 2퍼센트 부족한 뭔가 애매한 관계였다. 두 사람 사이에는 분명 보이지 않는. 쉽게 건널 수 없는 강이 존재하고 있다. 나는 딱히 대답할 말이 없어 침묵했다.

"나 바보 아냐. 자기가 일부러 그런 것이 아니라는 것쯤은 안다고. 하지만 내 눈에 자기의 그런 모습이 보이면 기분이 나쁜 건 나쁜 거야. 자기하고 나 사이가 어떻다는 것은 아냐. 그래서 따지는 것은 더욱 아니고. 하지만 우리가 일반적인 남들보다는 조금은 서로를 배려할 만한 특별한 사이가 아닌가? 적어도 나는 그렇게 생각하는데."

그녀는 언제부턴가 둘이 있을 때는 자기라고 호칭하고 있었다. 나도 그게 훨씬 편하다.

"알았어. 앞으론 그런 걸로 신경 안 쓰이게 할게. 잊어버리고 한잔하자."

술잔을 부딪쳤다. 미라는 또 단숨에 잔을 꺾었다. 시킨 안주는 손도 대지 않았다.

"안주 먼저 먹고 천천히 마셔. 취하겠다."

"취하면 어때. 자기가 집에 데려다주면 되잖아. 어차피 우리 집도 알겠다 백마 탄 왕자님이 내 앞에 있는데 무슨 걱정야."

빤히 내 얼굴을 보는 미라의 얼굴에 웃음기가 없다.

"백마 탄 왕자는 무슨…… 지나가는 개미가 웃겠다. 삼촌 가게에서 알바나 하는 주제인데."

나는 시니컬하게 웃으며 술잔을 뒤집고 조개탕 국물을 한술 떴다.

"그거 알어?"

"뭐?"

"자기에게 주어진 냉혹한 현실에서 살아남기 위해서 어쩔 수 없이 하는 것과 경험 삼아 하는 것의 차이를?"

무슨 말인지 알 것도 같다.

미라는 내가 이 일을 언제까지나 할 것도, 생존하기 위해서 하는 것도 아니라는 것을 말하고 있었다. 그 말은 맞는 말이었다. 입대 전까지만 삼촌을 도와줄 생각이다.

"자기가 현실을 알아? 내가 볼 땐 너무 곱게 컸어. 지금껏 큰 걱정 없이 고민도 없이. 어쩌면 그렇게 성장했기에 세상 때가 묻지 않은 맑은 심성을 가질 수 있었던 장점도 있지만."

"지금 날 너무 과대 포장하는 거 아냐? 나도 세상을 어느 정도 알 만큼은 안다고 생각하는데."

"과연 그럴까. 자기는 열아홉 나이에 집세와 등록금 걱정을 해봤어? 아니 일용할 양식에 대해 심각하게 고통스러워 해봤어? 허울 좋은 미래의 꿈에 대한 고민 같은 고상한 것 빼고. 이제는 어느 정도 벗어났지만……. 멀지도 않은 과거에 난 나에게 주어진 현실이, 하루하루 산다는 것이 너무 두려워 이불을 뒤집어쓰고 울 때가 많았어."

미라는 잠시 뜸을 들이다 말을 이었다.

어느 그룹을 이어 받을 재벌 아들이 미국 유학 중 여름방학에 입국해 보름 동안 세상을 경험하기 위해 신분을 숨긴 채, 아버지가 경영하는 그룹의 계열사인 건설회사 아파트 공사 현장에 막일꾼으로 허드렛일을 했다. 하루 종일 무거운 건축자재와 시멘트와 벽돌 등을 나르느라 어깨엔 멍이 들고 먼지구덩이 속에서 땀이 나고 마르기를 반복해 작업복은 허연 소금버캐로 얼룩지고 처음해보는 서툴고 고된 노동으로 허리와 팔다리가 쑤시고 아팠다. 그렇게 하루 일과가 끝나고 저녁이 되어 하루 일당 11만 원에서 소개소 비용 10퍼센트를 공제하고 9만 9천 원을 받았다. 그로서는 자신의 힘든 노동의 대가로 처음 벌어보는 참으로 소중한 일당이었다. 그래서 봉투를 하나 만들어 매일 모았다. 먼 훗날 자신이 나태해지려 할 때, 지금의 힘든 경험과 봉투를 하나의 경종으로 삼기 위해서였다.

그렇게 며칠이 지난 어느 날, 일꾼들 중에 많은 사람들이 그렇게 힘들게 번 돈을 동료들과 저녁 술자리에서 함부로 쓰는 것을 보았다. 분명 생활이 넉넉하지 않아 노동판에 뛰어들었을 텐데. 그렇게 힘들게 번 돈을 술값으로 쉽게 낭비하는 것이 도무지 이해가 되지 않았다.

하루는 일부러 술자리에 따라간 그가 물었다. 왜 매일 같이 이렇게 술을 마시느냐고. 힘들게 번 돈이 아깝지 않느냐고. 그들이 말했다. 그 돈을 집에 가져가나 안 가져가나 힘들기는 마찬가지니, 이렇게라도 내일 다시 일하기 위해 오늘 하루의 고

단함과 스트레스를 푸는 거라고. 한마디로 지금으로서는 앞으로도 상황이 크게 나아지거나 잘살 수 있을 거라는 희망이 없다는 거였다. 희망이 없기 때문에 주어진 환경의 범위 내에서 내일을 위해 하루하루를 나름 즐기는 거라고.

그 말을 들은 그는 크게 깨달았다.

자신은 세상을 경험하기 위해 보름 동안 자진해서 노동을 하는 것이지만, 이 노동이 끝나면 다시 희망이 있는 곳으로 돌아가기 때문에 노동의 힘듦조차도 유희처럼 즐기지만, 그들은 내일도 모레도 희망도 기약도 없기에 오늘의 고단한 삶을 위로받기 위해 술을 마신다는 것을. 그는 그날 일당으로 받은 품삯으로 술값을 계산하고 그날로 그만두었다. 자신에게는 지금의 힘든 노동이 단순한 경험 내지는 유희 차원일 수도 있겠지만, 누군가에게는 생존을 위한 전쟁터와 다름없다는 깨달음을 얻었기 때문이었다.

"비약이 좀 심하다."

"그래? 그렇게 들릴 수도 있겠지. 하지만 빈곤의 냉혹한 현실을 접해보지 못한 사람들은 그들만이 느끼는 가슴속 깊은 곳의 응어리를 쉽게 이해하지 못하는 부분이 있어. 그렇다고 자기도 일부러 겪어보란 의미는 아냐. 그냥 현실의 비정함이, 냉혹함이 그렇다는 거지."

그 말을 끝으로 잠시 침묵이 이어졌다.

흐린 하늘 서쪽 먼 곳에서 번개가 치고 뒤이어 천둥소리가 들려왔다. 소슬한 바람 속에 마른 흙냄새가 묻어나는 걸 보아 비가 올 거 같다. 빈 잔을 채워주던 미라가 화제를 돌렸다.

"전시회 준비는 잘돼 가?"

"갤러리는 인사동으로 잡았고 날짜도 잡혔어. 사진 액자 작업을 하는 중인데 11월 15일부터 열흘 동안 오픈해."

"궁금하기도 하고, 같이 술 한잔한 지도 꽤 된 거 같고 해서 만나자고 했어. 사실 우리가 이렇게 만날 수 있는 날도 얼마 안 남았잖아. 입대가 한 달 뒤쯤이잖아."

"잘했어. 그렇지 않아도 내가 먼저 한잔하자고 하려고 했었는데."

"자긴 좋겠다. 꿈을 마음대로 펼칠 수 있는 축복받은 인생이라."

"축복은 무슨."

"노파심에서 하는 얘기지만 전시회에 가게 식구들은 초대하지 마. 괜히 참새들 입방아에 오르긴 싫으니까."

"당연하지. 내가 그 정도도 생각하지 않았을까."

미라를 보며 그날의 기억들이 떠올라 얼굴이 달아올랐다. 전라였던 그녀의 모습이 떠올랐기 때문이다. 나는 그런 생각들을 지우기라도 하듯 급하게 술잔을 뒤집고, 내 잔을 미라에게 내밀었다. 빈속에 마신 술이라 그런지 관자놀이에 미열 같은 취기가 올라왔다.

다시 침묵이 이어졌다.

그때 갑자기 한줄기 거센 바람이 포장마차의 휘장을 거세게 흔들며 휘몰아치더니 이내 앞이 보이지 않을 정도로 굵은 빗방울을 자욱하게 쏟아내기 시작했다. 빗방울 속에는 때 아닌 제법 알이 굵은 우박도 섞여 있었다. 우리는 같은 시선으로 술잔을 앞에 두고 잠시 폭우와 우박에 갇힌 도심을 바라보았다. 저 비가 그치면 가을이 성큼 지나가고 겨울이 다가올 것이다. 그만큼 입대 날짜가 가까워 올 것이고, 미라와도 당분간은 만나지 못할 것이다. 거기까지 생각이 미치자 갑자기 쓸쓸한 감정이 밀려왔다. 그때 미라가 탁자 건너 에 있는 내 손을 꼭 잡으며, 내 눈을 보며 말했다.

"난 이상하게 자기를 보고 있으면 내가 힐링이 되는 느낌이 들더라. 세속에 찌든 나까지도 덩달아 맑아지고 행복해지는 느낌이랄까. 참 이상하지?"

"말도 안 돼. 내가 무슨 예수나 부처의 가운데 토막이라도 된단 말야."

"아냐. 분명 그래. 뭐라고 콕 집어 말할 수는 없지만 그런 느낌이 들어. 지금도 마찬가지고."

"듣다듣다 별소릴 이상한 소릴 다 듣네. 지금 내 나이가 몇인데. 나도 알 거 모를 거 다 아는 나이라고. 알고 보면 속물 덩어리라고."

"그래도 내 눈엔 자기가 어린왕자처럼 보여. 덩치만 커다란 소년 같은 느낌. 아무래도 내가 자기한테 콩깍지가 단단히 씌었나 봐."

나는 쑥스러워 슬그머니 잡힌 손을 뺐다. 그런 내 마음을 눈치 챘는지 미라가 어깨를 들썩이며 웃다가 커다란 눈을 껌뻑이며 내 눈을 유심히 보았다. 기다란 속눈썹이 천장의 조도 높은 LED 조명을 받아 눈동자에 서늘한 그림자를 만들고 있었다. 그녀를 모델로 사진을 찍을 때, 촛불이 눈동자에 어렸던 기억이 떠올랐다. 그때도 앵글을 통해 이런 눈을 보았다. 나도 미라와 함께 있으면 편했다. 그 이유가 뭐냐고 묻는다면 딱히 꼬집어 말할 순 없다. 그녀와 함께 있는 지금의 늦가을 고즈넉하고 편한 이 순간이 영원히 이어졌으면 하는 말도 안 되는 황당한 생각도 잠깐 들었다.

그 사이 빗줄기가 더 거세지고 있었다. 거세게 휘몰아치는 바람과 함께 천둥 번개도 사나워지고 있다. 이제 조금 있으면 여명이 틀 시간이다. 나는 몇 개 남지 않은 카멜 담배 갑에서 담배를 꺼내 물며 물었다.

"자기 말처럼 내가 어린왕자면…… 자긴 여우야? 어린왕자에게 길들여진?"

"그건 좀 슬픈 비유다……. 어린왕자는 결국 떠나고 홀로 남겨진 여우는 언제 다시 올지도 모르는 어린왕자를 마냥 그리워하잖아……. 가엾잖아."

그렇게 말하는 그녀의 눈에 설핏 밖에 날씨와 같은 황망스럽고 쓸쓸함이 깃든다.

"그래도 여우가 어린왕자를 만나기 전에는 밀밭이 노랗게 익어갈 때면 자기를 잡으러 오는 여우 사냥꾼들을 먼저 떠올렸지만. 어린왕자를 만난 뒤로는 노랗게 익어가는 밀밭을 보며 여우 사냥꾼보다는 그리움의 대상인 어린왕자의 노란 머리를 먼저 떠올리잖아. 당장은 아니겠지만 어린왕자가 잊지 않는 한 언젠가는 다시 만날 수도 있을 거란 희망이 있잖아. 안 그래?"

"만날 수도 있다는 것을 바꿔 말하면……. 어린왕자가 여우의 바람과는 달리 잊고서 끝내 찾지 않을 수도 있다는 얘기잖아. 여우는 언제 올지도 모르는 어린왕자를 마냥 기다리는 입장이고. 기다리는 하루하루가 쌓이다 보면 어느 순간부터는 희망이 아니라 절망일 될 수도 있어. 일종의 희망고문이라고나 할까. 어린왕자는 여우의 그 마음의 고통을 알까?"

"헤르만 헤세의 『괴로움의 위안을 꿈꾸는 너희들이여』라는 책이 있어. 기다림이 있다는 것은 때론…… 그 괴로움조차도 승화시켜 위안이 될 수 있지 않을까. 아름다웠던 추억이란 이름의."

"듣고 보니 자기는 참 냉혹하고 잔인한 면도 있다. 기약 없는 기다림이란…… 여우를 보고 싶으면 언제든 다시 찾아올 수 있는 어린왕자는 그렇다 치더라도 어린왕자를 보고 싶어도 어떤 이유에서든 찾아갈 수 없는 여우의 입장이 정말 가엾지 않단 말야?"

미라의 표정이 진지하다. 나는 갑자기 관자놀이 맥박이 심하게 뛰었다. 취기가 일시에 올라왔다.

"그럼 우리가 책 내용을 바꾸면 되지. 어린왕자가 여우를 다시 찾아와 함께 행복한 여행을 떠나는 걸로."

나는 웃으며 말했지만, 미라의 얼굴엔 여전히 어두운 그림자가 가시지 않았다. 그 그림자가 무얼 뜻하는지 알 것도 같고,

모를 것도 같았다. 그녀의 표정은 그만큼 복잡했다. 그녀를 보면 얼굴에 수많은 표정이 있다. 다른 사람에게서는 느낄 수 없던 점이다. 특히 어느 한순간에 자세히 보지 않으면 눈치 채지 못할 정도로 빠르게 스쳐가는 표정에 많은 걸 담고 있다. 누드 사진을 찍을 때, 얼굴을 클로즈업해 렌즈를 통해 본 얼굴에 스쳐지나가는 순간순간 표정들이 그랬다. 몇 십분의 몇 백분의 일 초임에도 불구하고 연사로 촬영한 사진을 확대해 자세히 보면 표정들이 아주 미세하게 달랐다. 나이에 비해 세상을 그만큼 버겁게 살아서일까. 아니면 내면에 담긴 내용물이 너무 커서 그런 것일까. 알 수 없었다.

그녀가 한동안 말없이 비가 퍼붓고 있는 도로 쪽으로 시선을 주다가 물었다.

"슬프게도 이제 정말 자기를 볼 날도 얼마 남지 않았네. 전시회가 끝나고 보름 뒤면 바로 입대네. 그동안 유일하게 마음을 주며 만날 수 있어 행복했는데."

"그러게. 시간이 참 잘 가. 그러지 않으려고 해도 괜히 조바심도 나고 그래. 어차피 피할 수 없으면 즐기라고 했는데 전혀 즐겨질 것 같지도 않고."

"그런 면으로 보면 남자들은 좀 안됐어. 한창 혈기왕성하고 뭔가를 해야 할 때쯤에 한 2년 동안 어쩔 수 없이 공백기를 가져야 하잖아."

"그러게 말야. 그때가 여친들이 고무신을 거꾸로 신을 때라잖아. 물론 안 그러는 애들도 있겠지만……. 애인 있어?"

나는 불쑥 질문을 던졌다. 없다는 걸 잘 알면서도. 내 질문에 어이없다는 표정을 짓던 그녀가 바람 빠지는 풍선처럼 피식 웃었다.

"뭐야, 지금 사람 앞에 놓고 장난치는 거야?"

"아니 뭐 꼭 그런 건 아니지만 요즘 자기 나이에 남자친구가 없다는 것도 좀 그렇잖아."

"그러는 자기는 애인 있어?"

이번엔 미라가 깜빡이도 없이 불쑥 뛰어든다.

"나야, 아직 없지."

"아직이라면……. 전에는 있었다는 거야?"

미라의 눈이 호기심으로 반짝였다.

"아니, 아직 한 번도 없었어. 믿고 안 믿고는 자유지만 솔직히 관심도 없었고."

"뭐야? 바보야, 숙맥야. 아니면 어디가 잘못된 거야. 그럴 거라 짐작은 했지만 한 번도 경험이 없다는 것은 좀 심한 거 아닌가?"

"좀 심하긴 했지. 나도 내가 왜 그랬는지 모르겠어. 미팅이
나 소개팅 기회도 여러 번 있었는데 그게 생각처럼 쉽지 않더
라고. 한두 번 만나면 재미없는지 어느 순간 여자애들이 애프
터를 신청하지 않더라고."

"하긴 자기는 좀 그래. 한마디로 정리하면…… 재미가 없지.
왜 그런 거 있잖아. 여자들은 이게 아닌데 하면서도 묘하게 나
쁜 남자에게 끌리는 거. 그런 면으로 보면 자긴 뭘 해도 다음
행동이 예측되는, 모범 답안이 뻔히 보이는 범생이과에 가깝다
고 봐야 하겠지. 그래서 그런지도 몰라."

언젠가 삼촌도 마야 오픈을 바로 앞두고 함께 술을 마시며
똑같은 말을 한 적이 있다. 인생을 참 멋대가리 없게, 일부러
재미없게 사는 한심한 놈 같다고. 자기는 맞아 죽는대도 나처
럼은 못 산다고. 틀에 갇힌 다람쥐도 아니면서 늘 똑같이 다람
쥐 쳇바퀴 도는 것처럼 산다고. 그것도 빼어난 재주라면 재주
라고. 왜 그렇게 답답하게 사느냐며 꿀밤까지 때렸다. 그리고
는 슬그머니 옆자리로 다가와 앉는가 싶더니 순식간에 내 뿌리
와 고환을 아파서 숨도 못 쉬게 꽉 움켜잡고는 입을 쩍 벌리고

고통에 쩔쩔매는 내 얼굴을 빤히 쳐다보며 느물느물 웃었다.

"지금 니 나이가 몇이냐. 임마. 이게 오줌만 싸라고 달려있는 게 아니잖아. 넌 딱지도 안 떼고 군대 갈래? 삼촌이 오늘이라도 당장 떼 줄까?"

그날 나는 아무리 예측을 불허하는 괴짜 삼촌이라고는 하지만 수치심에 얼굴이 벌겋게 달아올랐다. 그러면 내가 허락만 하면 당장에 충분히 그리해주고도 남을 위인이었다. 내 정신 개조를 위해서, 세상을 알려주기 위해서, 마야에 와서 군대 가기 전까지만이라도 자기 밑에서 일하라고 했다. 알바비도 알바비지만 나는 그날 그렇게 그의 거미줄에 걸린 애송이 날벌레 신세가 되었던 것이다. 일요일을 제외하고 매일 저녁부터 새벽까지 그의 덫인 가게에서 정신을 개조하고 세상을 알기 위해. 삼촌은 답답하기 그지없는 나를 보며 무슨 생각을 했을까. 그의 말처럼 정말 내가 마야에서 일하면서 세상을 조금이라도 알기는 알아가는 것일까. 그의 말처럼 세상의 때를 조금씩이라도 묻히고는 있는 것일까.

"그거 알아? 자기가 처음 가게에 왔을 때는 영락없는 샌님 같더니 이제 제법 틀이 잡혔더라. 손님들과 애들을 대하는 태도도 많이 자연스럽고 유연해지고. 처음에는 애들하고 눈도 못 마주치고 눈길을 어디다 둬야 할지 몰라 쩔쩔매며 무슨 말만 하면 얼굴부터 빨개지더니 이젠 제법 농담도 하고 여유가 있어 보여."

"그래? 다행이네."

"그래도 내가 볼 때는 아직 멀었어. 이 험한 세상을 이겨내려면 그 정도로는 약해. 그래서 가게에서도 사장님이 일부러 자기 일을 도와주지 않고 두고 보는 것 같아. 자기 외삼촌인 사장님은 보통 사람이 아냐. 일을 공과 사로 맺고 끊을 때 보면 찬바람이 불고 무서울 정도야. 감정에 휩싸이지 않고 이성적이면서도 논리적이며 정확하거든. 한마디로 원원은 해도 절대로 자기가 손해 보는 짓은 안 해. 물론 때론 그런 걸 뛰어넘어 상황에 따라 인간적일 때도 있지만……. 내가 줄 건 정확히 주고 상대에게 받을 건 확실하게 받는. 그게 다른 가게에서는 느낄 수 없는 매력이기도 하지. 사장님은 최소한 자기 이익만을 위해 속 보이는 행동을 하지 않거든. 이 화류계 바닥에선 그렇지 않은 비인간적인 사장들이 대부분이라고 보면 돼."

이제 포장마차는 파장 분위기다.

많던 손님들이 거의 빠져 나가고 몇 팀밖에 없다. 동쪽 하늘이 파스텔 톤의 연한 보라색으로 밝아오고 있다. 잠시 후면 새벽 출근을 하는 사람들이 지하철과 버스를 타고 치열한 삶의 현장을 찾아 어딘가로 아직 피로가 풀리지 않은 지친 몸을 싣고 고개를 떨군 채 갈 것이다. 미라가 이미 싸늘하게 식어버린 조개탕 국물을 한술 뜨며 말했다.

"가게가 잘되는 거 같아. 손님들도 많이 늘고."

"삼촌이 워낙 수완이 좋잖아. 친화력도 있고. 하여튼 그런 쪽으론 타고났어."

"그건 그래. 가게를 오픈한 짧은 시간에 비해 단골이 많이 늘었어. 한 번 왔던 손님 대다수가 다시 오더라고."

"이건 비밀인데…… 삼촌이 다음 주부터는 팁에서도 10퍼센트씩 떼서 각자 통장에 저축을 한다고 했어. 역시 출근비와 지각비처럼 가게를 그만둘 때 준다고. 한마디로 그만 둘 때를 대비해 다소나마 목돈을 만들어주겠다는 거지."

"사장님다운 발상이네. 내 생각엔 반대하는 애들이 없을 거같아. 반대할 이유도 없고. 안 준다는 것도 아닌데 뭐. 잠시 따로 보관하는 거잖아."

"그리고 한성그룹 홍보실장이 내일 모레 사사끼 부사장과 함께 온다고 연락이 왔대."

"그래? 일본에 간 지 얼마 안 되잖아. 계약이 됐나?"

"내가 들은 정보로는 모레 와서 사인만 하면 되나 봐. 그런데 재미있는 건 사사끼 부사장이 자기 파트너는 지난번처럼 주방 이모로 해달라고 특별 부탁이 있었다는 거야."

"이모한테 푹 빠졌나 보네. 꾸미질 않아서 그렇지 사실 이모 도 귀여우면서도 미인이거든. 내가 알기론 일본 남자들은 대 체적으로 섹시한 여자보다는 귀여운 여자를 좋아해. 이모도 알 고 있어?"

"삼촌이 그날은 옷도 좀 신경 쓰고 머리 손질하고 오라고 어 제 따로 봉투도 줬다고 했어. 한성그룹 홍보실장은 삼촌도 각 별히 신경을 쓰는 고객이잖아. 서로 배짱이 잘 맞는 것 같아. 진즉부터 형님 동생 하잖아."

"홍보실장은 내가 봐도 괜찮은 사람 같았어. 유머가 있으면 서도 애들에게 너그럽고 인격적으로 대해주잖아. 그런 위치에 있으면 대부분 인간들은 폼을 잡기 십상인데 그렇지 않고 사람 을 편하게 해주더라고."

"미라도 알다시피 삼촌이 어떤 사람인데 홍보실장이 마음에 안 들었으면 형이라고 하겠어. 난 삼촌의 안목을 믿어."

"그건 그렇고 밥 한번 먹게 시간 좀 내."

"알았어. 가게가 쉬는 일요일 점심 어때?"

"좋아, 아침에 통화해."

"그만 일어서자. 오후에 전시회 준비로 할 일이 많아. 집에 가서 눈 좀 붙이고 나가야 돼."

미라가 자기가 먼저 한잔하자고 했다며 끝내 계산했다. 적은 금액이라도 부담을 주고 싶지 않았지만 어쩔 수 없었다. 도심은 여명과 함께 기지개를 켜고 일어나 또 하루의 바쁜 일상을 열기 위해 폭우 속에서 분주해지기 시작했다.

●●●

오후 내내 전시회 준비를 했다.

걱정을 많이 했는데 건질 만한 사진들이 제법 눈에 들어왔다. 특히 미라의 사진 몇 장이 압권이었다. 키메라 화장을 한 얼굴에 뇌쇄적인 눈빛이며 탄력 있는 몸매의 굴곡들이 지금까지 여러 누드 전시회에서 보지 못한 장면들이 연출되어 있었다. 검정색의 짙은 아이섀도와 마스카라를 한 긴 속눈썹 속에 숨어있는 우수가 서려있는 눈빛과 긴 머리카락을 함부로 흩트려서 얼굴을 반쯤 덮고 있는 사진이 가장 눈에 띄었다. 짙은 화장으로 인해 가까운 사람이 아니고는 사진으로만 봐서는 미라라는 걸 쉽게 알아보기 힘들었다. 어찌 보면 평소에 봐왔던 미라와는 전혀 딴 사람처럼 보였다. 같은 사람의 얼굴에서 이토록 다른 이미지를 찾아낼 수 있다는 것이 사진을 찍은 나로서도 놀라웠다.

두 장의 사진을 가장 크게 확대해 메인으로 정했다.

사진이 액자에 영향을 받지 않게, 묻히지 않게 최대한 폭이 좁고 간결하면서 나무의 나이테가 자연스럽게 살아있는 액자로 결정했다. 갤러리 공간에 맞춰 40여 점을 골랐다. 사진에 따라서는 핀 조명도 필요했다. 따라서 갤러리 벽을 사이에 두고 반으로 나누어 한쪽은 밝은 조명 아래 사진을 걸고, 한쪽은 실내조명을 완전히 꺼 어둡게 한 다음 사진만 보이게 핀 조명으로 맞추었다. 미라의 메인 사진 두 장도 핀 조명 아래 설치했다. 조명을 최대한 좁혀 얼굴에 떨어지게 했다.

내 예상은 적중했다. 일반적인 누드사진은 밝은 조명 아래에서 살아났지만, 일부러 촛불 한 자루만 밝힌 명암에서 찍은 사진은 핀 조명을 받자 마치 살아있는 것처럼, 당장에라도 사진 속에서 튀어나올 것처럼 입체감이 되살아났다. 생동감이 있어 손으로 만져보고 싶은 충동이 일 정도였다. 새삼 다시 느끼는 거지만 앵글에 잡힌 미라의 몸매는 예술이었다. 표정 하나하나도 프로들에게서는 찾을 수 없는 신비함과 신선함이 있었다.

사진작가인 대 선배가 술자리에서 한 말이 생각났다.

"니들은 작가가 찍은 누드사진을 보면서 외설과 예술로 나누는 기준이 뭔지 아나?"

그때 우리는 누구도 쉽게 입을 열지 못했다.

나 역시 선배의 말을 알기는 알 것 같은데 그걸 명징하게 정의할 수 있는 말이 쉽게 떠오르지 않았다. 몇 사람이 그 질문에 이런저런 대답을 했지만, 선배는 팔짱을 끼고 눈을 꼭 감은 채 연신 고개를 저었다. 모두 맞는 말이지만 설명이 너무 길다는 거였다. 딱 한마디로 정의를 내려 보라는 거였다. 고개만 젓던 선배가 잠시 뒤 한마디 덧붙였다.

"그럼 니들은 플레이보이 잡지나 남자들을 위한 여성지에 나오는 누드사진들을 보면서 무슨 생각이 들더나? 아름답다고 느껴지더나 아니면 욕정이 느껴지더나?"

거기까지 말하고 잠시 말을 끊었다. 그때 선배는 좀 취해있었다. 후배들이 따르는 술을 거절하지 않고 받아 마셨기 때문이다. 그날은 선배의 사진 두 점이 엄청난 크기로 인화돼 H그룹 로비 벽에 전시하기 위해 고가로 매매돼 후배들을 불러 한 잔 사는 날이었다. 선배는 주로 풍경사진을 찍었는데 특히 소나무가 메인이었다. 소나무 사진 부문에서는 대한민국은 물론 세계적으로도 선배를 능가할 사람이 없었다. H그룹에서 구매한 사진은 안개 낀 안면도 소나무 숲과 앞이 보이지 않을 정도로 쏟아지는 눈보라 속에 가지들이 찢겨나간 채 설악산 소청봉 근처 암벽 바위틈에 뿌리를 내리고 꿋꿋하게 서 있는 노송이었다. 그 사진들은 지난번 선배 전시회에서 나도 눈여겨보았던 작품이었다. 선배는 소청봉에 절벽 끝에 있는, 본인이 원하는 눈보라 속의 소나무를 찍기 위해 1박 2일 동안 비박을 하며 빵과 생 라면으로 끼니를 때우며 영하 20도에 가까운 추위와 사투를 벌였다고 했다. 그 사진 한 장을 얻은 대가로 발가락과 귀에 동상이 걸려 한동안 애를 먹었다고 했다.

"……누드사진을 보면서 아랫도리가 뜨거워지면 외설이고, 가슴이 뜨거워지면 예술인기라. 알긋나? 느그들은 한 컷의 사진을 찍더라도 작가로서의 사명감을 가지고 예술을, 가슴이 뜨거워지는 사진을 찍어야 하는기라. 내 말 알긋나?"

나도 그때 꽤 취했었는데, 선배의 그 말에 귀가 번쩍 열렸다. 누드사진전을 준비하고 있던 나로서는 너무나도 명징하게 떨어지는 고맙고 귀한 한 마디였다. 사진을 어떻게 찍을 것인가

186

에 대한 정확한 답을 얻은 것이다. 따라서 전시회에 걸을 사진을 찍는 내내 선배의 말을 생각하며 셔터를 누르는 매 순간 온 신경을 집중했다.

미라의 사진들을 따로 인화해 앨범을 두 권 만들었다. 한 권은 미라에게 주고, 한 권은 내가 소장용으로 보관하기 위해서였다. 선배의 말처럼 다른 사람들은 어떻게 생각할지 몰라도 나는 내가 찍은 미라의 누드사진은 외설이 아니고 예술이라고 주장하고 싶었다.

기회만 주어진다면 1년을 주기로 미라의 누드를 담고 싶었다. 그렇게 한 여자의 변해가는 모습을 평생토록 앵글에 담는 것도 의미가 있는 작업일 거라는 생각이 들었다. 외국 사진작가 중에 누군가는 딸이 태어나는 순간부터 30년이 넘도록 매일 사진을 찍었다. 또 누군가는 자기 집 이층 창가에 삼각대를 세워 카메라를 고정시키고, 길의 사거리 풍경을 매일 눈이 오나 비가 오나 바람이 부나 아침저녁으로 두 번 그 카메라로 정확한 시간에 죽는 날까지 앵글에 담았다. 그 사진을 찍기 위해 여행도 이사도 가지 않았다. 그들은 사진을 통해 한 인간의, 사거리 길의 길다면 길고 짧다면 짧은 역사를 담고 있었던 것이다. 같은 사진을 전공하는 한 녀석은 전국을 돌며 성당과 십자가와

절과 대웅전에 있는 불상만을 찍고 있었다. 한국의 사진작업
이 끝나면 세계를 돌겠다고 했다. 참으로 대단한 열정들이다.

•••

정확히 8시에 사사끼 부사장을 앞세운 한성그룹 홍보실장 일
행이 가게로 들어섰다. 삼촌을 필두로 홀 복도 양쪽으로 도열
해 대기하고 있던 박 부장, 웨이터, 애들, 악사, 주방 식구들까
지 삼촌이 가르치는 대로 몇 번이나 연습했던 '이랏샤이마세.
마따 아에떼 우레시이데스(환영합니다. 다시 만나서 반갑습니다.)'
를 두 손을 공손하게 배꼽에 모으고 입을 맞춰 큰소리로 합창
하며 깊숙이 고개를 숙였다. 홍보실장은 전혀 예상치 못했던
뜻밖의 광경에 흐뭇한 미소를 머금었고, 사사끼 부사장과 일행
도 뜻하지 않은 환대에 눈이 커지다. 연신 허리를 굽히며 두 손
을 모아 '아리가또'를 연발했다.

잠시 후, 부사장은 누군가를 찾는 듯 두리번거리다 복도 중간
쯤에 수줍게 서 있는 이모를 향해 가더니 덥석 손을 잡고는 '안
녕하세요, 반갑습니다!'를 조금은 어색한 투로 말했다. 그는 이
말을 하기 위해 수없이 연습했으리라. 이모는 꼭 잡힌 손을 빼

188

지도 못하고 얼굴이 빨개진 채 쩔쩔매며 허리를 90도로 꺾어 인사를 받았다. 그러자 사사끼 부사장도 이모처럼 허리를 90도로 굽혔다. 그 모습을 지켜보다 모두 누가 먼저랄 것도 없이 폭소를 터트렸다. 다른 날과 달리 이모는 주방에서 일하던 평소의 모습이 아니었다. 앞치마도 두르지 않았고, 고운 옷차림에 미용실을 다녀와 머리도 단정했다. 오늘 마야에 온 부사장의 관심은 온통 이모에게 쏠려 있는 것이 분명했다.

삼촌이 직접 앞장 서 지난번처럼 가게에서 가장 큰 룸으로 안내했다. 부사장이 상석에 앉고 따라온 일행도 차례로 자리에 앉았다. 홍보실장의 요청으로 지난번에 합석했던 애들이 그때의 짝을 찾아 앉았다. 한 번 만났기 때문인지 서로 반갑게 인사를 나누며 금세 분위기가 화기애애해졌다. 홍보실장은 이모를 부사장 옆에 앉게 하고, 실장은 그 옆자리에 앉았다. 곧바로 준비한 안주와 술이 들어와 세팅됐다. 자리가 어느 정도 정돈이 되자 삼촌이 세팅된 여러 개의 술병 중에서 하나를 집어 들고 일어섰다. 가게에서 일하면서 처음 보는 술이었다. 모두의 시선이 집중되었다.

"오늘 이 자리에 사사끼 부사장님과 여러분을 다시 모실 수 있어 저희 가게로서는 영광입니다. 또한 지난번 한성그룹과의 일이 잘 마무리되어 오늘 계약서에 사인까지 마쳤다니 이 또한 기쁜 일이 아닐 수 없습니다. 그래서 이 술은 제가 두 회사의 발전적인 앞날과 그동안 수고하신 사사끼 부사장님을 비롯한 모든 분들에게 축하하는 의미로 올릴까 합니다."

삼촌의 말이 홍보실장에 의해 통역이 되자 부사장을 비롯한 일본 일행 모두가 박수로 화답했다. 삼촌이 박수에 깊숙이 고개 숙여 화답하고 술병을 개봉해 첫 잔을 부사장에게 올렸다. 그리고 다음 잔을 일본 일행에게 따르려 하자, 부사장이 함빡 웃으며 삼촌을 저지하더니 이모의 손에 양주잔을 쥐어주고는 먼저 술을 따르도록 했다. 이모에 대한 배려였다. 삼촌이 모두의 잔을 채웠다. 삼촌은 건배사를 부사장에게 부탁했다. 부사장이 자리에서 일어났다.

"감사합니다. 비즈니스가 서로에게 원원이 되도록 흡족히 잘 마무리되어 이 자리에 다시 편하고 좋은 마음으로 서게 됐습니다. 그리고 분에 넘치게 마야 사장님을 비롯한 여러분이 이토록 환대해주시니 더욱 고맙습니다. 또 한 번 놀랍고 감사한 것은……"

부사장이 잠시 말을 끊었다. 모두의 시선이 부사장에게 쏠리는 것은 당연했다.

"제가 마야 사장님이 축하 선물로 내놓은 이 술에 대해 좀 아는 바가 있기 때문입니다."

그 말에 홍보실장이 의아한 표정으로 술병과 삼촌을 번갈아 보았다. 무슨 술이기에 부사장이 저러냐는 표정이었다. 삼촌은 그런 홍보실장을 보고 빙긋 웃기만 했다. 나도 궁금했다.

"저와 여러분 잔에 환영의 의미로 가득 채워진 랜디뱅크 싱글 몰트(Landybank Single Malt)는 스코틀랜드의 수도인 에든버러의 전통 깊은 술로서 매년 300병씩만 생산하는 아주 귀한 것입니다. 위스키 중에서도 상위권에 속하는 것으로 굳이 술값을 한국 돈으로 환산하면 대략 600만 원쯤이며, 일본 술집에서도 단골에게 싸게 내놓아도 1,000만 원 이상을 받습니다. 따라서 마야 사장님께서 저를 포함해 우리 일행을 얼마나 깊고 귀한 마음으로 환대해주는지 진심을 느낄 수 있었습니다. 이 자리를 빌어 마야 사장님께 다시 한번 감사의 말씀을 드립니다."

여기저기서 탄성이 터져 나왔다.

나도 사사끼 부사장의 말을 듣고 깜짝 놀랐다. 그제야 나는 그토록 귀하고 비싸다는 술을 다시 보았다. 장사꾼인 삼촌이 그런 술을 서비스로 내놓았으리라고는 상상조차 못했다. 평소에도 서비스 술이 나가긴 하지만 이 정도로 레벨이 높은 술이

나간 적은 내 기억에 없었다. 부사장의 말에 홍보실장도 상기된 얼굴로 삼촌을 다시 쳐다보았다. 이게 지금 무슨 일이냐는 표정이었다. 삼촌이 홍보실장에게 남들이 듣지 못하게 목소리를 낮춰 말했다.

"형님 체면을 세워드리기 위해서 그런 거니 부담 갖지 마세요. 부사장이 이 술의 진가를 알아봐주니 다행이네요. 그런 위치에 있으면서 대접을 받아본 사람이라면 그 정도 술의 진가는 알 거라고 생각했거든요. 사실은 언제 형님하고 둘이서 까려고 아껴두었던 거였는데."

삼촌의 말을 들은 홍보실장의 얼굴에 순간 감동의 물결이 크게 일렁이더니 삼촌의 손을 꼭 움켜잡았다.

"잘했어. 정말 잘했어. 난 우리 아우님과 함께 마신 걸로 할게."

부사장이 일어서 잔을 높이 들고 큰 소리로 외쳤다.

"자, 모두 잔을 듭시다. 이 자리에 다시 모인 우리 모두의 발전을 위하여, 아름다운 인생을 위하여, 간빠이!"

"간빠이!"

모두 동시에 술잔을 높이 들고 간빠이를 외쳤다.

나는 술잔을 기울이면서도 이게 꿈인가 싶었다. 이렇게 비싼 술을 마시긴 난생 처음이기 때문이었다. 기껏해야 소주나 맥주

정도밖에 모르는 나로서는 그렇게 귀하고 비싸다는 술을 마시면서도 술맛이 좋은지 어떤지도 잘 분간이 가지 않았다. 다만 좀 독하지만 목 넘김이 상당히 부드럽다는 것과 술을 넘긴 이후에도 특유의 잔향이 입 안 가득 맴돈다는 정도만 느낄 수 있었다. 이 술 한 병이 대략 30잔 정도 나온다고 계산하면, 부사장의 말대로라면 이 한 잔이 어림잡아도 30만 원이 훨씬 넘을 거라는 약삭빠른 계산이 머릿속에 맴돌았다. 건배한 술을 마시고 삼촌과 박 부장과 나는 룸에서 퇴장했다. 복도를 걷는 삼촌은 건들걸음에 콧노래를 흥얼거리고 있었다. 기분이 업 됐을 때 나오는 특유의 버릇이었다.

흥이 오른 룸에서는 한국 노래와 일본 노래가 쉬지 않고 이어지고, 밴드들도 신이 났는지 여느 날보다 악기소리에 힘이 넘쳤다. 가게에서 일한 지 좀 되다보니 어느새 그 정도는 구별할 줄 알게 되었다. 삼촌도 다른 날과 달리 사무실에 있지 않고 카운터 의자에 앉아있었다. 부사장이 있는 룸이 신경 쓰여서인 것 같았다. 삼촌은 인터폰으로 주방에 주문한 커피를 느긋한 표정으로 마시는 중이었다.

"현수야, 오늘 매상이 좀 뜨겠지?"

"그럴 거 같아. 계속해서 술과 안주가 들어가고 있어. 룸에 들어간 인원이 많잖아. 한 사람이 한두 잔씩만 마셔도 거의 한 병이 비워질 텐데."

"그나저나 이모는 잘하고 있는지 모르겠다."

삼촌은 은근히 신경이 쓰이는 모양이었다.

"미라를 불러내서 상황을 체크해볼까? 들어가 볼 수도 없고."

"그래. 미라를 불러 봐."

룸 인터폰을 눌러 미라를 호출했다.

잠시 후, 미라가 카운터로 왔다. 그녀의 얼굴은 이미 발그레 술기운이 올라있었다. 흰색 미니스커트 아래 군살 없이 쭉 빠진 다리와 검정색 블라우스 사이로 슬그머니 고개를 내민 그녀의 가슴골에 눈길이 갔다. 그녀를 볼 때마다 느끼는 거지만 천박해 보이지 않으면서도 동시에 섹시함을 느끼게 하는 묘한 매력이 있다. 내가 볼 때는 잘 나간다는 연예인들보다도 우월했다. 마야에서 자신 있게 내놓을 만한 에이스 오브 에이스다웠다.

"이모님 때문에 불렀어요?"

미라가 삼촌을 보고 빙긋 웃는다. 역시 눈치가 빠르다.

"잘하고 있어?"

"좀 취하긴 했는데 괜찮아요. 부사장님이 이모님과 당장 살

194

림이라도 차릴 기세던데요."

"그래? 근데 내가 알기론 이모는 술을 못 마시는 걸로 알고 있는데. 어쩌다 취했어?"

"부사장님이 계속 원 샷 건배와 러브 샷을 청해서 몇 잔 마셨어요. 미리 준비해 왔는지 러브 샷에 앞서 이모님 손에 반지를 끼워주고, 목걸이도 직접 걸어주었어요. 그 모습을 보고 모두 박수를 치고 한바탕 환호성이 터졌어요. 그러다보니 이모님도 부사장님이 권하는 술을 분위기상 마냥 거절할 수만도 없고……."

방금 전에 룸에서 악사들의 팡파르와 환호성과 박수소리가 터져 나오기에 무슨 일인가 궁금했는데. 부사장이 이모에게 선물을 주는 때였는가 보았다.

"그래? 그 양반이 이모 선물까지 미리 준비해 왔어?"

"제가 봐도 부사장님 눈에서 하트가 뿅뿅 나오고 있다니까요. 반지도 보통 반지가 아니고 알이 굵은 다이아였고, 목걸이도 다이아가 박힌 거였다니까요. 이모님 손을 꼭 잡고 말도 안 통하는데 계속 뭔가 이야기를 하고 있어요. 이모님도 부사장님이 싫은 눈치는 아닌 것 같고."

"그럼 분위기가 괜찮다는 얘기네."

"너무 좋아서 탈이죠. 한술 더 떠 홍보실장님이 건배를 하면서 만약에 두 사람이 살림을 차리면 다른 건 몰라도 집에 들어가는 모든 가전제품은 책임지고 최고급으로 세팅해주겠다고 해서 박수를 받았고요."

두 번째 팡파르와 환호성과 박수소리의 의문도 풀렸다.

"그랬어!"

"그 말은 들은 부사장님은 입이 귀에 걸렸고, 이모님은 얼굴이 빨개져 어쩔 줄 몰라 했어요."

"크크, 이러다 정말 두 사람이 불붙어 오늘 밤부터 당장 신방을 차리는 거 아냐?"

삼촌은 상상만으로도 즐거운지 싱글벙글했다. 내가 생각해도 불가능한 이야기만은 아닌 것 같았다. 무엇보다 부사장이 그토록 좋아한다면 굳이 이모도 마다할 이유는 없을 것 같았다. 속된 말로 손해 볼 것이 전혀 없었다. 살면서 그만한 남자를 만나기가 쉽지는 않을 터였다.

"하여튼 지금 이 분위기대로 쭉 가면 끝날 때쯤엔 애들 몇 명은 쓰러질 거 같은데요."

"방을 몇 개 예약이라도 해야 하는 건가."

"아마 그래야 될 거 같아요. 애들도 그렇지만 벌써 맛이 가려고 하는 일본 바이어도 있어요. 쉬지 않고 이 사람 저 사람 돌아가며 계속 건배가 이어지고 있거든요. 홍보실장님도 엄청 업돼 있어요. 애들에게 팁도 다른 때보다 후하게 뿌리고 있고요."

미라의 말에, 삼촌은 흡족한 미소를 지었다.

"알았어. 미라 니가 분위기 좀 계속 살려. 룸에서 기다리겠다. 어서 들어가 봐."

미라는 룸으로 들어가기 전에 삼촌이 눈치 채지 못하게 나를 향해 윙크를 날리고 돌아섰다. 룸에서는 계속해서 악사들의 반주와 노래가 이어지고, 삼촌이 잠깐 쉬러 사무실로 들어가고 10분쯤 지났을 때였다. 가게 문이 열리더니 항상 미라를 지정으로 하는 사내가 들어왔다.

"어서 오세요."

나는 의자에서 일어나 공손한 자세로 사내를 맞이했다. 그는 얼굴에 미소를 머금는가 싶더니 이내 거두었다.

"미라 씨, 가능합니까?"

"지금 룸에 있는데……."

"아, 그렇군요. 오늘은 예약을 안 했더니……."

사내의 얼굴에 실망한 표정이 스쳐지나갔다.

"죄송하지만 오늘은 좀 어려울 것 같습니다. 룸에 방금 들어갔거든요."

나는 본의 아니게 거짓말을 했다.

술자리가 길게 이어질 것이 뻔한데 그를 오랫동안 기다리게 할 수는 없기 때문이었다. 사내는 잠시 망설이는가 싶더니, "커피 한 잔 하고 가도 되겠지요?"라며 나를 보았다. "물론이지요. 룸으로 안내해드리겠습니다." 4번 룸으로 안내하고, 인터폰으로 주방에 그가 늘 마시던 안티구아 원두커피를 부탁했다. 머그잔 커피를 전하고 방을 나서려 할 때였다. 그가 미소 띤 얼굴로 말했다.

"항상 봐도 선해 보이는 인상이 참 좋아요."

"좋게 봐주셔서 감사합니다."

나는 그를 향해 깊숙이 고개를 숙였다. 그는 특별히 지정하는 파트너가 없어 순서대로 애들을 번갈아 넣어준다. 얼마 전 미라를 처음 들여보냈는데, 무슨 까닭인지 그가 엉망으로 취해 있었다. 가게에서 그가 취한 모습을 본 건 처음이었다.

미라보다 앞서 룸에 들어갔던 수미를 비롯한 애들의 이야기를 종합해보면, 옆에 있어도 손 한 번 잡지 않고 대화도 없이 줄담배를 피울 뿐, 그저 잔이 비었을 때 따라주는 술만 조용히 마신다고 했다. 한마디로 귀찮게 하지는 않지만 대화도 없이 옆에 멀뚱하니 앉아 빈 술잔만 채워주고 있기가 좀 거북스럽고 재미없다는 거였다. 노래도 부르지 않았다. 하지만 룸에 들어간 애들과 재떨이를 갈아주러 들어가는 웨이터에게마저 팁을 후하게 주어 가게로서는 룸 시간도 길게 끌지 않고 매상을 올려주는 VIP였다. 소문을 들은 애들은 그 방에 들어가기를 좀 부담스러워 하긴 했지만 팁을 후하게 받는 재미로 큰 불만은 없었다. 그런데 내가 볼 때, 그는 얼굴이 눈에 띄게 까맣게 침잠하고 병색이 완연해 술을 마셔서는 안 될 것 같았다. 그런 그가 자주 오는 것은 가게 입장으로만 보면 고맙지만 한편으론 건강이 걱정스럽기도 했다.

미라를 처음으로 사내 방에 들여보낸 날이었다.

그는 어찌된 일인지 반 병 쯤 마시고 키핑도 하지 않던 평소와는 다르게 술도 한 병 추가로 시키더니 엉망으로 취해 룸에 딸린 화장실 소변기 앞에 몸도 가누지 못한 채 주저앉아 토하고 있었고, 웨이터는 급히 약국으로 달려가 약을 사와야 했다. 그는 약을 먹고도 몇 번 더 토했지만 병원에 갈 정도는 아니었다. 미라는 소파에 앉아 몸을 가누지 못하는, 취기가 가시지 않은 그의 머리를 무릎에 뉘고 얼음물에 담근 찬 물수건을 몇 번

겨울 벚꽃   199

이나 바꿔가며 얼굴을 닦아주고 손발을 주물러 주는 등 정성껏 간호했다. 그렇게 잠이 들어 새벽 4시쯤이 되어서야 겨우 어느 정도 정신을 차린 그를 웨이터가 운전하고 미라가 동행해 집까지 바래다주고 왔다. 그로 인해 미라는 그날 다른 룸에서 찾는 손님들을 포기해야만 했다.

"가엾은 사람이야."

그날. 가게 식구들이 모두 퇴근한 한참 뒤에 미라가 돌아와 한 말이었다. 그의 차를 운전했던 웨이터는 바로 퇴근하고, 미라는 내가 퇴근도 못한 채 기다리고 있는 가게로 왔다. 미라는 카운터 의자에 마주앉자마자 카멜 담배를 물고 늘 가지고 다니는 금장 뒤퐁 라이터로 불을 붙였다.

미라의 말에 의하면. 그는 룸에서 30분가량은 한마디 말없이 따라주는 술만 마시더니 어느 순간 눈물을 왈칵 쏟으며 지갑에서 불쑥 사진 한 장을 보여주더라는 것이다. 사진 속에는 그와 아내와 5살 아들이 함께 오른쪽 손가락으로 V자를 만들고 바닷가에서 활짝 웃고 있었다. 그는 게임 프로그래머였는데 10년이 넘게 허투루 쓰지 않고 모은 재산을 게임개발과 유망한 IT 비상장 주식에 투자했다. 게임은 출시와 동시에 유저들에게 폭발적인 호응을 얻었고, IT 비상장 주식도 상장이 되면서 연일

상한가 고공행진을 했다. 운이 따른 그는 그 뒤로도 하는 일마다 잘돼 부를 쌓을 수 있었다. 승승장구하던 그는 안정적인 미래를 위해 청담동 프리마 호텔 바로 옆에 있는 15층 빌딩을 매입했고, 6년 전에 결혼해 아들까지 두었다. 누가 봐도 그의 인생에는 장밋빛 꽃길만이 남아있는 듯 보였다.

지금의 그가 있기까지 그의 과거는 순탄치만은 않았다. 무슨 연유인지는 모르지만 3살 때부터 보육원에서 자랐고, 일가친척이 전혀 없는 아니 자신의 출신 성분조차 모르는 고아나 다름없었다. 그는 늦은 나이에 참한 여자를 만나 가정을 이루었기에 좋은 남편과 아버지로서 최선을 다했다. 그런데 일 년 전 가족이 흑산도로 휴가를 가서 갯바위 낚시를 하다가 잠시 자리를 비운 사이에 아들이 바위에서 발을 헛디뎌 바다에 빠져 파도에 휩쓸렸고, 아이를 구하려고 바다에 뛰어든 아내마저 거센 파도에 휩쓸려 함께 죽었다고 했다. 그날이 바로 오늘이라는 거였다. 그는 낮에 아내와 아들이 함께 잠들어 있는 벽제 장묘원에 다녀왔다고 했다.

"그날 이후 삶에 의욕을 잃었대. 일 년 동안 술로 보냈대. 내가 볼 때 그 사람은 마치 시시각각 다가서는 자신의 죽음을 관조하는 사람 같았어. 생명의 불꽃이 사그라들기 직전의 촛불

같은 불길한 느낌이랄까."

"그런 사연이 있었구나. 어쩐지 우울해 보였어."

미라의 말을 듣고 나는 그에 대한 의문이 어느 정도 풀렸다. 그는 자신의 인생에서 가장 소중한 것들을 잃고는 삶의 지향점과 목표를 잃은 상태였던 것이다. 그래서 하루하루를 술로 그 아픈 상처의 괴로움을 잊고 사는지도 몰랐다.

그는 그날 이후로 미라를 지정해 이틀이 멀다 하고 자주 왔다. 그러던 그가 무슨 일인지 갑자기 보름이 지나도록 나타나지 않았다. 건강에 이상이 생긴 건 아닌지 혹여 그동안 신상에 좋지 않은 일이 발생한 건 아닌지 걱정됐다. 궁금해 하는 건 미라도 마찬가지였다. 다른 손님들 대부분은 명함이 있어 연락처를 아는데, 그는 미라와 자주 함께했음에도 불구하고 명함도 연락처도 주지 않았다고 했다. 손님이 명함이나 연락처를 먼저 주지 않는데 미라가 달라하기도 그래서 그의 근황을 전혀 알 수 없었다. 다른 손님들은 가게에 한동안 나타나지 않아도 크게 궁금하지 않았는데, 미라로부터 그의 신상에 대해 들어서 그런지 이상하게도 카운터에서 일을 하면서도 가게 문이 열릴 때마다 혹시나 그인가 해서 자꾸만 신경이 쓰였다. 오늘은 올까. 내일은 오겠지…… 그렇게 궁금한 하루하루가 지나도 그는 이후로도 오래도록 나타나지 않았다.

••••

　사진 전시회는 전혀 예상하지 못한 언론의 뜨거운 스포트라이트를 받았다. 갤러리는 전시회 이틀 동안은 이따금 사람들이 들어올 뿐 한산하더니 사흘째 되는 날 오전부터 거짓말처럼 작품을 보러온 사람들로 갤러리가 꽉 찼다. 나중에 안 사실이지만 방송, 신문, 잡지 등 매스컴에서 신인인 내 전시회를 비중 있게 다루어주어서였다. 그렇게 되기까지에는 삼촌의 힘이 컸다. 삼촌은 그동안 가게를 찾았던 매스컴 관계자들과 친분을 활용해 홍보를 부탁했던 거였다. 전시회 첫날, 공중파 텔레비전 문화담당 PD가 직접 카메라맨과 같이 와 인터뷰하더니 다음날 밤에 방송에 약 30초 정도 나갔다. 인터뷰 중에 나의 사진설명과 함께 전시회의 메인으로 내걸었던 미라의 누드사진이 방송 화면에 가슴과 하초 부분을 모자이크 처리해 십여 초 정도 앵글이 고정되어 나갔는데, 다음날부터 폭발적인 반응이 일어난 것이다. 전시회장에 입장하기 위해 갤러리 밖에까지 길게 줄을 서야 하는 진풍경이 벌어졌다.

갤러리 관계자들도 놀라고, 나는 더 놀랐다.

매스컴의 위력이 이토록 크다는 것을 새삼 깨달았다. 그날은 일간지 신문과 여성지를 비롯한 여러 잡지에서도 연달아 인터뷰 약속이 쇄도해 갤러리를 비우지 못하고 꼼짝없이 자리를 지켜야만 했다. 전시회가 나흘째 되는 날, 뜻밖에 미라를 주인공으로 한 메인 작품과 다른 사진들을 사고 싶다는 구매자들이 속속 나타났다. 전혀 예상하지 못했던 반응이라 삼촌과 의논했다.

"산다고 할 때 팔아, 이런 컨츄리꼬꼬(촌닭) 같은 놈아. 원판 필름을 달라는 것도 아니고, 인화만 해주면 되는데 뭐가 걱정야, 언더스탠?"

눈앞에 별이 보일 만큼 다른 날보다 훨씬 아픈 꿀밤이 머리통에 작렬했다.

"그래도 미라와 모델들에게 허락을 받아야 하는 거 아냐? 초상권이 있는데."

"하, 나참, 이런 꼴뚜기 먹통 같은 놈을 봤나. 그야 작품을 팔때마다 출판사에서 책이 판매된 만큼 작가들에게 인세를 주듯이 일부를 떼어주면 될 거 아냐. 어차피 누드모델들은 몸이 상품이나 마찬가지라고. 많은 사람들이 보라고 전시회까지 한 마당에 돈을 주겠다는데 허락을 안 할 까닭이 없잖아. 안 그래?"

며칠 전 전시회 오픈 날, 삼단화환을 보낸 삼촌과 미라가 전시회장에서 만났다. 삼촌은 사진을 둘러보다 메인으로 전시된 누드사진의 주인공을 한눈에 알아보고는 어이가 없는지 한동안 말이 없었고, 일부러 속인 것은 아니지만 미라와 나는 그런 삼촌을 보며 미안하고 쑥스러워 제대로 눈도 마주치지 못하고 있었다.

"하, 나참. 요 여우들에게 깜빡 속았네. 찍사 요놈 굼벵이도 구르는 재주가 있다더니 미라를 어떻게 구워삶았기에……. 혹시 니들 나 몰래 벌써 갈 데까지 간 거 아냐? 끝장 본 사이 아니냐고?"

"왜요? 제가 사장님 조카와 사귀면 안 돼요? 혹시…… 자격 미달인가요?"

미라가 눈웃음을 치며 삼촌에게 껌딱지마냥 딱 달라붙어 팔짱을 꼈다. 생각지도 못했던 미라의 직설적인 말에 얼굴이 화끈 달아올랐다.

"나야 저놈 애인으로 미라 정도라면 베리베리 땡큐지. 그런데…… 미라 넌 저런 미련곰탱이 화상이 그리 좋냐?"

"네! 좋아요!"

미라가 한 치의 망설임도 없이 곧바로 씩씩하게 대답했다.

"그래? 그럼 난 백 프로 찬성이니까 미라 니가 저놈을 구워 먹든 삶아 먹든 알아서 해라. 찍사 저놈은 전생에 나라를 구했는지…… 무슨 복을 저리도 많이 타고 났는지 몰라."

삼촌은 쿨하게 돌아서 다시 한번 핀 조명을 받고 있는 미라의 메인 사진 앞에서 팔짱을 끼고 오래도록 서있었다. 나는 삼촌이 어떤 평가를 내릴지 조마조마한 마음으로 지켜보았다. 그러던 삼촌이 뒤돌아서더니 나와 미라를 향해 씩 웃으며 엄지손가락을 우뚝 치켜세우더니 앞뒤로 흔들어 보였다. 그렇게 삼촌이 돌아가고 다음날부터 매스컴에서 들이닥치기 시작했던 것이다.

전시회는 밀려드는 사람들로 인해 일주일 연장했다. 갤러리가 생긴 이래 연장은 처음 있는 사건이라고 했다. 홍보용으로 소량 찍었던 화보집도 며칠 만에 동이 나 삼촌의 지원을 받아 5,000권을 급하게 다시 찍어야 했다. 삼촌은 다시 찍은 화보집은 무료로 주지 말고 판매하라고 했다. 누가 이런 화보집을 살까 걱정했는데 일주일도 지나지 않아 모두 완판돼 다시 10,000권을 찍어야 했다. 아침부터 갤러리가 문을 닫을 때까지 사람들이 이사 가는 개미 떼처럼 몰려들었다. 삼촌의 예상은 적중했다. 화보집과 사진 예매 판매 수익금 일부만으로도 갤러리 임대비용과 사진인화비와 액자 비용을 충당하고도 많이 남았다.

미라와 모델들의 사전 동의를 받아 판매가 예약된 작품은 모델들에게 정확하게 판매가의 20퍼센트씩 인세를 계산했다. 사진에 따라 가격에 조금씩 차이를 주었지만, 역시 판매는 미라의 메인사진이 주를 이루었다. 예상 외로 많은 작품이 주문됐다. 작품 당 가격을 100만 원 정도 예상했는데, 삼촌이 300만 원으로 올려야 더 많이 팔릴 거라고 했다. 비록 내가 신인작가이지만 좀 비싸다 싶어야 구매자들이 더 사고 싶은 충동이 일어날 거라고 했다. 고도의 심리작전이 또 적중했다. 전시회 내내 꽃구름을 밟는 듯한 나날이 지나고 있었다. 그렇게 전시회는 전혀 예상하지 못했던 폭발적인 반응을 보인 채 끝이 났다.

"모델비를 너무 많이 주는 거 아냐? 좀 부담스럽네."

통장을 찍어본 미라가 예상 밖의 입금액에 놀라 한 말이었다. 판매된 사진 중에서 미라 사진이 반 가까이 차지했다. 화보집과 작품 판매 값이 통장에 입금된 것을 엄마와 아버지에게 직접 확인시켜 주었다. 내가 의사가 되기를 원했는데 사진에만 매달리는 것을 늘 못마땅해 하던 아버지도, 사진을 찍어 나중에 밥이나 제대로 먹고 살겠냐며 빈정대던 엄마도, 통장이 몇 장이 넘어가도록 줄줄이 찍힌 액수를 보고는 깜짝 놀라긴 마찬가지였다. 특히 엄마의 반응은 호들갑에 가까웠다. 사진으로도 돈이 된다는 것이, 그것도 이제 겨우 대학생이 전시회 한번으로 그만한 돈벌이가 된다는 것이 믿어지지 않는 표정이었다. 갤러리에 전시된 작품들이 여자들의 누드사진이라는 말에 쥐똥 씹은 표정으로 얼굴을 찌푸리며, 전시회 오픈 날에는 물론 전시회 내내 오지 않던 분들이었다.

연장 전시회가 끝나는 일요일 저녁 식사 후, 미라를 포함한 모델들과 함께 압구정 술집으로 자리를 옮겨 성공을 자축하는 종파티를 했다. 삼촌도 초대했다. 예상 밖의 성공적인 전시회에 모두가 한껏 들뜬 즐거운 자리였다. 술자리는 오래도록 이어졌고, 나는 취해가고 있었다. 축하주를 한 잔씩 받다 보니 평소의 주량을 넘어선 것이다. 삼촌은 특유의 입담으로 사진으로 먼저 접했던 모델들을 즐겁게 했고, 미라는 조용히 자리를 지켰다. 프로 모델들은 한결같이 미라의 몸매와 표정과 모델로서 풍겨 나오는 아우라에 대해 칭찬했다. 이참에 아예 같이 모델로 나서는 것이 어떻겠냐는 제안도 들어왔다. 분명히 모델로서 성공할 것이라는 덕담과 함께. 그들은 미라가 마야에서 일하는 것을 모르고 있었다. 그걸 나나 미라나 삼촌이 굳이 말할 필요는 없었다. 미대를 다니는 여대생으로만 소개했다.

삼촌은 모델 중에서 특히 한 여자에게 관심을 보였다.

다른 사람은 몰라도 나는 삼촌을 안다. 삼촌은 그 모델과 모종의 썸씽을 만들고 싶은 거였다. 숙맥인 나와는 달리 삼촌의 여자 보는 눈은 정확하면서도 남달랐다. 내가 봐도 미라를 제외한 모델 중에서 가장 눈에 띄는 여자였다. 그녀는 말도 별로 없고 지적으로 보이면서도 섹시했다. 전시된 작품 수도 미라 다음으로 많았고, 작품 판매량도 미라 다음이었다. 얼굴은 쌍꺼풀이 없는 동양적인 얼굴인데, 몸매는 큰 키에 글래머에 가까운 서구형이었다. 삼촌은 외국 생활을 오래 해서 그런지 몰라도 평소에도 서구적인 스타일을 좋아했다. 나는 삼촌에게 찜당한 그녀가 머지않아 가까운 사이가 될 것 같다는 예감을 했다. 그녀도 삼촌이 싫지는 않은 것 같았다. 삼촌이 분위기를 띄우기 위해서 유머를 던질 때마다 미소를 지으며 반응을 보였다. 특히 삼촌은 Y담의 귀재였다. 그 수많은 Y담을 어디서 들었는지, 어떻게 다 기억하고 있는지, 한편으로는 부러우면서도 신기할 따름이었다.

"아빠가 4살짜리 사내아이에게 식물도감 책을 놓고 채소 이름 알려주면서, 채소 중에서도 고추는 매운 거라고 그래서 고추가 많은 곳에 가면 기침도 나고 눈물도 나는 거라고 가르쳤어. 그리고 너처럼 오줌 쌀 때 달고 있는 것을 고추라고도 부른다고 알려주고. 그러던 어느 날, 공교롭게도 남자들만 가득 탄 엘리베이터에 아빠와 아이가 탔어. 그때 아가씨 한 명이 급하게 뛰어와 문이 닫히기 직전에 엘리베이터를 탔는데, 타자마자 갑자기 재채기를 연신 정신없이 해대는 거야. 남자들이 왜 저러나 싶어 아가씨를 모두 쳐다보고 있는 그때, 꼬맹이가 손으로 아가씨를 가리키며 아빠를 향해 큰 소리로 뭐라고 했는지 아는 사람?"

삼촌이 빙그레 웃으며 물었다.

뭐라고 했을까?

나를 비롯한 술자리에 있던 사람들이 머리를 굴린 끝에…… 감기가 걸렸네, 알레르기 체질이네, 공기가 탁해서 그러네…… 온갖 답을 내놓아도 삼촌은 계속 빙긋빙긋 웃으며 고개를 저을 뿐이었다. 모두가 답답해할 때쯤에야 삼촌이 "잘 들어." 하면서 갑자기 하이 톤으로 4살 꼬맹이 목소리를 흉내 냈다.

"아빠, 이 누나가 지금 고추밭에 들어와서 저러나 봐!"

우리는 삼촌의 그 말에 또 빵 터졌다.

뒤로도 Y담이 시리즈로 끝없이 이어졌고, 어찌나 웃기는지 웃다 지쳐 배가 아프고 눈꼬리에 눈물이 고일 지경이다. 삼촌이 찍은 모델은 그런 삼촌의 화려한 입담을 신기한 듯 바라보았다. 뭐 저런 사람이 다 있나. 도대체 뭐하는 사람이야 하는 표정으로. 삼촌의 정체가 궁금한 것이리라.

나는 전시회를 성공적으로 마치게 해준 삼촌을 위해 그 절묘한 타이밍에 미국에서 박사학위를 받았고, 만능 운동선수고, 연예계에도 발이 넓고, 지금 하고 있는 사업도 엄청 잘나가고 있다고 애드벌룬을 띄워줬다. 모델들은 그렇잖아도 패션 감각이 있는 상남자 스타일에 유머감각까지 겸비해 호감형인데 스펙까지 화려한 것을 알고는 보는 눈빛이 확연히 달라졌다. 삼촌의 탁월한 능력으로 볼 때, 내 응원에 힘입어 어쩌면 오늘 밤을 넘기지 않고 썸씽이 생길 수도 있겠구나 하는 예감이 들었다.

모두 헤어지고 미라와 나만 압구정에 남았다.

미라는 가게에서 술에 단련이 돼서 그런지 같이 마셨는데도 전혀 흐트러짐 없이 말짱했다. 미라가 걷다가 휘청하는 나를 부축했다.

"많이 취했나 보네."

"잠깐 앉았다 가면 괜찮을 거 같아."

나는 길가에 화단용도로 만들어 놓은 벽돌 위에 앉았다. 어느덧 얼굴에 싸늘하게 와 닿는 바람에 겨울이 깊어가고 있음을 느낄 수 있었다. 바람은 미세했지만 가을과는 확연히 냄새가 달랐다. 나는 취기가 밀려오는 눈으로 목이 짧은 인형처럼 어깨를 잔뜩 웅크린 채 빠른 걸음으로 오가는 사람들을 바라보았다.

깊은 물속처럼 깊어가는 도심을 밝히고 있는 가로등과 차와 사람들. 어제와 크게 다를 것 같지 않은 일상의 또 다른 하루가 깊어갔다. 저 수많은 사람들도 서울 하늘 어딘가에 자기만의 굴이 있어 찾아가고 있는 것이다. 굴의 위치와 크기와 형태는 각기 다를지라도 오늘 하루 동안 열심히 사느라 힘들었고 지친 머리를 뉠 비밀스러운 공간이 있을 것이다.

많은 사람들은 사는 것이 힘들다고 입버릇처럼 말하면서도 어떻게든 각자의 방식대로 열심히 살아가고 있다. 유형이든 무형이든 각기 다른 무언가를 추구해 가면서. 신기하기도 하고 어느 땐 그런 일상을 묵묵히 살아가는, 견디어내는 사람들이 문득 존경스러울 때도 있다. 인생은 가까이에서 보면 비극이지만 멀리서 보면 희극이라고 했던가. 잠시 앉아있는 동안 여러 가지 생각들이 어지러운 머릿속을 스쳐갔다.

"이상하게 오늘은 술이 전혀 취하지 않네."

미라가 고개를 들어 하늘을 보며 말했다. 나도 따라 하늘을 보았다. 생각해보니 일부러 하늘을 본 지가 언제였던지 기억조차 나지 않았다. 구름 한 점 없는 하늘엔 도심의 불빛 속에 묻혀 희미한 별들이 졸린지 까물거리고 있었다. 취했는데, 몸도 제대로 가누지 못하고 머리도 아픈데, 평소의 나답지 않게 술을 더 마시고 싶었다.

"한잔 더 할까?"

"할 수 있겠어?"

미라가 눈을 크게 뜨며 되물었다.

"못 할 것도 없지. 자기가 함께 마셔준다면. 까짓 거 최악엔 죽기밖에 더하겠어."

내 말에 어이없어 하는 미라를 보며 웃어주었다. 그런 내 모습에 미라가 킥킥 소리 내어 웃었다.

"이럴 때 보면 영락없는 개구쟁이 같다니까. 피는 못 속인다고 전혀 안 닮은 것 같으면서도 영락없이 사장님을 닮은 구석이 있어. 미워할래도 도저히 미워할 수 없는……. 그게 사장님이나 자기의 매력이기도 하지만."

"가자!"

나는 자리를 털고 일어서며 미라의 손을 잡았다. 미라가 잡힌 손을 풀고 팔짱을 꼭 꼈다.

"그럼 오늘 작품 모델비도 빵빵하게 받았으니까 2차는 내가 쏜다."

"오케이!"

미라는 팔짱 끼지 않은 손을 유치원 꼬맹이들이 소풍을 가듯이 앞뒤로 크게 흔들며 네온사인과 성급한 크리스마스트리 꼬마전구들이 악을 쓰며 명멸하고 있는 압구정 뒷길로 들어섰다. 우리는 꽤 분위기가 있어 보이는 카페로 들어가 푹신한 소파에 함께 앉았다. 미라가 위스키와 마른안주를 시켰다. 꽤 넓은 카페에는 테이블과 테이블 사이를 키 낮은 파티션이나 화분으로 구분해 놓고 있었다. 몇 팀의 술꾼들이 술을 마시면서도 힐끔힐끔 우리를, 아니 미라를 훔쳐보았다. 그건 카페 주인 여자도 마찬가지였다. 어리버리한 촌닭 같은 나와는 달리 너무 세련돼

도무지 어울리지 않는 미라 때문이리라. 미라가 먼저 내 잔을 채우고, 나도 미라의 잔을 채웠다. 미라가 환하게 웃으며, 카페의 야시시한 조명에 젖은 유혹적인 눈빛으로 바로 코앞에서 얼굴을 들이대 내 눈을 보았다.

"첫 잔인데 무얼 위해 건배하지?"

"……미라의 꿈을 위해!"

나는 잠시 생각하다 술잔을 부딪쳤다.

미라는 최대한 빠른 시일 내에 집 마련과 화실을 겸한 미술 학원을 운영하는 것이 꿈이라고 말한 적이 있다. 왜 지금 그 말이 순간적으로 떠올랐는지 몰랐다. 나는 부딪친 술잔을 단숨에 뒤집었다. 미라의 눈이 커졌다. 방금 전까지, 이곳에 들어오기 직전까지 취해 비틀거리던 것을 알기 때문이다. 괜찮겠어? 눈으로 묻고 있다. 나는 고개를 끄덕여 주고, 함께 비운 미라의 빈 잔을 채웠다. 미라가 몸을 기울여 내 어깨에 머리를 기댔다. 머리카락에서 좋은 냄새가 났다. 나는 그런 미라의 어깨를 꼭 안아주었다. 미라가 내 등 뒤로 손을 뻗어 허리를 안았다. 우리는 그대로 잠시 있었다. 내 허리를 안고 있는 미라의 길쭉하고 부드러운 손가락이 어릴 적 땅강아지를 손에 꼭 쥐고 있을 때 느끼던 감촉처럼 꼼지락거리고 있었다. 간지러웠지만 참았다.

잠시 후, 미라가 꿈을 꾸듯, 멀리 갔다가 되돌아오는 메아리 같은 목소리로 말했다.

"참 좋다……."

"?"

"자기 어깨가 너무 편해. 이대로 잠들고 싶을 정도로……."

우리는 그 말을 끝으로 한동안 또 침묵 속에 그대로 있었다. 내 옆구리에 와있는 미라의 땅강아지 손은 여전히 꼼지락거리고 있었다. 한참 뒤, 미라가 여전히 어깨에 머리를 기댄 채 말했다.

"내가 불자는 아니지만…… 불가에서 말하길 전생에서 수없는 인연이 있어야 이승에서 옷깃 한 번 스치는 인연이 있다는데, 그렇다면 자기와 난 전생에서 어떤 끝없는 인연들이 있었기에 지금 여기에 함께 있는 것일까?"

"……어쩌면 원수였는지도 몰라. 아니면 미라가 아내였을 수도 있고. 그것도 아니면 내가 어지간히 속 썩이던 아들이었을 수도 있겠다."

"그럴 수도 있겠네. 만약에 전생에서 우리가 부부였다면…… 어떻게 살았을까 궁금해. 잘 살았을까?"

"어쩌면 내가 미라 눈에 눈물 마를 날이 없을 정도로 속을 끓

이게 하던 남편이었을지도 몰라."

"왜?"

옆구리에서 꼼지락거리던 땅강아지 손이 멈칫했다.

"속 터지게 해서."

"속 터지게?"

"자기는 씩씩하고 시원시원한 반면에 난 매사가 좀 신중하다
못해 너무 답답하고 느려터지잖아. 오죽하면 삼촌이 나보고 나
무늘보 같은 놈이라고 하겠어."

"크크, 어떤 면에선 삼촌 말이 맞기도 하네. 하지만 난 남자
가 덜렁거리고 가벼운 사람보다는 진중한 사람이 좋더라. 그
런 면에서 자기를 보면 진실함이 느껴지거든. 나더러 삼촌과
자기 둘 중에 한 사람을 선택하라고 한다면 자기가 내 스타일
이라고나 할까."

"입술에 침은 발랐지? 지금 내가 옆에 있다고, 모델비 좀 챙
겨줬다고 아부하는 건 아니지? 이 자리에 삼촌이 함께 있어도
그렇게 말할 수 있어?"

"크크, 들켰네. 맞아. 진심이지만 쬐끔은 아부일 수도 있어.
이제 겨우 대학생, 군대도 안 갔다 왔으면서 벌써 사진작가
로서 탄탄한 길을 닦았잖아. 얼마나 좋아. 본인이 좋아서 하는

일이 경제적인 것도 해결해 주고……. 나는 언제쯤이나 화가로서 자기처럼 이렇게 폼 나는 스포트라이트를 받을 수 있을까."

"내가 볼 땐 자기도 머지않아 그렇게 될 거야. 누구보다 열정이 있잖아. 그만큼 절실하고. 잘은 모르지만 모든 예술은 야생의 절실함에서 탄생한다고 봐."

"절실함만으로 따진다면 그건 맞는 말야. 나만큼 그림에 대한 갈망과 열정이 강한 화가 지망생도 그리 많지는 않을 거야."

미라가 무릎 위에 놓인 손을 잡았다. 따뜻하고 부드럽다. 내 손을 끌어올리더니 고개를 숙여 손등에 입맞춤을 했다. 길게.

"살면서…… 아마 지금 자기와 함께하고 있는 이 순간을 평생토록 잊지 못할 거 같다는 예감이 들어. 어린왕자 같은 자기를……."

"……."

"늘 내게 마음 써주는 걸 알고 있어. 고마워. 살면서 부모님과 언니를 제외하고 처음으로 느껴본 사람 냄새였어. 따뜻하고 진심이 담긴……. 대충은 알겠지만 난 그동안 정말 힘들게 살아왔어. 행복하지 못했어."

미라의 눈가에 물기가 어렸다. 말없이 어깨를 감싼 손에 힘을 주었다. 손을 통해 그녀가 감정을 억제하는 떨림이 그대로 전해왔다. 이번에는 내가 미라의 손을 잡아끌어 손등에 입맞춤을 했다. 길게. 미라의 격해진 감정이 잦아들기를 기다리며. 한참 뒤. 미라가 어느 정도 감정의 골을 메우고 정리했는지 싱긋 웃으며 물었다. 눈꼬리엔 물기가 아직 남아있었다.

"자긴 사는 게 행복해?"

"글쎄……. 큰 불만은 없어."

"내가 묻긴 했지만…… 뭐가 행복한 것일까?"

미라의 땅강아지 손이 여전히 옆구리에서 꼼지락거리고 있었다.

"깊게 생각해 보지 않아 잘은 모르겠지만…… 내 생각엔 명사가 아니라 동사일 때라고 봐."

"좀 더 구체적으로 말하면?"

"명사가 본인이 이루어낸 직위나 명예나 부라면. 동사는 명사를 이루어내기 위해서 하고 싶은 뭔가를 행하고 있는 상태인 거지. 즉, 이루었을 때의 명사가 아니라 이루고자 하는 진행형일 때의 동사가 행복이 아닌가 싶어."

"듣고 보니 자기 말이 정말 맞는 거 같네. 행복은 명사가 아니라 동사라……"

미라는 탁자에 놓인 얼음이 녹고 있는 유리컵에서 검지로 물을 찍어 탁자 위에 뭔가를 썼다. 행복과 동사라는 글자였다.

"한잔 할까?"

미라가 낙서하던 손을 거두고 미소를 지었다. 표정이 방금 전과는 달리 비 온 뒤의 말끔하고 생기를 찾은 파초 잎처럼 싱그럽다. 미라가 다시 밝아진 모습을 보이자 나도 덩달아 기분이 업 됐다.

"좋지. 대신 나 취하면 자기가 책임져."

"크크. 정말 이럴 때 보면 영락없는 악동이라니까. 여자가 남자에게 책임지라는 말은 들어봤어도 남자가 여자에게 책임지라는 말은 살다가 처음 들어본다. 그럼 취해 봐. 내가 어떻게 책임져줄까?"

미라의 눈이 반짝 빛을 발했다. 미라의 이런 눈이 좋았다. 많은 표정을 담고 있는.

"그러게. 말을 해놓고 보니 좀 이상하네. 하여튼 그렇다는 얘기야. 오늘 자기를 믿고 한번 취해 봐?"

우리는 잔을 부딪치고 스트레이트로 단숨에 비웠다. 뜨거운 열기가 가슴에서부터 치솟더니 관자놀이를 지나 달팽이관에 수십 마리의 벌떼가 있는 것처럼 이명이 들렸다. 그런데도 이상하게 계속 술이 당겼다. 이런 일이 없었는데.

"천천히 마셔. 쫓아오는 사람 없어. 책임지라더니 정말 취하려고 작정했나 봐."

미라가 보조를 맞추며, 눈을 흘기며 종알거린다. 그 모습이 그렇게 귀여울 수가 없다. 뽀뽀라도 해주고 싶은 충동이 인다. 아직까지 여자를 사귀어보지 않아 연애의 감정은 잘 모르지만 이런 가슴 설레는 감정이 아닐까 싶다. 어느 순간 고비를 넘기자 술이 술을 마시는지 거부감 없이 넘어갔다. 술의 힘을 빌어서일까. 나는 평소의 나답지 않게 다변이었고, 미라는 내 말에 자주 웃었고, 나도 그렇게 많이 웃어본 날은 태어나 처음이었다. 무슨 수다를 그리 떨었는지. 삼촌의 과거와 목숨을 담보로 해서 마야를 차리게 된 과정까지를 말할 때, 미라의 눈은 놀라움에 여러 번 커졌다. 그밖에 무슨 말을 그렇게 많이도 지껄였는지 기억이 나지 않았지만 취기가 올라 정신이 혼미해져 가는 중에도 미라가 했던 한 마디 말이 뇌리에 선명하게 남아있었다. 새의 부리처럼 와 닿던 짧고 날카롭던 뽀뽀와 함께.

"자기라면…… 평생을 함께해도 후회하지 않을 거 같아. 영혼의 지문이 일치하는 오래된 친구 같거든."

···

뒷머리가 깨지는 듯한 편두통과 심한 갈증에 눈을 뜬 순간, 잠시 어리둥절했지만 정신이 번쩍 들었다. 미라가 걱정스런 눈빛을 한 채 옆에 있기 때문이었다.

"깼어?"

미라가 내 이마에 얹혀있던 젖은 수건을 뗐다. 미라의 방이었다. 이불을 걷고 앉아 미라가 건네주는 꿀물을 마시면서도 지금 눈앞에 벌어진 이 상황이 쉽게 와 닿지 않았다. 미라의 원룸 한쪽 구석에는 완성한 그림들이 켜켜이 쌓여있고, 이젤 위에는 아직 완성하지 못한 날개를 활짝 편 새를 형상화한 듯한 30호 정도의 그림이 놓여있었다. 꿀물 잔을 쟁반에 놓으며 물었다.

"어떻게 된 거야?"

"기억 안 나? 집에 안 간다며……."

"내가?"

"오늘은 같이 있고 싶다고 말 안 듣는 꼬맹이처럼 떼를 썼잖아. 혼자 두고 가면 콱 죽어버린다며? 호텔은 싫고 우리 집에 가자며?"

"내가? 정말!"

듣고 보니 황당했고, 나답지 않은 치기였고 용기였다.

"그런 사람이 집에 들어오자마자 화장실에서 눈물 콧물까지 흘리며 마구 토하고 옷도 안 벗고 쓰러지자마자 코를 고냐? 남자가 숙녀에 대한 최소한의 예의도 없이……."

미라의 말을 듣고 보니 어렴풋이, 짙은 안개에 가려졌다 언뜻언뜻 안개 걷힌 사이로 사물을 보듯 토막토막 기억이 되살아났다. 엉망으로 취해 카페에서 나와 그녀는 나를 택시를 태워 집으로 보내려 했고, 나는 무슨 마음으로 그랬는지 안 간다고, 같이 있고 싶다고, 혼자 보내려고 한다면 차들이 쌩쌩 달리는 차도로 뛰어들 거라고 말도 안 되는 억지를 부렸었다. 미라는 내 억지에 어이없어 웃으며 내 등짝을 몇 번 때렸던가. 양 볼을 잡고 마구 흔들었던가……. 내 기억은 거기까지였다. 지끈거리는 편두통에 저절로 얼굴이 찌푸려졌다.

"축 늘어진 자기를 나 혼자서는 도저히 감당할 수 없어 기사님이 방까지 부축해 오느라 고생 했어. 물론 섭섭지 않게 팁은 드렸지만."

"추한 모습을 적나라하게 보였고만."

"아냐, 내 눈엔 귀엽기만 하던데."

"몇 시야?"

"4시 10분."

"나 때문에 못 잤겠네?"

"술을 못 이겨 끙끙 앓으며 가쁜 숨을 몰아쉬는데 어떻게 자. 온몸에 열도 장난이 아니고. 그렇다고 취해서 그런 걸 가지고 병원에 갈 수도 없고."

"이거 완전 망신살이 뻗쳤네."

나는 쑥스러웠다. 짧은 침묵이 이어졌다. 미라는 화장을 지운 말간 얼굴에 아이들처럼 미키마우스가 그려져 있는 헐렁한 잠옷을 입은 편한 모습이었다. 그녀의 화장을 지운 맨 얼굴을 보는 건 처음이었다. 미라가 나를 빤히 보며 물었다.

"왜 뜬금없이 우리 집에 가자고 떼를 쓴 거야? 취중진담이라고 나하고 자고 싶었던 거야?"

미라다운 당돌하고 직설적인 질문이었다. 아니라고도 그렇다고도 할 수도 없었다. 그녀를 여자 친구로 생각해 보지 않은 것은 아니지만 현실적인 벽이 높았다. 삼촌은 이해를 해준다고 해도, 엄마아빠가 미라가 조실부모하고 더구나 술집에서 일했다는 사실을 알면 결과는 안 봐도 뻔하기 때문이었다. 그렇다고 거짓말하기는 더 싫었다. 따라서 그렇지 않아도 미라가 본인의 가장 큰 핸디캡으로 생각하고 있는 그 문제로, 엄마아빠로 인해 또 한 번의 상처를 줄 수는 없었다. 술집에 몸을 담았다는 것은 어쩌면 미라가 앞으로 살아가면서 가장 아파할 수밖에 없는, 아플 수밖에 없는 아킬레스건인지도 몰랐다.

"나도 몰라. 글쎄 내가 왜 그랬을까?"

"그걸 나한테 물으면 어떡해. 본인도 모르는 걸."

미라가 참새 주둥이처럼 입을 삐쭉 내밀며 조금은 퉁명스럽게 대답했다. 그렇게 대화가 끊어지자 다시 어색했다. 미라가 내 얼굴을 유심히 보며 말했다. 샤워를 마친 그녀의 얼굴은 맑다 못해 투명해 보였다. 오이 비누향이 났다.

"속은 괜찮아?"

나는 고개를 끄덕였다.

"씻어. 입도 깔깔할 텐데."

미라는 새 칫솔을 꺼내 치약을 듬뿍 짜 주었다. 따뜻한 물을 머리에서 발끝까지 뒤집어쓰자 지끈거리던 머리가 한결 개운해지는 느낌이다. 넓지 않은 욕실이지만 깔끔하고 욕실 용품들이 잘 정돈되어 있다. 미라의 성격을 가늠해 볼 수 있었다. 젖은 머리를 수건으로 털며 욕실을 나왔다. 그 사이에 커피를 끓였는지 방안 가득 퍼진 커피향이 코를 자극했다. 침대의 이불은 그 사이에 단정하게 개어져 침대 발치에 놓여 있었다.

"커피 한 잔해."

수건으로 머리를 털며 창을 통해 밖을 보았다.

멀리로 보이는 아파트들은 듬성듬성 불이 밝혀져 있고, 골목 건너 대로에서 들려오는 자동차 바퀴소리 외에는 조용했다. 미라가 주는 스킨과 로숀을 대충 바르고, 방바닥에서 마주앉았다. 시계를 보니 4시 40분을 막 지나고 있다. 창밖은 아직 깜깜했다. 커피를 마시는 동안 다시 침묵이 이어졌다. 밀폐된 사각의 좁은 공간에 거의 무릎을 맞대다시피 하며 함께 있다는 사실이 어색함을 더했다.

"이렇게 방에 단 둘이 있으니 기분이 묘하네."

미라가 나를 보고 빙긋 웃었다. 그건 나도 마찬가지였다. 뭔지는 모르지만 하루가 멀다하고 늘 보던 얼굴임에도 어색하면서 설렘 같은 것이 있었다. 내 방에서는 맡을 수 없는 향긋한 여자 화장품과 향수와 물감 냄새가 코끝을 간지럽혔다. 나는 어색함을 지우기 위해 시선을 피하며 한껏 기지개를 켰다.

"그러게, 연인 같다. 마치 자기와 가난한 신혼살림을 차린 것 같기도 하고."

그 말을 끝으로 다시 침묵이 이어졌다.

"이제 자기를 볼 날도 많이 남지 않았네. 입대 날짜가 보름도 채 남지 않았잖아."

"그러게, 생각만 해도 끔찍해. 2년 가까운 시간을 어떻게 버틸지."

"자기는 잘할 거야."

"그렇게 생각해?"

"그래. 너무 성실하고 꼼꼼하고 빈틈이 보이지 않아 재미없다는 것이 문제지. 하지만 남자 친구로는 변함없고 한결같아 최고라고나 할까."

"칭찬인지 욕인지 모르겠네."

"칭찬야. 진심이고."

"나는 나름대로 내가 꽤 나쁜 남자 과라고 생각했는데…… 혼자만의 착각이었나 보지?"

"크크, 이 세상 나쁜 남자들이 다 돌아가셨나 보다. 생각해 봐, 자기가 나쁜 남자라면 지금 이 야심한 새벽에 그것도 여자가 자기 집까지 데려왔는데 이렇게 샌님처럼 얌전히 앉아 커피나 마시고 있을까?"

"듣고 보니 그렇네. 그럼 지금이라도 늑대의 날카로운 송곳니를 드러내고 확 덮쳐야 하는 건가?"

"그럴 용기나 있으면서 말하면 얄밉지나 않지. 내가 볼 때 아직 여자 경험이 없는 건 분명한 거 같고……. 키스나 해봤나 몰라."

미라의 눈이 내 눈을 보고 있다. 그랬다. 나는 아직 동정이었고. 키스조차 한 번도 해보지 못했다. 친구들은 그런 나를 보고 요즘 보기 드문 천연기념물이라고 놀려대곤 했다. 여자를 만날 기회도 없었지만 사랑의 감정이 없는 상태에서의 연애는 무의미하다는 것이 나의 생각이었다. 주변의 어떤 놈들처럼 순간의 육체적 쾌락만을 위한 행위는 하고 싶지 않았다. 미라가 손바닥으로 입을 가리며 하품을 했다.

"나 때문에 못 자서 어떡해?"

"어떻게 자. 남의 귀한 집 금수저 아들이 행여 잘못 될까봐 은근히 걱정했고만."

미라가 눈을 흘기며 새침한 표정을 지었다.

"고맙고 미안해."

진심이었다. 그녀가 그만큼 편했던 것일까. 그녀에게 했던 말이나 행동들은 내가 지금까지 살아왔던 패턴으로 볼 때 도저히 상상조차 할 수 없는 어이없는 짓이었다. 하긴 그녀와 나는 서로에게 누드모델을 할 때부터 뭔가 보이지 않는 서로에 대한 믿음과 교감이 있었는지도 몰랐다. 미라가 또 입을 가리며 하품을 했다. 하품 끝에 눈꼬리에 물기가 맺혔다.

"많이 졸립구나?"

"응, 좀 피곤해."

"내가 가야 편하게 잘 거 아냐?"

"난 상관없어. 다시 말하지만 샌님 같은 자기가 날 어떻게 할 것도 아니고 아니 그럴 용기도 없을 테고."

"뭐야!"

"크크, 농담이고. 한숨 더 자고 아침에 해장국 끓여줄 테니까 먹고 가."

"그럼 이제 내가 바닥에서 잘게."

침대가 싱글이었다. 설령 싱글이 아니라 하더라도 함께 잠자리에 들기는 좀 그랬다.

"자기를 바닥에 재우고 내가 어떻게 침대에서 편하게 잘 수 있을 거라는 발칙한 상상을 해."

이 상황에서 그녀가 말하는 발칙한 상상이란 말이 참 신선하게 들렸다. 항상 느끼던 거지만 역시 그녀는 언어구사력에 있어 나보다 몇 수 위였다.

"좀 좁긴 하지만 침대에서 같이 자자. 돌아가신 엄마가 하던 말인데. 여자하고 집은 아무리 작아도 함께 살 수 있다고 했어."

미라는 마시던 물 잔과 커피 잔을 싱크대에 갖다놓고 와 방의 불을 끄고 취침등을 밝혔다. 사물을 알아볼 만큼만 어둠이 가셨다. 미라가 벽 쪽에 누웠다. 집에서는 다 벗고 팬티만 입고 자는데 영 불편했다. 그런 내 마음을 알았을까.

"옷을 그렇게 다 입고 잘 거야? 편하게 바지와 셔츠는 벗어. 안 잡아먹을게."

미라가 쿡 웃었다.

안 잡아먹는다는 말이 우스워 따라 웃었다. 그렇게 웃고 나니 한결 편했다. 바지와 셔츠를 벗어 벽 옷걸이에 걸었다. 미라 곁에 누웠을 뿐인데 따뜻한 온기가 전해왔다. 남자들에게서는 맡을 수 없는 여자 특유의 체취와 화장품 냄새와 엷은 비누 냄새도 함께. 초등학교 입학 전 엄마와 침대에 함께 잔 이후로 여자와 침대에 누워보는 건 처음이었다. 쉽게는 잠들지 못할 것 같다는 예감이 들었다. 적당히 어두운 취침등 불빛에 미라가 눈을 뜨고 누워있는 옆모습이 보였다. 너무 고요해 고장 난 엔진처럼 쿵쾅거리는 심장박동 소리가 귀에 들릴 지경이었다. 좁은 침대로 인해 조금만 움직여도 몸이 미라에게 닿기 때문에 마음대로 움직일 수도 없었다.

"잠이 안 온다. 그치?"

"그러게."

미라가 답하며 옆으로 돌아누워 내 오른팔을 끌어당겨 머리를 뉘었다. 나도 미라를 향해 옆으로 돌아누워 팔베개한 손으로 등을 토닥여주었다. 미라가 내 가슴에 얼굴을 묻었다. 나는 팔베개를 하지 않은 손으로 미라의 얼굴을 덮고 있는 머리카락을 귀 뒤로 쓸어 넘겨주었다. 귀가 예뻤다. 손끝에 닿은 미라의 얼굴이 뜨거웠다. 망설이다 미라를 꼬옥 안아주었다. 순간, 미라의 몸이 경직되는가 싶더니 이내 풀렸다. 시간이 지나며 품에 안긴 미라가 숨결이 불규칙해지고 뜨거워지며 브래지어를 하지 않은 잠옷 밖으로 따뜻하고 뭉클한 젖가슴의 감촉이 고스란히 가슴에 전해왔다. 서로의 숨결을 느낄 만큼 얼굴이 가까이 있었다. 그렇게 시간이 지나면서 미라의 체취에 혼곤해지며, 숨이 가빠지며 내 의지와는 관계없이 남자가 부풀어올랐다. 몸이 꼭 밀착되어 있기에 그녀도 내 신체의 변화를 감지했을 거였다. 나는 어색함을 지우기 위해 팔베개를 해주던 팔을 빼 두 손으로 미라의 볼을 감싸 쥐고 이마에 입술을 포갠 채 한참을 그대로 있었다. 체취와 화장품과 비누 냄새가 어우러진 냄새가 좋았다.

"난 지금 너무 행복해."

미라가 꿈을 꾸듯 멀리 돌아온 메아리처럼 중얼거렸다. 그 메아리 같은 명징한 울림이 날카로운 바늘부리가 되어 달팽이관을 콕 쪼았다. 퇴로를 알 수 없는, 얽혀버린 길의 미궁에서 '행복해'라는 말이 되돌이표가 되어 귓가에 쳇바퀴를 돌았다.

"……꿈이라면 이대로 영원히 깨지 않았으면 좋겠어."

나는 취침등 불빛에 비친 미라의 얼굴을 새삼 다시 보았다. 미라에게 있어 나란 존재는 어떤 의미이기에 이런 말을 하는 것일까. 나는 미라의 볼을 감싸 쥐고 이마에 입술을 대고 한참을 그대로 있었다. 입술을 뗐을 때, 흐린 불빛 속에서 미라의 까만 눈동자에 물기가 차올라 있었다. 미라가 내 얼굴을 올려다보며 물었다.

"자기는 내 지난 과거가 궁금하지 않아?"

"과거?"

난 뜬금없는 미라의 질문에 되물었다.

"자기에게 만큼은 솔직해지고 싶어. 티끌만한 거짓됨이나 숨김이 없고 싶어. 결코 동정심이나 연민을 받기 위해서가 아니고 있는 그대로의 내 실체를 밝히고 싶어."

"……?"

"내가 마야에서 일할 수밖에 없었던 것은……"

미라가 잠시 말을 끊었다. 나는 미라가 했던 말을 기억하고 있다.

"전에 말했잖아. 서천에서 중학교 때 부모님들이 주꾸미 잡으러 바다에 나갔다가 배 사고로 두 분이 함께 돌아가셔서 그때부터 서울에 있는 언니 집에서 중고등학교를 다니다 대학에 입학하면서 독립했다고. 그래서 생활비와 등록금을 벌려고……"

내 말에 고개를 끄덕이던 미라가 잠시 뜸을 들이더니 무겁게 입을 열었다.

"……사실 내가 대학에 합격하자마자 언니 집에서 도망치듯 나와 독립했던 건……"

미라는 마치 남의 이야기를 하듯 담담하게 입을 열었다.

그녀가 졸지에 부모를 잃자 나이 차이가 많이 나는 하나밖에 없는 언니가 내려와 모든 걸 정리하고 함께 서울로 왔다. 그렇게 서울로 전학와서 여중 때부터 형부와 언니와 어린 조카 한 명과 대치동에 있는 아파트에서 살았다. 그렇게 몇 년이 지난 여고 2학년 초가을 토요일, 언니가 집안 친척 여동생이 부산에서 결혼식이 있어 집을 비웠다.

그날 밤. 잠을 자다 이상한 느낌에 눈을 떠보니 어느새 잠옷 윗도리 단추가 모두 열려 가슴이 드러나 있는 상태였다. 너무 놀라 필사적으로 저항했지만, 형부는 우악스런 손으로 입을 틀어막고 덮쳤다. 이미 이성을 잃어 눈빛이 야수로 변한 그는 콩벌레처럼 몸을 둥그렇게 말아 잔뜩 움츠린 그녀의 양팔을 잡아 벌리고, 가슴에 얼굴을 묻은 채, 발버둥치는 그녀를 짓눌렀다. 저항해도 여자의 힘으로는 도무지 감당할 수가 없었다. 잔뜩 웅크린 하체에 전해지는 극심한 통증에 움츠린 몸을 풀 수밖에 없었다.

야수 같은 그가 옷을 추슬러 입고 방을 나가고, 그녀는 뻘겋게 물든 시트를 보며 경찰에 신고를 할까, 언니에게 전화할까, 짐승 같은 그를 죽여 버릴까, 이대로 그냥 어디론가 도망갈까…… 여러 생각을 하며 꼬박 밤을 새웠다. 하지만 어떤 결정을 내리든 언니의 가정은 깨질 것이고, 언니와 어린 조카는 불행해질 거라는 데까지 생각이 미쳤다. 지금껏 부모를 대신해 매사를 자상하게 챙겨주는 언니를 위해서는 차마 못할 짓이었다. 그 와중에도 그녀는 언니가 돌아오기 전에 서둘러 자신의 처녀성 혈흔이 흥건히 묻어있는 침대보를 애벌로 손빨래를 한 다음 서둘러 세탁기에 돌려야만 했다.

다음 날 오후에 언니는 돌아왔고, 야수는 언니가 집을 비운 틈을 타거나 언니가 깊이 잠든 새벽 무렵에 도둑고양이처럼 방을 찾았다. 한두 달에 걸쳐 그런 일이 반복됐다. 언제 자신도 모르게 임신을 할지 몰라 피임약을 먹어야만 했다. 야수와는 가능한 함께하는 자리를 피했지만 어느 땐 어쩔 수 없이 함께 밥을 먹을 때면 건너편에서 언니 모르게 능글맞게 웃으며 식탁 밑으로 발을 은밀하게 뻗어 건드리곤 했다. 마치 뱀이 맨살에 닿은 듯 징그러워 소스라치게 놀라 자리를 박차고 일어나고 싶었지만, 한바탕 소리라도 지르고 싶었지만, 때론 강렬한 살의까지 느꼈지만, 언니와 어린 조카를 봐서 그럴 수도 없는 자신의 처지가 너무 서글펐다.

그런 악몽 같은 세월을 1년여 더 견디다 대학에 합격하자마자 도망치듯 언니 집을 나왔다. 트렁크 두 개를 들고 나와 고시원에서부터 시작했다. 두 평도 채 안 되는 창문 하나 없는 밀실에 누에고치 속의 번데기처럼 갇혀 밤마다 소리죽여 울었지만 당장 현실적인 해결책을 찾아야 했기에 곧바로 아르바이트를 시작했다. 독립한다고 할 때, 언니가 시골집을 정리한 돈을 통장에 넣어주었지만 부모의 목숨과도 같은 그 돈은 생활비와 학비로 쓰긴 싫었다. 그것은 엄마아빠와 함께 살던 집을 정리해

남겨준 것이기 때문이었다. 지금도 그 돈은 한 푼도 쓰지 않고 언니가 전해준 그대로 통장에 고스란히 남아있었다.

고시원 생활이 한 달쯤 됐을 때, 언니에게 고시원 주소를 알아낸 야수가 찾아와 능글맞게 웃으며 제법 두툼한 봉투를 쥐어주며 원룸 전세방이라도 얻어주겠다는 것을 단호하게 거절했다. 그 봉투를 받으면 앞으로도 전과 같은 관계가 지속될 것을 예감했기 때문이었다. 아쉬워하며 다음에 또 오겠다는 야수에게 그녀는 못을 박았다. 앞으로 한 번만 더 찾아오면 지금까지의 일을 언니에게 모두 밝히고 경찰에 고발을 하겠다고. 그 말에 두려움을 느껴서일까. 야수는 그날 이후로 찾아오지 않았다. 그렇게 몇 달을 버티다 결국 아르바이트만으로는 도저히 현실을 버티어 낼 수 없어 밤 생활에 접어들었다고 했다.

묻지도 않은 과거를 마치 남의 이야기하듯 담담하게 밝힌 미라의 눈은 촉촉이 젖어있었다. 나는 미라의 생활이 어려운가 보다 정도만 생각했지 쾌활한 성격이기에 그런 아픈 과거가 있는 줄은 전혀 예상치 못했다. 가슴 한편이 무너지듯 아팠다. 내 상식으로는 상상조차 할 수 없던 일이 지금 내 눈 앞에 현실로, 미라에게 있었던 것이다. 미라가 겪은 지난 몇 년간의 모진 아픔, 가슴속 깊이 맺힌 상처의 응어리는 어떻게, 무엇으로 치유할 수 있단 말인가. 고백을 듣는 내 가슴이 답답하고 먹먹해 왔다.

"아무것도 모르는 언니는 지금도 같은 서울에 있으면서 왜 집에 한 번도 오지 않느냐고 전화가 와. 조카도 어린이집에 다녔었는데 내년엔 초등학교에 들어간대. 너무 보고 싶어. 엄청 귀엽거든. 나를 잘 따랐고……. 언니가 영상통화로 바꿔주면 언제 올 거냐고 지금 빨리 오라고 마구 떼를 써."

"언니와 조카에게는 문제가 없고?"

그 정도의 성품을 가진 인간이라면 언니나 조카에게는 어떻게 대할지 걱정이 됐다.

"집을 나온 이후로 직접 보지 않아서 모르긴 하지만…… 언니와 통화하면서 느낀 건데 그나마 가정에는 문제가 없는 것 같아. 조카에게도 아빠 노릇을 잘하는 것 같고."

"비유가 좀 그렇긴 하지만 이런 걸 두고 그나마 불행 중 다행이라고 해야 하는 건가?"

"글쎄……. 난 가끔 사장님이나 자기를 보면 너무 부럽더라. 외삼촌과 조카 사이가 좋아 보이기도 했지만, 좋은 부모 울타리 안에 있어 험한 세상을 살아가는 데 전혀 걱정거리가 없어 보였거든. 나도 이 찰거머리 괴물같이 징그러운 현실에서 어떻게든 단 하루라도 빨리 벗어나고 싶어. 전에 말했던, 남들이 들으면 그것도 꿈이냐며 비웃을지 몰라도 소박하지만 소중한 내 꿈도 펼치고 싶고."

그 말을 끝으로 서로 한동안 말을 잃었다.

미라의 충격적인 고백을 듣고 보니 그녀의 입장에서는 충분히 그럴 수도 있을 것 같았다. 미라는 언젠가 작더라도 마음 편하게 거주할 수 있는 집과 개인화실을 마련해 입시생들을 지도해 생활비를 벌며 그림만 그리고 싶다고 했다. 그 이상 더 큰 욕심은 없다고 했다. 남들이 볼 때는 지극히 평범하고 소박한 꿈같지만 그렇게 살고 싶다고 했다.

그런데…… 왜 미라는 자신의 아픈 과거를 나에게 말해주는 것일까. 가슴에 묻고 있으면 누구도 모를 일을. 굳이 고백하지 않아도 될 것을. 미라의 뜻하지 않은 고백을 듣고 내 머릿속은 색색으로 뒤엉킨 전기회로 선처럼 여러 가지 생각들로 복잡해졌다.

그때, 골목길에서 청소차 소리와 환경미화원들의 분주한 발소리와 쓰레기를 치우는 소리가 들려왔다. 창밖은 아직도 먹물을 엎지른 듯 깜깜한 새벽이었다. 그녀를 향했던 들끓던 욕망이 어느새 차분하게 가라앉아있었다. 두 사람 사이에 불꽃

같은 사랑이 이루어질 수도 있는 타이밍을 미라의 뜻하지 않은 충격적인 고백으로 놓쳤는지도 몰랐다. 뜬금없이 그녀가 혼잣말처럼 중얼거렸다.

"고마워."

"뭐가?"

"자기를 통해 지금껏 누구에게도 말할 수 없었던 내 가슴 저 밑바닥. 끝도 보이지 않던 깊은 곳에 화인(火印)처럼 새겨져 있던 아픔을 어느 정도 지운 것 같아."

"그래? 그렇다면 정말 다행이고."

미라를 꼭 안아주었다. 그동안 그녀가 홀로 겪었을 지난한 세월의 아픔을 조금이라도 덜 수 있었으면 싶었다.

"왜 지금껏 비밀로 간직해온 것을 자기에게는 말하고 싶었을까? 자기가 들어서 편한 이야기도 아니고, 나에겐 결코 플러스가 되는 것도 아닌데……."

나는 미라로부터 고백을 듣기 전까지는 단지 남의 눈치 보지 않고 자신의 앞날을 스스로 개척해가는 당찬 여자로만 알았다. 이 고백으로 인해 앞으로 그녀를 보는 시선이 달라질지 아닐지는 솔직히 나도 모를 일이었다. 한 가지 분명한 것은 이전보다 미라를 향한 연민의 감정이 생기는 것은 어쩔 수 없었다. 입장이 바뀌어 내가 미라와 같은 처지였다면 어떡했을까. 그 엄청난 중압감을 과연 미라처럼 꿋꿋하게 견디어낼 수 있었을까 하는 의문이 자꾸만 설익은 수숫대처럼 고개를 빳빳이 들었다.

"자기가 그만큼 나를 믿었던 건 아닐까?"

"그렇겠지?"

되묻는 미라의 눈이 반짝 빛을 발하며 환해졌다.

내 말이 미라에게 위안을 주었다는 것을 표정으로 알 수 있었다. 둘만이 아는 비밀이 많다는 것은 그만큼 가까운 사이라고 했다. 부모와 자식, 연인 사이가 그런 것처럼. 그들에게는 두 사람만의 비밀이 얼마나 많이 존재하는가. 차마, 결코 남에게 말할 수도, 말해서도 안 되는 그 수많은 비밀들이.

새벽을 깨우는 청소차의 부산스러움이 아스라이 멀어지고 있었다. 날이 밝으려면 아직 시간이 남아있었다. 품에 안긴 미라의 두 손이 가슴 부근에서 꼼지락거리고 있었다. 내 가슴에 얼굴을 묻고 있는, 턱과 볼에 닿은 그녀의 긴 머리카락들이 얼굴을 간지럽혔다. 이렇게 가까이에서 한 번도 맡아본 적이 없는 여자의 체취였다. 미라의 뜻밖의 고백으로 잠시 고개를 숙이고 있던 욕망이 다시 슬그머니 고개를 들기 시작했다. 나는 내 몸의 변화를 그녀가 눈치 챌까 봐 전전긍긍했지만 본능에

충실한 남자는 거대하게 부풀어 올랐다.

그때였다. 미라가 가슴에 묻고 있던 얼굴을 들어 눈을 반짝이며 내 눈을 빤히 보았다. 기가 막힌 장난거리를 생각해낸 개구쟁이 표정이었다.

"내가 왜 이럴까?"

"뭐가?"

"왜 지금 어린왕자 같은 자기랑 키스를 하고 싶을까? 이 순간을 놓치면 영원히 못 할 거 같고…… 어쩌면 먼 훗날 엄청 후회할 거 같고……."

미라는 그 말이 끝나기가 바쁘게 두 손으로 내 볼을 감싸 쥐고는 와락 잡아당겨 입술을 포갰다. 나는 졸지에 거미줄에 제대로 걸린 한 마리 나방이 되었다. 이성과의 첫 키스인 미라의 입술은 부드럽고 따뜻했고 향기로웠다. 그녀의 입술에는 달착지근한 커피향의 여운이 남아있었고, 혀가 입 안으로 미끄러져 들어올 때는 심한 갈증을 느끼며 정신이 아득했다. 사그러져 가던 욕정의 불꽃이 치솟았다. 나는 용암처럼 솟구치는 뜨거운 불을 주체하지 못해 손이 그녀의 가슴을 향했다. 그때였다. 그녀가 서둘러 입술을 떼고 가슴에서 방향을 잃고 있는 내 손을 꼭 움켜잡았다.

"자기야. 이러지 마. 여기까지……. 더 이상 나가면 우린 후회할 수도 있어. 분명히 말하지만 결코 자기가 싫어서가 아냐. 한 가지만 확인할게. 솔직하게 말해줘. 자기는 아직 동정(童貞)이지?"

그녀의 가슴에서 서성이던 손을 멈추고 부끄러웠지만 고개를 끄덕였다. 내 끄덕임에 그녀도 함께 덩달아 고개를 끄덕였다. 그녀의 끄덕임이 무엇을 의미하는지 나로서는 알 수 없었다. 그녀가 내 이마에 이마를 맞대고 두 손으로는 내 볼을 어루만지며 말했다. 바로 눈앞에 그녀의 눈이 있었다. 나는 아직 불같이 뜨겁고 감미로운 키스의 여운이 남아있었다.

"그냥 이대로 자자. 그러고 싶어. 아니, 그래야 된다고 생각해."

"……알았어."

욕망에 앞서 그녀의 말을 인정해주고 싶었다. 결코 내가 싫어서가 아니라는 말도 진심이라는 것을 충분히 알 수 있었고 위안이 되었다. 이런 밤이 둘 사이에 두 번 다시 오지 않는다 할지라도 욕망을 앞세우고 싶지는 않았다.

"잘 자."

미라는 다시 한번 짧은 키스를 하고는, 내 오른팔을 당겨 팔베개를 하고 품에 안겼다. 누구에게도 말할 수 없는, 말 한 적

없다던 그녀의 아픈 과거를 알아서 일까. 그녀를 바라보는 내 감정의 시선이 복잡했다. 이렇게 가까워지기 전에도 마야에 나오는 다른 애들과는 뭔가 다른 느낌은 받았었다. 나보다 겨우 한 살 더 많은 그녀는 살아오는 동안 나로서는 상상조차 할 수 없는 인생의 굴곡을 겪었던 것이다. 내가 아늑한 온실 속에서 피어난 화초라면, 그녀는 그야말로 비바람이 휘몰아치는 벌판에서 홀로 꿋꿋이 견디어내며 어렵게 피어난 야생화였다.

잠시 후, 미라는 손을 앞으로 모아 내 품에 안겨 꼼짝도 않고 고른 숨소리를 냈다. 하지만 나는 이런저런 생각에 잠겨 쉽게 잠들 수 없었다. 그러던 어느 순간, 나는 무슨 생각이었는지 나도 모르게 칭얼거리는 아이를 조근조근 다독여 잠을 재우는 엄마처럼 팔베개를 해준 손으로 미라의 어깨를 천천히 다독여주었다. 그녀가 지금 이 순간만이라도 아무런 근심 없이 편안하고 깊은 잠을 자기를 바라며.

그러기를 얼마나 했을까.

갑자기 격한 뜨거운 호흡과 함께 한껏 숨죽인 흐느낌이 젖은 물기와 함께 가슴에 전해왔다. 미라의 어깨가 하모니카 떨판의 미세한 떨림처럼. 미풍 앞에 선 여린 갈대처럼 흔들리기 시작했다. 깊은 잠을 자기를 바라던 내 바램과는 달리 미라는 잠들지 못하고 있었다. 바람을 타는 젖은 갈대의 흔들림에 나 역시 흔들리다 결국 그녀의 감정과 동화돼 눈시울이 젖어왔다. 나는 이 밤이 꼬박 새도록, 아니 이 순간만큼이라도 흔들리고 있는 여린 갈대의 튼튼한 바람막이가 되어주고 싶었다.

• • •

예약한 날에 딸린 식구들 없이 한성그룹 홍보실장과 사사끼 부사장이 가게에 왔다. 이모는 당연히 부사장 옆에 앉고, 홍보실장 옆에는 미라가 앉고, 삼촌과 내가 동석했다. 부사장은 그동안 이모를 위해 한국어 공부를 정말 열심히 했다며 서툰 한국말을 일본어 중간중간 섞어 말했다. 빠른 시간에 속성으로 배운 한국말치고는 제법이었다.

그렇게 술이 몇 순배 돌았을 무렵, 부사장은 이모가 보고 싶어 개인적으로 한국에 왔다며 이모만 허락을 해준다면 결혼하고 싶다며 한쪽 무릎을 꿇고 미리 준비해 온 백송이 빨간 장미 다발을 바치며 프로포즈했다. 동석한 우리는 사사끼 부사장의 진심이 느껴져 박수로 응원했고, 이모의 얼굴은 홍당무가 되었다. 하지만 이모도 싫지만은 않은 것 같았다. 삼촌이 거들었다.

"이모님, 뭐해요. 부사장님 팔 떨어지겠어요."

이모는 어색하게 장미다발을 받아 품에 안고는 그때까지 무릎을 꿇고 있는 부사장의 손을 잡아 일으켜주었다. 홍보실장과 삼촌과 나는 손바닥이 부서져라 박수를 쳤다.

"화답하는 의미로 부사장님에게 술 한 잔 올리세요."

삼촌이 술병을 이모 손에 쥐어주며 거들었고, 얼굴 가득 행복한 웃음을 짓고 있는 부사장은 이모가 수줍게 따라주는 술잔을 단숨에 비우고, 곧바로 그 잔을 이모에게 건넸다. 술잔을 받는 이모의 손에는 전에 부사장이 선물했던 다이아반지가 조명을 받아 유난히 반짝였다.

"원 샷! 원 샷!"

여러 사람의 응원 속에 이모도 몇 번 멈칫거리기는 했지만 끝내 술잔에서 입을 떼지 않고 다 마셨다. 환호와 박수가 다시 쏟아졌고, 이후로도 유쾌한 술자리는 오래도록 이어졌다. 손님들의 술자리에 길게 합석하지 않는 삼촌과 나였지만 그날만큼은 자리가 끝날 때까지 함께했다. 카운터는 박 부장이 맡았다.

사사끼 부사장은 한국에 오면 이모와 편하게 지낼 수 있게 아파트를 사고, 이모에게는 프랜차이즈 커피숍을 열어 생활할 수 있는 터전을 만들어 주고, 언제든 일본에 오갈 수 있도록 해주고 싶다고 했다. 당장 결혼하는 것이 어렵다면 일단은 그렇게 시작하고, 정년퇴임하면 한국에서 여생을 함께하고 싶다고 했다. 그러면서 홍보실장에게 결혼하면 선물하기로 한 가전제품 약속을 잊지 말라고 다짐 받았고, 약속을 지키겠다는 홍보실장의 시원한 대답에 또 다시 한바탕 웃음꽃이 피었다. 미라의 기지로 우연히 서로 마음에 드는 인연을 만난 두 사람의 경사이기도 했지만, 가게로서도 참으로 기분 좋은 경사였다.

• • •

그가 자정 무렵에 다시 가게 문을 밀고 들어섰다.

반기는 나를 보자 늘 그랬듯이 사람 좋아 보이는 미소를 지었다. 오늘 새벽까지 미라와 함께 룸에서 폭음한 여독 탓인지 안색이 다른 날보다도 더 창백해 보였다. 전에는 자주 왔어도 두어 시간 동안 술을 반 병 쯤 비우고 조용히 갔다. 그런데 지난번 아내와 아들이 죽은 지 일주기가 되는 날이라며 인사불성이 되어 웨이터와 미라가 집까지 데려다주고 온 이후로 그는 미라를 지정으로 찾았다. 그런 그가 오늘 새벽에도 그날처럼 엉망으로 취해 웨이터와 미라가 또 집에까지 데려다주고 와야만 했

246

다. 그의 지정 룸과 다름없는 3번 룸으로 안내했다.

"술로 죽으려고 작정한 사람 같아."

웨이터는 곧바로 퇴근하고, 가게에서 퇴근하지 못하고 기다리고 있는 나에게 돌아와 미라가 한 말이다. 몹시 피곤해 보이는 미라는 곧바로 택시를 타고 퇴근했고, 나도 집에 가 한술 뜨고는 곧바로 꿈나라로 갔다.

새벽에 퇴근했다 저녁에 출근한 미라는 출근노트에 사인을 하고는 가방에서 뜬금없이 커다란 보온병 하나를 꺼내 불쑥 내밀었다.

"뭐야?"

"왠지 그 사람이 오늘도 올 거 같아. 계속된 과음으로 속이 많이 안 좋을 텐데 그 사람 성격으로 볼 때 제대로 해장도 못했을 거야. 그래서 쇠고기 무국을 좀 끓여 왔어."

이런 거 한 가지만 봐도 미라의 따뜻한 마음 씀씀이는 역시 팁만 밝히는 얍삽한 애들과는 달랐다. 비록 술집이지만 인물과 몸매를 떠나서 이런 인간적인 품성 때문에 미라의 지정 손님이 날이 갈수록 늘어나는지도 몰랐다. 이제 마야에서는 예약 없이 미라와 함께하기 힘들었다.

미라의 예상대로 그는 미라를 지정하는 예약 콜을 했고, 자정이 가까울 무렵에 시간에 맞춰 왔다. 미라는 한 타임이 끝나고 1시간 정도 틈이 있었지만 다른 룸에 들어가지 않고 대기룸에서 그를 기다렸다.

"내 예상대로 점심 무렵에 집에서 토스트 한쪽과 커피 외에는 아직 한 끼도 제대로 못 먹었대. 국이 식었을 거야. 한 번 더 데워야 할 거 같아."

미라가 그가 있는 3번 룸에서 나와 내게 맡겼던 보온병을 들고 주방으로 향했다. 잠시 후, 주방에서 들고 나온 쟁반에는 김이 나는 무국과 밥 한 공기와 먹음직스럽게 익은 총각김치와 장조림이 놓여있었다. 나와 삼촌이 이따금 가게에서 식사를 하기 때문에 주방 이모가 만든 거였다. 나는 카운터에 앉아있으면서도 자꾸만 3번 룸에 신경이 쓰였다. 룸은 늘 그랬던 것처럼 손님이 없는 방처럼 조용했다.

그가 룸에서 나온 것은 새벽 5시 무렵이었다.

그렇게 긴 시간 동안 두 사람은 무슨 이야기를 한 것일까. 그는 어제에 이어 오늘도 마지막 손님이었다. 룸에 머문 시간은 길었지만 취해보이지 않아 대리기사를 불러 보내고 가게 간판 불을 껐다. 때 아닌 겨울비가 내리고 있었다. 그로 인해 미라와 나는 이틀 연속 가게에 마지막까지 남았다. 주방에서 가져온 커피를 앞에 두고 먼저 입을 연 것은 미라였다.

"이제 며칠 남지 않았네."

코앞으로 다가온 입대 날짜를 말하는 것이었다.

"그러게……."

나는 심란한 마음으로 미라의 카멜 담배 갑에서 담배를 두 개비를 뽑아 한꺼번에 불을 붙인 다음 한 개를 미라에게 건넸다. 담배를 피우는 동안 또 침묵이 흘렀다. 많은 담배 중에서 카멜만을 피우는 미라로 인해 먼 훗날에라도 낙타가 그려진 담배 갑을 보면 미라가 떠오를지도 몰랐다.

"그 사람이…… 1년만 함께 여행하재."

'1년? 여행? 함께?'

뜻밖의 말이었다.

무엇 때문에? 어디로? 그래서 뭐라고 했어?

입 밖으로 속사포처럼 튀어나오려는 말을 꾹 참았다.

"그리고 다시 시작하고 싶대."

무얼 다시 시작해? 역시 궁금했지만 다음 말을 기다렸다.

"……산다는 걸."

지난번에 미라가 말했듯이. 그는 바다낚시를 갔다가 아내와 아들을 잃고 그 후유증으로 심각한 알코올 중독과 함께 일상생활이 어려울 정도의 공항장애와 우울증으로 치료를 받고 있었다. 삶의 의욕을 잃은 그는 어느 순간 불쑥 목숨을 끊으려고 여러 번 실행 일보직전까지 간 적도 있다고 했다. 그가 일 년 동안 홀로 겪었을 심적 고통을 누가 알까. 고아나 다름없던 그가 가족을 한꺼번에 잃은 삶은 가도 가도 끝이 보이지 않는, 시계 바늘처럼 거꾸로 되돌릴 수도 없는 암흑 같은 터널만이 존재했으리라. 그가 미라에게 한 제안이 그런 상황을 모르는 사람이 듣기에는 황당하고 무모한 말 같았지만, 나는 어느 한편으로는 이해가 되기도 했다.

"그래서 동행할 거야?"

나는 최대한 감정을 배제한 목소리로 물었다.

"솔직히 이성적으로만 생각하면 여러 가지로 말이 안 되는 제안이지만…… 나도 모르겠어. 오랜 시간 술잔을 나누며 서로의 진솔한 마음을 나누다 보니……. 어떡하다 마야에까지 나오게 됐으며 앞으로의 꿈이 뭐냐고 묻기에……. 전에 자기에게 했던 과거를 솔직하게 말해줬어. 그 사람도 처음부터 끝까지 내 이야기를 진지하게 들었고."

"그럼 형부와의 일까지도 다 이야기를 했다는 거야?"

"왠지 숨기고 싶지 않았어. 그 사람에게 인간은 어느 누구나 가슴속에 침묵해야 하는, 침묵할 수밖에 없는 무덤 몇 개쯤은 숨기고 산다는 걸 말해주고 싶었는지도 몰라. 다른 사람이라면 결코 할 수 있는 말이 아니었지만. 그를 위로해 주고 싶었을까……. 누구나가 무덤이 있다는 걸."

미라의 말을 들으며 내 가슴속에는 어떤 무덤이 있는 가를 생각해 보았지만 딱히 떠오르는 것이 없었다. 미라의 말처럼 어린왕자처럼, 온실 속의 화초처럼 살아서 일까.

"연거푸 술잔만 기울이며 내 말을 끝까지 다 들은 그가, 그동안 단 한 번도 손조차 터치 않던 그가 처음으로 내 손을 꼭 잡으며, 그런 아픈 상처가 있었군요. 라며 눈물을 글썽였어. 그런데 이상하게도 진심어린 그의 말과 따뜻한 손이 그렇게 가슴에 와 닿을 수가 없었어. 그 전까지는 그저 손님으로, 가엾은 사람이란 생각 외엔 별다른 감정이 없었는데."

그렇게 말하는 미라의 깊고 서늘한 눈에도 어느덧 호수를 차고 오르는 새 떼처럼 물기가 차올랐다. 미라가 식어버린 커피잔의 바닥을 보이며 말했다.

"그가 말했어. 일 년 여행이 끝나면 내 현실적인 꿈인 아파트와 화실을 마련해 주겠다며 전혀 부담 갖지 말래. 내게 해주는 것은 자신이 가진 것 중에서 작은 일부라며. 이렇게 만난 시절 인연도 전생에 분명 어떤 인연들이 쌓인 필연일 거라며 내 꿈을 펼치게 해주고 싶대. 자신은 어차피 고아나 마찬가지라 유산을 물려줄 사람도 없대.

지난번 취했을 때 다른 룸에 들어가지 않고 끝까지 간호해 준 것과 오늘 쓰린 속을 생각해 무국까지 끓여 온 것을 보고 상처를 안은 사람끼리 함께 여행을 해도 괜찮을 거 같다는 생각을 했대. 그의 현실적인 제안도 제안이지만 나도 오지랖 넓게 그의 아픈 상처를 여행을 통해 치유해줄 수도 있지 않을까, 나역시도 그동안 너무 지쳤고, 씻어낼 수 없던 상처들이 그 여행을 통해 아물지는 않을까 하는 생각이 들기도 하고……. 상황은 다르지만 상처 받은 영혼들의 동병상련의 마음이라고나 할까."

미라의 말을 들으며 내 머리 속은 복잡해져 갔다. 이 모든 것들이 드라마나 영화 속에서나 보던 비현실적인 꿈같은 이야기 같기도 했다. 하지만 무슨 까닭인지 가슴 한편에서 은근히 혀에 불쑥 돋은, 신경이 쓰이는 혓바늘 같은 반감이 일었다.

"편하게 얘기할게. 그런 조건에 일 년을 여행하면 당연히 일상과 숙소도 함께하게 될 거고, 사람 일은 모른다고 그러다 살림을 차리자면 어떡할 건데? 그럴 각오는 돼있는 거야? 그럴

리는 없겠지만…… 만에 하나 여행이 끝나고 나서 나 몰라라 하면 어떡할 건데?"

"설마 나를 띄엄띄엄 보는 건 아니겠지? 이 나이가 되도록 산전수전 겪을 만큼 겪은 내가 그런 생각도 안 해봤다면 바보겠지. 안 그래?"

미라를 쳐다보지 않아 모르지만 양미간에 주름 골이 지는 것이 보이는 듯 했다. 하지만 내 가슴엔 성냥개비 유황 불꽃이 화라락 피어오르듯 발화하고 있었다.

"어차피 다음 달 초에 혼자 떠나려던 여행이었대. 그러니 자기 말에 부담 갖지 말고 그 전까지 답을 달래."

미라는 초점이 뒤엉킨 시선으로 한동안 천장을 올려다보았다. 갈등하고 있는 게 분명했다. 나는 미라의 눈길 너머에 숨어 있는 갈등을 응시했다.

내가 미라라면 어떤 선택을 할까?

"……이런 말을 할 필요까지는 없지만…… 그 사람이 말했어. 여행을 하는 동안 방을 따로 잡재. 난 그 사람 약속을, 성품을 믿어."

내 가슴에 성냥개비 유황 불꽃으로 화라락 발화했던 불꽃이 서서히 사그라졌다. 잘은 모르지만 왠지 나도 그의 말에 믿음이 갔다. 설령 어느 순간 두 사람이 마음이 통해 방을 함께 쓴다면……. 하루 이틀도 아니고 일 년을 함께하는 여행인데 그럴 수도 있는 일이었다. 사그라진 줄 알았던 불이 다시 반짝 빛을 발했다.

"내가 안 나오면 그땐 떠난 줄 알아. 누구에게도 말하지 않고 떠날 수도 있지만 자기에게만은 알려주고 싶었어……. 나에겐 잘해줬잖아."

미라는 자조적인 웃음을 머금었다.

그래, 너와 난 친구도 연인도 아닌 애매한 관계지만 보통 사람들의 상식을 뛰어넘은 특별한 사이지. 나는 특별한 감정으로 대했던, 어찌 보면 나의 첫 여자와도 같은 미라에게 내 마음과는 다르게 내 속에 또 다른 내가 있었는지 불쑥 퉁명스럽게 말했다. 나도 모르던 성냥개비가 또 하나 남아있었나 보다.

"잘해준 걸 알긴 하네."

"나 바보 아냐. 내가 언제부턴가 자기를 이성으로 느낀 것처럼 자기도 나를 남다르게 봤잖아. 안 그래, 내 말이 틀렸어? 좀 더 솔직하게 말하면 금수저인 자기에 비해 너무나 흠집이 많은 내 처지를 너무 잘 알기에 적극적인 대시(Dash)는 못했지만!"

미라는 단숨에 쏘아붙이듯 말하고는 내 대답도 듣지 않고 벌떡 일어나 카운터 뒤에 있는 진열장에서 위스키 한 병을 꺼내 들고 카운터에서 가장 가까운 1번 룸으로 들어갔다. 이런 어색 하고 별난 상황에서 그동안 품고 있던 자신의 속마음을 고백한 것이 자존심 상한 듯했다. 디지털 벽시계는 5시 30분을 찍고 있었다. 미라를 따라 룸으로 들어가 옆에 앉았다.

"미안해. 자기 말을 듣고 나도 마음이 편치 않아서 그랬던 거야."

"알아. 안다니까! 방금 전에 난 바보가 아니라고 분명히 말 했지? 내가 지금 자기 복잡한 심정을 모른다고 생각해? 아까 그런 것은 자기에게보다는 지금 내 스스로의 처지가 화가 나 서 그랬던 거야."

미라는 거칠게 담배를 꺼내 물고 담배연기를 허공에 길게 내 뿜었다. 사람의 얼굴에는 천의 표정이 숨어있다더니 복잡하게 얽힌. 담배를 피우는 중에도 순간순간 표정이 바뀌고 있는 미 라의 얼굴이 그랬다. 무슨 말인가 해주고 싶었지만, 해주어야 했지만 딱히 해 줄 말이 없었다. 이제 선택은 미라의 몫이었다. 그런 미라에게 내가 해 줄 말은 아무것도 없었다. 나는 나 스 스로 답답해 잦아들던 가슴에 거센 광풍이 휘몰아치며 온 몸을 흔들었다. 따라서 생각도 광풍에 머리채를 끄들려 잡혀 중심을 잡지 못하고 몸부림을 쳤다.

"이런 적이 없었는데……. 그동안 일을 하면서도 내가 술을 마시고 싶어 마신 적은 없었는데……. 오늘은 마시고 싶고, 그냥 취하고 싶네. 한잔하자."

우리는 건배도 없이 각자 따라 스트레이트로 단숨에 비우고 다시 잔을 채웠다. 안주도 없이 마시는 술이 목젖을 지나 위까지 짜르르 흘렀다. 담배와 테이블 위에 놓인 음료와 물을 안주 삼아 각자의 생각에 젖어 한동안 말도 없이 경쟁이라도 하듯 술잔만 빠른 속도로 비웠다. 시간이 지나며 술병이 어느덧 바닥을 향해갔다. 빠른 속도로 마신 술로 얼굴이 달궈지며 취기가 올라왔다. 미라가 한 병을 더 가져왔다. 새로 딴 술병이 반쯤 줄어들 때까지 한 마디 말이 없었다. 그러던 어느 순간 속이 메슥거리고 머리가 지끈거리며 눈꺼풀이 감기며 벽에 걸려 있는 그림이 순간순간 두 개로 겹쳐 보이기도 했다. 취했다.

그때였다. 감기는 눈앞에 지금껏 마야에 있으면서 한 번도 의식하지 못했던 소파 바로 옆 화병용 테이블 위 항아리에 꽂혀있는 한 무더기 벚꽃이 눈에 들어왔다. 삼촌이 가게 룸의 디스플레이를 위해 단골 꽃집에 부탁해 꽂아둔, 룸이 따뜻해 철이르게 핀 겨울 벚꽃이었다. 겨울에 보면 죽은 것처럼 앙상하게 말라붙어 보이는 가지에 어쩌면 저렇게 화사한 많은 꽃들을 숨기고 있었던 것일까. 이 겨울이 지나면 미라에게도 저렇게 꽃 피는 날이 올 것인가. 아니, 꼭 왔으면 좋겠는데. 죽은 듯 보였던 가지에서 봄이 오면 앞 다투어 피어나는 벚꽃처럼. 취한 눈에 어느 순간 미라의 얼굴과 겨울 벚꽃이 오버랩 되었다. 나는 비틀거리는 걸음으로 화병에 다가가 벚꽃 가지 하나를 꺾어왔다. 미라는 그런 나를 의아한 눈길로 쫓았다. 나는 꺾어온 겨울 벚꽃을 불쑥 내밀었다.

"뭐야?"

미라가 벚꽃과 나를 번갈아 보았다.

"미라 너야. 지금 내 눈엔 니가 겨울 벚꽃처럼 보여."

"내가? 겨울 벚꽃처럼?"

나에게서 벚꽃을 건네받은 미라의 눈은 한동안 화사한 벚꽃에 눈길이 멎었다. 한참 뒤. 벚꽃에서 눈길을 거둔 미라가 깊은 한숨과 함께 내뱉었다.

"……산다는 게 뭔지."

미라가 잔에 넘치게 따라 테이블에 흘려진 술을 오른손 검지로 찍어 뭔가 모를 낙서를 하며 독백처럼 말했다. 검은색 매니큐어가 조명을 받아 반짝였다.

"22살이 되도록…… 엄마아빠가 돌아가신 중학교 이후로 단 한순간도 행복하지 못했고…… 아빠처럼 믿고 의지했던 사람에게 순결마저 잃고…… 냉혹한 현실 앞에 끝내는 술집까지…… 바닥까지 치며 힘겹게 살아오면서…… 그동안 내가 나도 모르게 잊어버린, 아니 잃어버린 내 꿈의 유실물들의 종착지는 어디에 있는 것일까? 정녕…… 있기는 한 것일까?"

미라는 감정이 격해지는지 중간중간 말을 끊으며 나에겐지 자신에겐지 모를 질문과 함께 낙서하던 손을 거두고 취기가 오른 거슴츠레한 눈으로 나를 빤히 쳐다보았다. 짙은 아이섀도와 마스카라를 바른 그녀의 기다란 인조 속눈썹이 천장의 조명을 받아 눈동자에 서늘한 그늘을 만들었다. 술기운과 조명 탓일까. 오늘따라 짙은 보라색 아이섀도와 진달래색 연분홍 립스틱이 요염해 보이기까지 했다.

"여기!"

나는 그녀의 부담스런 눈을 피하며 장난스럽게 가슴골이 훤히 보이는 도발적인 가슴을 손가락으로 가리키며 씽긋 웃었다. 그녀의 물음에 진지하게 답해주기에는 그녀의 질문들이 너무 아프고 직설적이었다. 다른 사람은 모른다 해도 나는 그녀가 지금껏 얼마나 치열한 삶을 살아왔는지를 누구보다도 잘 알고 있다.

"여기?"

미라가 고개를 갸웃하며 내가 손가락으로 가리킨 자신의 가슴을 낙서하던 검지로 가리켰다.

"응."

"……그동안 잊어버린, 잃어버린 내 꿈의 유실물들이 여기 있다고?"

두 사람이 피워대는 담배연기가 밀폐된 공간에서 추상화의 한 획처럼 느리게 아주 느리게 허공에 긴 머리를 풀고 있었다. 미라의 표정은 어느새 너무 진지해져 있었다. 나도 웃음을, 장난기 어린 표정을 거두고, 입술을 꾹 다물고 진지해진 얼굴로 그녀의 물음에 천천히 고개를 끄덕여주었다. 그런 나를 조금의 미동도 없이 뚫어져라 쳐다보던 미라도 잠시 후 마치 내 모습을 흉내 내듯 스프링이 고장 난 목마인형처럼 오래도록 나처럼 고개를 끄덕였다.

"그래 맞어. 나에게도 한때는 여기에 꿈이 있었는데……."

그녀는 다시 자신의 가슴을 가리켰다.

"정말, 정말 산다는 게 뭔지. 때론 현실의 모든 걸 그냥 다 내려놓고 누구도 찾을 수 없는 곳에서 죽고 싶을 때도……."

그녀의 비감어린 말들이 날 선 송곳처럼 너무도 아프게 꽂혔다. 무슨 말인가를 해주고 싶다. 아니, 해주어야 했다.

"아직 자기 꿈이 끝난 건 아니잖아? 누구든 자신을 한 순간에 내려놓는 건 쉬워. 하지만 어떤 악조건 속에서도 내려놓지 않고 끝까지 버티어내는 것이 더 어렵지 않을까? 그렇기에 마침내, 끝내 이루어낸 그 꿈이 훨씬 더 가치 있을 것이고."

나는 지금 내가 하는 말이 그녀에게 얼마나 무책임하고 공허한 줄 뻔히 알면서도 내 스스로에게 반문하듯 되물었다. 지금 이 순간 상처투성이인 그녀를 위해 해줄 수 있는 것이 아무 것도 없으면서. 눈을 감고 소파 등받이 뒤로 고개를 젖히고 있던 미라의 속눈썹이 파르르 떨리는가 싶더니 촉촉이 차올랐다. 지나온 아픈 기억들을 떠올리는 것일까. 술 탓일까. 분위기 탓일까. 그런 미라를 보며, 그녀가 짊어지고 있는 삶의 무게에 내 가슴도 같이 무너져 내렸다. 손을 등 뒤로 뻗어 미라의 어깨를 감싸 토닥여주자 마치 기다리기라도 했다는 듯이 무너지듯 안겨왔다. 엉망으로 취했던 그녀의 집에서처럼 꼭 안아주었다. 미라의 눈에 가득 차올랐던 눈물이 또르르 볼을 타고 굴렀다.

"아프구나!"

"응, 많이……."

나는 등 뒤에 있던 팔을 빼 두 손으로 뺨을 받쳐 잡고 천천히 다가갔다. 흠칫 놀라는 듯하더니 이내 눈을 감았다. 입술을 포갠 채 정지화면처럼 오래도록 그대로 있었다. 어느 순간 미라의 입술이 하모니카 떨판처럼 파르르 떨려왔다. 떨판의 경련에 내 입에선 나도 모르게 신음이 소스라쳤다. 뜨거운 입술로 하모니카 음계를 잡아가는 미라의 입술 더듬이에, 미세한 흡반의 움직임에 머릿속이 하얗게 비워져갔다. 그렇게 불에 덴 듯 뜨겁고 거친 숨이 오가던 어느 순간 누가 먼저랄 것도 없이 서로의 이와 이가 부딪치는 깊고 격정적인 키스를 나누었고, 미라의 볼엔 마스카라의 검은 눈물이 범벅이 되어 흘렀다. 미라가 가쁜 숨을 몰아쉬며 말했다.

"분명 지금을 후회하겠지만…… 이 순간만은 솔직해지고 싶어. 어쩜 이 사랑이…… 영원하지 못할 거란 걸 난 알아!"

잘못 듣지 않았다.

미라는 분명 지금 이 순간을 사랑이라고 말했다. 그녀가 나를 사랑이라고 말한다면……. 그녀를 향한 내 마음도 사랑일까, 연민은 아닐까, 아니 욕정은 아닐까? 취했기에 의식이 흐려지고 욕망이 부풀어 올라 경계가 무너진 것은 아닐까.

"바보야. 내일은 누구도 모르는 거야. 오늘도 모르는데 내일을 어떻게⋯⋯."

　나는 미라와 함께 소파에 무너지며 열에 들떠 말했다. 진심이었다. 오늘 일로 인해 그녀와 내가 어떤 관계로 발전할지는 모르는 일이다. 한 가지 분명한 것은 나로 인해 어떠한 이유에서든 또 다시 그녀를 아프게, 눈물을 흘리게 하고 싶지는 않다는 거였다.

● ● ●

　그날 저녁, 미라는 가게에 나오지 않았다.

　전화도 없이 가게에 나오지 않은 것은 처음이다. 전화를 할까 하다가 참았다. 가게에 온 손님들이 연달아 미라를 찾자 박부장과 삼촌이 번갈아 전화를 했지만 신호는 가는데 받지 않았다.

　"애송이, 니가 전화 좀 해봐라. 이런 적이 없었는데⋯⋯. 혹시 무슨 사고 난 거 아냐?"

　나는 차마 새벽에 가게에서 있었던 일을 말할 수 없었다. 미라는 다음 날도 그 다음 날도 나오지 않았고, 사흘째부터는 핸드폰마저 꺼져버렸다. 아무것도 모르는 삼촌은 며칠째 연락이 두절되자 생각보다 쉽게 포기했다. 가게는 여전히 초저녁부터 새벽까지 빈 룸이 없을 정도로 바쁘게 돌아갔고, 룸의 매상 체크와 초이스를 하느라 바빴다. 이제 입대 날짜도 정말 코앞이었다.

그런 바쁜 와중에서도 매 순간 미라 생각뿐이었다. 하지만 내가 그녀의 꿈을 채워주기에는, 잃어버린 꿈들의 종착지가 되기에는 아직은 현실적으로 갖추어진 것이 아무것도 없었다. 그녀의 말처럼 사람이 꿈만 먹고 살기에는, 이상만을 추구하며 살기에는 여러 가지 현실적 제약도, 본인의 힘만으로는 어찌할 수 없는 일들도 너무 많았다. 나는 삼촌처럼 도깨비 같은 존재도, 여행에 동행하기를 원했던 재력가도 되지 못했다. 이제 겨우 입대를 앞둔 21살 지극히 내성적인 대학생. 부모의 그늘을 완전히 벗어나지 못한, 삼촌이 입버릇처럼 말하며 머리통을 쥐어박는 그야말로 한낱 애송이에 불과했다.

그날 새벽, 미라가 한 말이다.

"자신의 이상을 실현하기 위해서는, 눈이 하늘을 보기 위해서는, 두 발은 냉혹한 현실인 똥밭을 밟을 각오를 해야 한다고 생각해. 많은 사람들이 자신의 높은 이상을 말하면서도 똥을 밟는 건 싫어하고 두려워하는데 그건 아니라고 봐. 지금까지도 그랬지만 앞으로도 난 각오가 되어 있어. 내 꿈을 실현하기 위해서 얼마든지 진창길을 밟고 갈 거야."

그렇게 속절없는 며칠이 지나고 이제 내일이면 입대날짜였다. 어떤 연유에서든 나를 찾지 않은 미라를 만나서는 안 되는 줄 알면서도 입대 전에 한 번은 꼭 만나고 싶었다. 삼촌의 허락을 받아 가게를 하루 쉬고, 자정이 가까운 늦은 밤 가로등마저 졸고 있는 길을 따라 무거운 걸음으로 역삼동에 있는 미라의 집을 찾았다. 예상했던 대로 불이 꺼져 있었다. 나는 미라집 현관 앞에 있는 길 가 가로등에 기대어 성긴 진눈깨비가 날리는 하늘을 올려다보며, 담배꽁초를 어지럽게 널리며, 얼굴이 젖은 빙판길처럼 싸늘하게 식어가도록 불 꺼진 그녀의 창을 바라보았다. 독한, 독사의 독니 같은 한줄기 바람이 쾡하게 뚫려버린 가슴을 아프게 물어뜯으며 달아났다.

왜일까.

점점 흐려지는 망막 사이로 비치는 진눈깨비에 그녀의 얼굴과 그날 가게에서 보았던 겨울 벚꽃이 겹쳐보였다. 지금은 볼 수 없지만 이 겨울이 지나고 봄이 오면 벚꽃과 함께 그녀를 다시 볼 수 있을까. 정말 그럴 수 있을까. 정말……

그동안 고생했다며 격하게 포옹하는 삼촌과 가족의 배웅을 받고, 군 입대를 하면서도 핸드폰을 죽이지 않았다. 무음으로 해놓고 충전기에 꽂아두었다. 혹시 모를 미라로부터 올 연락 때문이었다. 이해를 못하는 엄마는 입대하는 녀석이 뭐하러 쓸데없이 핸드폰 기본요금을 내면서까지 그러냐며 고개를 갸우뚱했다.

　　입대해 이러저러한 우여곡절이 있었지만, 어쨌든 군 생활에 충실하고 첫 휴가를 나오자마자 집으로 달려와 핸드폰을 먼저 열었다. 그동안 온 전화와 메시지들을 한참을 뒤진 끝에 미라의 메시지를 발견한 것은 내가 휴가 나오기 일주일 전에 온 것이었다. 중국 운남성에 있는 차마고도(茶馬古道)의 한 구간인 메리설산(梅里雪山)을 배경으로 찍은 사진과 함께였다.

　　……안녕, 나야. 지금쯤 군 생활에 여념 없겠지. 그러고 보니 어쩜 부대에 있어서 이 메시지가 전달이 안 될 수도 있겠다. 이곳은 따뜻해서 그런지 철 이른 벚꽃이 피었네.

　　잘 지내. 몸도 마음도 아프지 말고……. 훗날 우리가 다시 만

날 수 있을까…….

미라는 메리설산 만년설이 멀리 보이는 배경 속에서, 화사한 벚꽃 아래 환하게 웃고 있었다. 하지만 그녀의 웃음 뒤에 숨어 있는, 나만이 알 수 있는 또 다른 모습을 보면서 한동안 사진에서 시선을 뗄 수 없었다.

우리가 마지막으로 함께한 그날 새벽, 환영(幻影)이나 허위로 충만한 물질계(物質界)를 뜻한다는 마야(maya)에서 나는 그녀에게 동정(童貞)을 주었고, 그녀는 나를 격렬하고 뜨겁게 받아주었다. 한 몸이 되어가면서 열정을 주체하지 못해 몹시도 서두르고 서툴렀던 불꽃같던 몸짓들. 어떻게 시작해 어떻게 끝났는지도 모르게 미친 폭풍 같은 몸부림의 진동으로 항아리에 꽂혀있는 겨울 벚꽃들이 우루루 눈발처럼 떨어졌다. 우리의 사랑 끝에 꽃잎을 떨군 벚꽃가지는 앙상했고 적막했다. 혼돈 같은 사랑을 끝냈을 때, 미라는 겨울 벚꽃 이파리들이 묻어있는 몸으로 내 가슴에 얼굴을 묻고 손에 잡힌 한 마리 작은 새처럼 어깨를 들썩이며 깊은 속울음을 울었다.
왜? 무슨 까닭으로 그렇게 아픈 속울음을 우는지 알 것도 같고, 모를 것 같기도 했다. 한참 뒤, 울음을 그친 미라는 소파와 룸 바닥에 어지럽게 흐트러진 옷을 주섬주섬 입고 어색한 웃음을 지은 채 긴 포옹과 짧은 키스를 남기고 미처 말릴 사이도 없이 날이 밝아오기 시작하는 겨울 폭우 속으로 우산도 없이 나섰다. 나는 가게 입구에 서서 잡지도 못하고 섬뜩하리만큼 차가운 겨울 폭우 속으로 멀어져가는 그녀를, 금방이라도 쓰러질 듯 비틀거리며 멀어져가는 뒷모습이 각인이 될 때까지 오래도록 아프게 지켜보아야만 했다.

그날 이후, 나는 그녀를 한시도 잊어본 적이 없다.

무심한 시간이 지나면 잊겠지 했지만 날이 갈수록 더욱더 선명하게 각인되던 겨울 폭우 속으로 멀어진 그녀였다. 휴가를 마치고 다시 숨 가쁘게 돌아가는 군 생활 동안에도 나의 머릿속은 그녀에 대한 생각들로 온통 가득 차 있었다. 휴가를 나올 때마다 급하게 핸드폰을 열어보았지만 미라는 메리설산과 벚꽃을 배경으로 보낸 그날의 사진과 메시지 외에는 아무것도 보내오지 않았다.

미라가 가게를 그만둔 지 일 년이 지나고, 그 사내와 일 년의 여행을 끝났을 때쯤에 휴가 나와 혹시나 하고 전화를 걸어

보았지만 역시 결번이었고, 역삼동 집을 찾아가 보았지만 이미 다른 사람이 이사와 있었다. 전화를 걸면서도 막상 그녀가 전화를 받으면 어찌할지, 집을 찾았을 때 만나게 된다면 어찌할지는 나도 모르는 상태였다. 그러고 보니 나는 그녀에 대해 많이 아는 것 같으면서도 실제로는 아는 것이 별로 없었다. 혹시나 해서 마야에 있는 애들에게도 소식을 물어보았지만 가게를 그만둔 이후로 누구도 소식을 아는 사람이 없었다. 도깨비 삼촌마저도 마찬가지였다. 미라와 함께 여행을 떠났던 사내도 그이후로 한 번도 가게에 오지 않았다고 했다.

그렇게 속절없는 시간이 흘러 제대해 복학하고 사진작가로서의 일상으로 복귀했다. 일상 속에서도 문득문득 미라가 생각났지만, 나를 언제든 찾을 수 있는 그녀로부터는 연락이 없었다. 어느 순간, 미라가 나를 찾지 않을 때는 그만한 까닭이 있을 거란 생각을 했고, 이제 그만 그녀를 내 기억 속에서 놓아주어야, 아니 내 기억 속에서 떠나보내 주어야 한다고 생각했다. 나 역시 미라를 찾으려고 한다면 어떤 수단과 방법을 동원해서라도 찾을 수는 있겠지만, 그녀가 나를 찾지 않는 이상 추억으로 남기고 지워야 한다고 생각했다.

어느 날 밤. 아무것도 모르는 삼촌이 신사동에서 만난 술자리에서 고개를 갸우뚱하며 말했다.

"현수야. 근데 미라 걔 좀 이상하지 않냐? 아무리 생각해도이해가 안 돼. 내가 사람을 좀 볼 줄 아는데 걘 그렇게 매너 없게 인사 한 마디도 없이 갈 애가 아닌데 말이다. 그리고 가게에 적립된 퇴직금도 꽤 되는데……. 그걸 찾으러 오지도 않으니 말이다. 방정맞은 말 같지만 혹시…… 죽은 건 아닐까?"

나는 그간의 일을 자세히 말할 수도 없고. 뭐라 할 말이 없어입을 꾹 다물고 술잔만 기울였다. 그런데 술자리 내내 삼촌이 '죽은 건 아닐까?'라고 했던 말이 불길한 느낌과 함께 계속해서 이명처럼 달팽이관을 맴돌았다.

●●●

무심한 세월이 흘러 3년이 지나고, 삼촌은 마야를 다른 사람에게 넘기고 친구와 동업으로 강남에서 차로 50분 거리 쯤에있는 화성시 우정읍 임야를 2만 평 매입했다. 한 가구당 작게는 100평에서 크게는 500평까지 나눈 전원주택 집장사로 업종을 변경했는데. 토목기초공사를 하는 중에 거의 분양이 이루어져 건설업계에 신선한 바람을 몰고 오며 승승장구 중이었다.

그런 와중에 도깨비 삼촌은 나에게도 지원했다.

앞으로 30년 동안 3년 거치 후 매월 이자 없이 원금만 분할해 갚으라며 압구정동 지하에 전세로 200평이 넘는 스튜디오를 꾸며주었다. 스튜디오는 오픈과 함께 연예인들과 영화 포스터와 광고모델과 잡지 화보를 찍느라 스태프들과 함께 야간작업까지 해야 할 지경이었다. 입대 전 누드사진전을 열었을 때. 삼촌이 인맥을 동원해 매스컴에 대대적으로 홍보해 이름을 알려던 것이 큰 도움이 됐다. 이 바닥 사진작가들의 사진 실력은 사실 엄밀히 따지면 크게 차이 나지 않지만 연예인처럼 유명세가 중요했다. 매스컴에 맛집으로 소문나면 손님이 몰리는 것과 같았다. 물론 조금의 맛 차이는 있을지 몰라도 사실 소문만큼 맛 차이가 크게 나지 않은 것처럼.

삼촌과 나는 가족 중에서 누구보다도 가까웠고 자주 술자리를 가졌다. 삼촌은 여전히 늘 바빴고 유쾌했고 거침없었다. 세상을 사는 데 있어 고민거리라고는 하나도 없는 사람 같았다. 희한한 것은 괜찮은 여자들과 연애는 해도 결혼에는 도대체 관심이 없다는 거였다. 이제 가족들도 홀아비로 늙어 죽든

270

말든 네가 알아서 하라고 포기 상태였다. 정말 무슨 생각을 하며 사는지 가족 중에서 그래도 가장 가깝게 지내는 나조차도 아리송했다.

마야에 잠시 있을 때 그렇게 나를 좋아하던, 가슴이 신체에 비해 비균형적으로 커서 젖소라고 불리던 수미도 내가 제대할 무렵 가게를 그만두고 대기업 연구원과 결혼해 아들을 낳았다는 소식을 들었고, 박 부장은 사장만 바뀌었을 뿐 여전히 그 가게에서 매니저를 하고 있었고, 주방 이모도 은퇴한 사사끼 부사장과 재혼해 이태원에 보금자리를 틀고 일본을 오가며 재미나게 살고 있었다. 결혼식과 집들이를 할 때는 연락이 되는 마야에 있던 식구들이 모두 찾아가 축하를 해줬고, 한성그룹 홍보실장은 약속대로 집 안의 모든 가전제품을 하나도 빠짐없이 세심하게 챙겼고, 삼촌과는 지금도 자주 골프를 치는 사이였다. 시간이 지나면서 그렇게 주변 사람들은 모두 흔들리다 자리를 잡은 팽이처럼 중심을, 자신의 자리를 찾아가고 있었다. 모진 겨울이 지나고 봄이 오면 죽은 듯이 보이던 메마른 가지 어디에 꽁꽁 숨어 있다가 화사하게 피어나는 벚꽃처럼.

．．．

삼촌의 소개로 규모를 제법 크게 시작하는 신생 D여행사의 4×6배판 사이즈에 100페이지가 넘는 칼라 홍보 책자 제작을 맡았다. 두 달에 걸쳐 세계 각국의 유명한 여행지를 소개하는 긴 작업 끝에 마지막으로 일본의 여러 곳을 담고 입국 전날 오사카에 있는 오사카성을 촬영하기 위해 삼촌과 촬영보조 스태프와 여행사 직원 두 명과 동행해 출사를 갔다. 오사카성은 1583년 센고쿠 시대에 도요토미 히데요시가 축성했는데 한눈에 봐도 아름다운 성이다. 한나절 동안 홍보 책자에 넣기 위한 촬영을 마친 뒤, 3대를 이어온다는 작지만 꽤 알려진 이자카야(居酒屋)에서 스시와 어묵탕 등 간단한 안주로 저녁을 겸해 따뜻하게 데운 히레 몇 잔을 마시고 숙소인 호텔로 들어가려 할 때였다. 삼촌이 특유의 개구쟁이 표정으로 목소리를 낮춰 은밀하게 말했다.

"야, 범생이. 내가 전에도 간 적이 있는데 정말 끝내주는 곳이 있어. 한국에서는 상상도 못하는 성인 비밀클럽이거든. 뭘 좀 아는 한국 남자들이 가는 곳인데 일도 끝났겠다 일탈하는 기분으로 경험 삼아 한번 가보지 않을래?"

스태프 중 한 명이 그곳이 구체적으로 뭐하는 곳인가를 물었지만, 삼촌은 느물거리기만 할 뿐 대답하지 않고 앞장섰다. 일행은 삼촌을 따라 큰길의 횡단보도를 건너 그 옆으로 난 고만고만한 이자카야 낮은 처마들이 이마를 맞대고 줄지어있는, 마주 오는 사람과 마주치면 어깨가 부딪칠 것 같은 좁은 뒷골목으로 들어섰다. 50여 미터쯤 들어가자, 허름한 2층 건물 입구에 짧은 스포츠머리에 키가 크고 레슬링 선수처럼 체격이 우람하고 팔뚝에 일본 도깨비와 코브라 문신을 한 야쿠자 풍의 사내 두 명이 서 있었다. 사내들은 삼촌과 이야기를 주고받으면서 연신 매서운 눈초리로 우리 일행을 힐끔거리다 삼촌이 건네주는 지폐를 받고는 그 중 한 명이 앞장 서 지하실로 안내했다. 지하에서 마주 친 출입문은 여느 문들과는 다르게 한눈에 봐도 엄청 튼튼하고 육중한 철판으로 만들어져 있었다. 필요 이상으로 탱크처럼 단단해 보이는 철문을 의아해하는 것을 눈치 챈 삼촌이 말했다.

"야쿠자들이 미리 손을 다 써놔서 그럴 리는 없지만 혹시라도 경찰 단속이 뜨면 문을 쉽게 따지 못하도록 이렇게 만들었어. 문을 따는 동안에 비밀 비상문을 통해 손님들이 빠져나갈 수 있는 시간을 벌기 위해서인 거지. 일종의 고객을 배려한 단골장사이자 신용장사인 셈이랄까."

삼촌의 설명을 들으며 도대체 뭘 하는 곳이기에 그럴까 궁금증이 더했다. 사내를 따라 내려간 족히 200평은 넘어 보이는 지하 홀은 초저녁임에도 불구하고 이미 사람들로 꽉 차있었고, 눈이 따가울 정도로 담배연기와 음악과 후끈 달아오른 열기로 충만했다. 홀 중앙에는 꽤 넓은 원형 무대가 배꼽 정도의 높이로 설치돼 천천히 회전하고 있었고, 두 명의 균형 잡힌 몸매의 여자 댄서가 전라로 핑크색 핀 조명 아래 흐느적이며 무대에 설치된 봉을 잡고 선정적인 춤을 추고 있었다. 핑크색 조명은 정육점을 연상케 했다. 역시 도깨비 삼촌다웠다.

그 원형 무대 언저리에 바짝 붙어선 외국인을 포함한 많은 일본 사내들이 손에 지폐를 들고 스고이(すごい)를 연발하며 휘파람과 괴성을 질렀고, 홀 안은 무대의 핀 조명을 제외하고는 한 치 앞도 분간하기 어려운 어둠 속에서 붕어의 점액질 같은 끈적끈적한 욕정으로 달구어져 있었다. 춤을 추는 중간중간 댄서들이 무대 언저리에 부패해 가는 물고기에 붙은 파리 떼 같은 사내들에게 다가가자 앞 다투어 지폐를 흔들며 댄서를 불렀고, 댄서는 자신이 선택한 사내에게 다가가 지폐를 받아 쥐고는 사내의 코앞에 쭈그리고 앉아 주인을 맞는 강아지마냥 엉덩

이를 살랑살랑 흔들며 자신의 샅을 벌려 적나라하게 보여주었다. 한술 더 떠 댄서는 사내들이 건네주는 지폐의 액수에 따라 사내의 손을 잡아끌어 자신의 가슴이나 샅을 터치할 수 있는 특권을 주기도 했다. 나중에 안 사실이지만 이곳에서는 댄서의 허락 없이는 절대로 손님이 먼저 터치할 수 없었다. 그랬다가는 그곳을 운영하는 야쿠자들에게 붙잡혀 곧바로 퇴장이었다.

그때마다 그걸 지켜보던 사람들은 휘파람과 함께 괴성을 질러댔고, 댄서들은 그 환호에 화답이라도 하듯 무릎을 꿇고 사내의 머리통을 감싸 쥐고는 자신의 젖가슴에 묻거나 딥 키스를 퍼붓곤 했다. 놀라운 것은 관객이 남자들만이 아니라는 것이었다. 개인적으로 입장을 했거나 단체 입장을 한 듯한 중년의 일본 여자와 외국인 여자들도 꽤 있었다. 간간이 낮고 은밀하게 대화를 주고받으며 킥킥대는, 허리 살이 제법 두툼하게 붙은 한국 아줌마들의 목소리도 들리곤 했다. 모르긴 하지만 그녀들은 분명 남편과 함께 오지는 않았으리라.

잠시 후. 댄서들이 퇴장하고 무대의 핀 조명마저 암전되고 완벽한 어둠 속에서 몇 초 정도 정적이 흐르는가 싶더니 갑자기 스피커에서 절정을 향해 치닫고 있는 하이 톤의 여자 교성이 터져 나오기 시작했다. 홀 전체가 암전이어서 붕어 뱃속 같은

완벽한 어둠 속에서 그렇게 몇 분이 흘렀다. 발정 난 암 고양이 울음소리 같기도 하고, 흐느끼는 것 같기도 한 여자의 교성 중간 중간에 "이쿠 이쿠(いくいく)"와 "기모찌(きもち)"가 연발됐다. 실체가 없이 귀로만 듣는 교접 상황은 눈앞에 실제로 펼쳐지는 정사보다도 상상 이상의 묘한 느낌을 주었다. 어느 순간, 나도 모르게 남자가 나무토막처럼 딱딱하게 발기되기 시작했다.

갑자기 무대의 핀 조명이 들어왔다.

언제 나왔는지 무대에는 보디빌더 출신인 것 같은 키가 크고 건장한 체격의 금발 긴 머리 서양 남자와 자그마하면서 가슴이 앙증맞게 작고 귀엽게 생긴 일본 여자가 팬티만 입고 등장해있었다. 잔잔하면서 끈적이는 색소폰 소리가 깔렸다. 키와 몸 차이가 나는 두 사람은 붉은 천으로 덮인 매트리스 위에 누워 관객들은 아랑곳하지 않고 한동안 낯 뜨거운 짙은 애무를 주고받더니 팬티를 벗고 남자가 바닥에 누운 채 69자세가 되어 애무를 이어나갔다. 잠시 후, 자세를 바꾼 사내가 자신의 거대한 뿌리로 여자의 꽃 언저리를 애무하며 삽입을 할 듯 할 듯 애를 태우더니 서두르지 않고 서서히 활짝 만개한 붉은 꽃잎 속으로 인터셉트를 시작했다. 당장이라도 숨이 넘어갈 것처럼 불안한 여자의 간드러진 교성이 홀 안을 가득 채웠다.

그 모습을 지켜보는 나는 묘한 흥분에 휩싸였다. 고요했다. 누구 한 사람 소리를 내지 않았다. 모든 사람의 시선은 무대 위로 집중되었다. 얼마나 지났을까. 격렬한 피스톤 운동 끝에 남자의 진저리와 함께 숨 가쁜 절정의 순간이 끝나자, 곧바로 가슴이 유난히 크고 몸매가 잘빠진 서양 여자와 수염을 기르고 꽁지머리를 하고 목에서 발목까지 온몸에 용 먹 문신을 한 건장한 일본 남자가 뒤를 이었다. 야동으로는 보았지만 실제로 눈앞에서 벌어지던 그날의 야릇한 느낌을 어떻게 설명할 수 있을까. 땀에 흠뻑 젖어 온몸이 번들거리는 그들은 마치 짐승 같기도 하고 무척추 연체동물들의 뒤엉킨 교접 같기도 했다. 야릇한 흥분과 함께 홀을 빠져나와 지하실 계단을 오르며 왠지 뒤끝이 씁쓸하던, 흡사 누군가와 쓸데없이 쉴 새 없이 많은 말을 하고 웃고 떠들고 난 뒤, 헤어져 홀로 가로등마저 졸고 있는 골목길을 걸으며 느끼던 그 허망함처럼 그날의 느낌을 뭐라 표현할 수 있을까.

．．．

　정신없이 바쁜 하루가 마무리되고 커피 한 잔을 여유롭게 마시는 시간이면 문득 미라가 떠올랐다. 그때마다 찰과상을 입은 상처에 소금을 뿌린 듯 아팠고 그리웠다. 굳이 동정을 준 첫 여자라는 의미를 떠나, 20대 초 내 젊은 날의 나이테 중에서 가장 짙고 굵은 획을 그은 그녀였기 때문인지도 몰랐다. 그런데 어쩜 그녀는 독하게도 단 한 장의 사진과 메시지를 보낸 이후로 몇 년째 소식조차 없는지 몰랐다. 문득 삼촌 말대로 정말 살아있기는 한 것인가 의문이 들 정도였다. 어느 땐, 내가 장자의 호접춘몽(胡蝶春夢)에 나오는 나비처럼 한바탕 꿈을 꾼 것은 아닐까 하는 생각이 들기도 했다.

　스튜디오와 내 방에 걸린 그녀의 사진을 볼 때마다 가슴엔 한 줄기 시린 바람이 지나갔다. 의식적으로 이제는 그녀를 잊으려 밀어내면 밀어낼수록 어느 순간 예감할 수 없는 존재가 되어 환영처럼 다가왔다. 그녀가 곁에 없다는 걸 알면서도 두리번거리며 눈과 귀의 안테나를 뽑으며 촉각을 곤두세웠다.

　그녀는 오래 전에 망각한 과거에서 돌출되듯 했고, 무방비 상태의 내게 어둠을 뚫고 날아온 화살처럼 꽂혔다. 카메라의 섬

광 속에, 담배연기 속에, 커피 한 잔 속에, 겨울 폭우 속에 늘
그녀가 있었다.

　사랑이란 존재할 때 느끼는 것이 아니라 부재일 때 느끼
　는 것이다.

　며칠 전 저녁 무렵, 영풍문고 광화문점에서 읽을 만한 책을
찾다가 표지가 예쁘고 사진과 글이 함께 있는 포토에세이 책
장을 넘기다 발견한 글이었다. 왼쪽 페이지에는 남녀가 맞잡
은 손만을 클로즈업한 흑백사진이 있고, 오른쪽 페이지 중앙에
있던 이 글에 강력한 자석에 이끌리는 쇠붙이처럼 눈길이 멎었
다. 지금의 내 심정을 그대로 나타내고 있는 듯했기 때문이었
다. 나는 그 책을 구입했고, 집에 와서도 몇 번이고 그 구절을
음미하며 읽고 또 읽었다.

　미라와 함께했던 시간이 그리 길지는 않았지만 돌이켜 생각
해보면 둘 사이에는 참 많은 일들이 있었다. 한살 차이에 정
신적인 공감과 유대감이 깊었고, 누구도 알지 못하는 둘만의
은밀한 비밀이 있었고, 무엇보다 서로에 대한 신뢰가 있었다.

　지금이라도 그녀를 찾으려고만 하면 방법은 있을 것이었다.

하지만 반대로 생각하면, 그녀 역시 나를 찾으려고만 한다면 아직까지도 핸드폰 번호조차 바꾸지 않았기에 바로 전화가 될 것이다. 그런데 몇 년이 지나도록 소식이 없다는 것이 마음에 걸렸다. 그런 배경에는 어쩜 내가 모르는 그녀만의 피치 못할 사정이 있을 거라는 데까지 생각이 미쳤다. 그녀를 잊는다는 것은 어쩜 그녀를 나에게서 멀리 밀어내는 것이 아니라 내가 완전히 그녀 속으로 들어가야 하는 것은 아닐까 하는 생각이 들기도 했다. 그것이 내가 그녀를 찾으려 함에 있어 망설이는 이유이기도 했다.

에
필
로
그

나는 오늘도 그녀를 훔쳐보고 있다.

두 달이 지나고 있다. 그녀는 늘 혼자였다. 누구도 찾아오지 않았다. 그녀는 내가 훔쳐보거나 때론 미행한다는 걸 모른다. 알아보니 일 년 여행을 함께 떠났던 사내가 마련해준 청담동 빌딩 15층에 화실 주인이 되어 개인화실 겸 강사들을 두고 입시생들을 가르치고 있었다. 화실은 다행히 미대를 가려는 입시생들과 화가지망생들로 넘쳐나고 있었다. 지금 살고 있는 아파트도 사내가 마련해준 것이었다. 사내는 모든 걸 정리한 후 캐나다 토론토로 이민 간 상태였다. 그녀는 화실과 헬스클럽과 기타 강습소와 한식요리학원을 나가고, 주말엔 서울 근교 산으로 등산을 가거나 한강에서 자전거를 타며 다람쥐 쳇바퀴 돌듯 생활하고 있었다. 화실엔 보조 강사가 두 명이나 있어 비교적 여유로운 시간을 보내고 있었다. 물론 더 이상 술집은 나가지 않았고 만나는 남자도 없었다.

그녀를 망원경으로 보거나 미행하다가 어느 순간 불쑥 그녀 앞에 나서고 싶은 충동을 가까스로 억눌러야만 했다. 갑자기 눈앞에 비현실처럼 불쑥 나타난 나를 본다면 그녀는 어떤 표정을 지을까. 무슨 말을 할까. 지나간 시간들이 준 두 사람 사이의 갭을 다시 메울 수 있을까. 그녀를 지켜보면서도 생각이 많았다. 지금이라도 당장 만나야 한다는 생각과 아니라는 생각이 하루에 열두 번도 더 바뀌었다. 그러면서 행여 그녀가 어느 날 갑자기 또 사라지지는 않을까 불안감이 엄습하기도 했다.

금방이라도 비가 내릴 것처럼 짙은 잿빛 먹구름이 낮게 가라앉은 토요일 오후였다. 그날도 망원경으로 그녀를 지켜보다 뜻밖의 광경에 내 눈을 의심했다. 여느 날처럼 그녀는 거실에서 물감이 묻은 작업복 차림으로 50호쯤 되어 보이는 캔버스를 초상화로 채우고 있었는데, 초상화의 주인공이 바로 나였기 때문이었다. 어제까지만 해도 몰랐는데 채색이 어느 정도 된 것을 보니, 얼마 전 여성잡지와의 인터뷰 중 첫 페이지에 전면으로 실렸던 상반신을 풀 샷으로 잡은 사진이었다.

홍대 앞 카페 2층 테라스에서 등나무 의자에 앉아 아이보리

색 카디건을 걸치고 오른쪽 다리를 꼬고 앉은 허벅지 위에 카메라를 얹어놓고 있는 것을 여성지 사진기자가 찍은 것이었다. 그렇다면⋯⋯ 미라는 여성지를 봤다는 것이고 기사를 통해 현재 나의 활동과 근황을 잘 알고 있다는 얘기였다. 아니, 나를 인터뷰한 여성지를 살 정도로 관심을 가지고 있다면 이미 인터넷 등을 통해서 내 활동상황을 잘 알고 있다는 결론이 나왔다.

미라도, 내가 그녀를 생각할 때마다 손톱 밑에 박혀 뽑히지 않는, 뽑을 수 없는 가시처럼 아팠듯이 아직도 나를 생각하고 있었던 것일까. 마야에서 처음으로 서툰 사랑을 하고 겨울 폭우 속에 떠난 지 어느덧 5년이란 세월이 흘렀는데도 아직도 내 초상화를 그릴 만큼. 그때부터 그녀의 붓 터치 하나하나에 한순간도 눈을 뗄 수가 없었다. 그녀의 거실 한구석에는 예전 그녀의 원룸에서 보았던 것처럼 캔버스들이 가득 놓여있었다.

몇 시간째 이젤 앞을 떠나지 않고 작업을 이어가던 그녀는 거실의 불을 밝힌 저녁 무렵이 되어서야 붓을 놓았다. 붓을 놓은 그녀는 거실 바닥에 벌렁 누웠다. 피곤해서일까. 그녀는 오후 내내 내 초상화를 그리며, 한 땀 한 땀 붓 터치를 하며 무슨 생각을 했을까. 그녀에게 있어 초상화까지 그리게 하고 있는 나란 존재는 어떤 의미일까. 내가 한때 그녀를 생각함에 있어

치사량에 가깝도록 아팠던 것처럼. 그녀에게도 나는 손톱 밑의 가시였을까. 나는 아직은 미완성인 초상화와 누워있는 그녀에게서 눈을 뗄 수가 없었다.

혼곤했던 지난날의 기억들을 그녀는 내 곁을 떠나서도 간직하고 싶었던 것일까. 어느 순간 홀로인 듯한 먹먹함이 찾아올 때면 그만큼 쓸쓸했던 것일까. 행복해 보이는 지금의 일상에서도 가슴에 바람이 불 때마다 그날의 기억들의 꽃씨 하나를 심어놓고 싶었던 것일까.

짙은 잿빛 먹구름이 낮게 내려앉았던 하늘에서 갑자기 천둥번개와 함께 폭우가 쏟아지기 시작했다. 5년 전 새벽, 마야에서 아픈 사랑을 나눈 뒤 겨울 폭우 속으로 멀어져 가는 그녀의 뒷모습을 지켜보던 그날처럼.

거실에 한참을 누워있던 그녀가 일어나 베란다 유리문을 열고 허공을 향해 손을 뻗은 채 오래도록 그대로 있었다. 마치 몽환적인 꿈을 꾸기라도 하듯. 손바닥에 전해지는 비의 감촉을 느끼기라도 하는 듯이.

나는 망원경에서 눈을 거두고 그녀가 처음이자 마지막으로 보냈던 핸드폰 속의 메시지를 찾았다. 22살의 그녀가 지독히 아픈 꿈을 꾸며 메리설산을 배경으로 벚꽃 아래에서 보냈던, 그동안 수천 번도 더 보았던 메시지를 다시 천천히 읽었다.

……잘 지내. 몸도 마음도 아프지 말고……. 훗날 우리가 다시 만날 수 있을까…….

흘러간 시간은 뜨겁던 사랑도 잊게 한다고 했는데. 지금 이 순간 그녀를 향한 그리움이 명치끝의 아릿한 통증과 함께 울컥 솟구쳐 올랐다.

……훗날 우리가 다시 만날 수 있을까…….

더는 지체할 수 없었다. 아니, 지체할 이유가 없었다. 맨발에 운동화를 꿰차고, 1층에 있는 엘리베이터가 올라오는 시간도 지체할 수 없어 나는 듯이 계단을 뛰어 내려가 아파트 공터 빗속을 마구 뛰었다. 얼굴에 와 닿는 굵은 빗방울의 감촉이 그렇게 시원할 수 없었다. 멀지 않은 공터를 가로지르는 내내 그 새벽, 마스카라가 범벅이 된 얼굴로 겨울 폭우 속으로 멀어져 가던 그녀의 시렸던 뒷모습이 떠올랐다.

그녀가 있는 203동 508호 앞에 섰다.

폭우 속에 흠뻑 젖어 흐트러진, 빗방울이 흘러내리는 머리카락을 뒤로 쓸어 넘겼다. 깊은 심호흡을 몇 번 하고 떨리는 손으로 초인종 벨을 눌렀다.

"띵동 띵동……."

그녀를 기다리는 짧은, 긴 영겁의 시간이 천둥 번개와 폭우
속에 갇혔다.

〈ending〉

겨울 벚꽃

이영철 지음

발행처 · 도서출판 청어
발행인 · 李永喆
영 업 · 이동호
홍 보 · 이수빈
기 획 · 천성래
편 집 · 방세화
디자인 · 김희주
제작부장 · 공병한
인 쇄 · 두리터

등 록 · 1999년 5월 3일
(제321-3210000251001999000063호)

1판 1쇄 인쇄 · 2018년 6월 1일
1판 1쇄 발행 · 2018년 6월 10일

주소 · 서울특별시 서초구 효령로55길 45-8
대표전화 · 586-0477
팩시밀리 · 586-0478

홈페이지 · www.chungeobook.com
E-mail · ppi20@hanmail.net
ISBN · 979-11-5860-550-6 (03810)

이 도서의 국립중앙도서관 출판시도서목록(CIP)은 서지정보유통지원시스템 홈페이지
(http://seoji.nl.go.kr)와 국가자료공동목록시스템(http://www.nl.go.kr/kolisnet)에서
이용하실 수 있습니다.(CIP제어번호: CIP2018015033)